学术名家文丛

学术名家文丛

白族曲词格律通论

段伶 著

雲南大學出版社
雲南人民出版社

作者简介

段伶，白族，剑川县羊岑乡新松村人。1939年7月21日生，2012年3月去世。1947年后在本村、本县读完小学、中学，1963年7月毕业于中央民族学院少数民族语言专业，1987年评为副研究员。先后任怒江州文工队及歌舞团创作员、文化馆副馆长、少数民族语文指导工作委员会办公室主任兼地名办公室主任。1989年调大理师专南诏大理历史文化研究室做研究工作，后兼任《大理师专学报》常务副主编。曾被推选为怒江州政协第四届委员、第五届常委，大理州政协第八届、第九届常委和第十届委员。长期从事傈僳、怒、独龙、彝、白等民族的语言和文化调查研究，并涉猎诗歌、散文、摄影等，曾发表多篇论文和多部专著。是中国民族语言研究会、中国民间文艺家协会等会员。专著《白族曲词格律通论》提出的“高低律”新论为学界公认，作词歌曲《歌声飞出心窝窝》曾被推广全国传唱。

总　序

中共云南省委书记 李纪恒

“盖文章，经国之大业，不朽之盛事。”一部承载责任与使命的好作品，必将是一部千古不朽的立言典范，也必将是一部历久弥新的传世教科书。千百年来特别是明代以来，许多贤人君子和名人大家在广袤的云岭大地耕耘、思考和写作，留下了闪光的足迹和丰厚的作品，足以飨及后进，启迪晚辈。在搜集、遴选和整理云南明代以来学术大家、学术名家著作的基础上，由云南宣传部门牵头推出了《云南文库》，这一丛书的面世诚为云南学术研究和出版界之盛事。

编纂《云南文库》是传承云南地域文明、提高云南文化自觉的有益尝试。“七彩云南”这片神奇的土地孕育了对中国乃至世界文明都有重要影响的古人类，造就了云南文化的丰厚积淀，从而构成了博大精深的云南文化艺术宝库。作为中华文化圈、印度文化圈和东南亚文化圈的交汇地，云南自古以来都不缺乏学贯中西的大师和博古通今的大家，从来都不缺乏魅力四射的光辉著作和壮美奇绝的文化遗存。其中，许多学术作品都凝聚了深邃的思想和超凡的智慧，体现了鲜明的地域特色和民族特色，彰显了有云南自身特点的知识谱系和学术传统。今天，我们将历史长河中的明珠拾起，用心记载云南学术史上的灿烂篇章，正是为了守护云南优秀的地域文化，为了汲取进一步繁荣发展云南哲学社会科学的养分和动力，进而筑牢云南文化自信的根基。

编纂《云南文库》是树立云南文化品牌、增强云南文化影响力的重要举措。云南文化是中华文化的有机组成部分，其悠久的历史文化、多彩的民族文化、独特的生态文化、包容的宗教文化，已经成为文化百花园中一枝流光溢彩、香飘四海的奇葩。千百年来，云南学者中英奇瑰伟之士以及众多寓居云南的外省学者念兹在兹，深植于云南沃土，扎根于传统文化，不懈探索、勤奋撰述，留下了一批经得住历史和实践检验的珍贵成果。特别是抗战时期，随着西南联合大学和相关研究机构的到来，昆明一时风云际会，云集了大批我国现代学术史上开宗立派的学术大师和著名专家，云南成为当时中国学术中心之一，诞生了大批学术经典。新中国成立后，云南学术研究取得很大进展，研究队伍空前壮大，学科建设卓有成效，学术成果日益丰硕，推出了一批享誉国内外的学术精品。近年来，《云南史料丛刊》《云南丛书》等一批历史文献和地方文献丛书相继刊印，云南文化的影响力和竞争力不断增强。今天，我们隆重推出《云南文库》，就是要为更多的人了解云南、熟悉云南、研究云南搭建一个平台和载体，为云南的经济社会发展、文化建设、文史学术研究等提供有益的历史借鉴，为在更广领域传播云南文化、打造云南品牌、增强云南软实力创造更好条件。

编纂《云南文库》是保障人民群众的基本文化权益的有效途径。文化建设的根本就是要用健康高雅的艺术、用智慧明辨的思想、用善良温厚的德行启迪人、引导人。编纂《云南文库》一个重要目的是丰富人民群众的精神文化生活、增进人民群众的幸福感。此次收入《云南文库》的著作，涉及哲学、历史、文学、语言、艺术、民族、宗教、政治、军事、外交等诸多方面，包含着丰富的自然、社会和人生哲理知识，体现了高度的人文关怀。阅读这些著作，有助于培育读者自尊自信、理性平和、积极向上的心态，有助于引导人们去发现、享用、珍惜世界和人生之美，能使大众的精神世界得以滋养和美化、人格得以陶冶和熏陶、心灵得以安顿和抚慰、情感得以丰富和升华，从而更好地满足人民群众多层次、多方面、多样性的审美需求。

编纂《云南文库》是推动云南跨越发展的必然要求。云南早在1996年就提出了建设“民族文化大省”的目标，是全国最早提出建设民族文化大省的省份之一。2000年，我省正式确立了“建设绿色经济强省、民族文化大省和中国连接东南亚南亚的国际大通道”的三大目标，把文化事业和文化产业的发展纳入了全省经济社会发展战略的范畴。2009年召开的中共云南省委八届八次全委会，作出了把云南建设成为“绿色经济强省、民族文化强省、中国面向西南开放的桥头堡”的重大决策，把云南文化建设推向了一个新的阶段。2011年11月，云南省第九次党代会进一步明确了科学发展、和谐发展、跨越发展的发展主题，要求更加自觉、更加主动地推动文化大发展大繁荣。当前，云南人民正豪情满怀地沿着建设民族文化强省的道路阔步前行，具有云南特色的文化模式已经也必将进一步焕发动人而耀眼的光芒。我们将以打造《云南文库》等一批社科品牌和文化精品为契机，继承优良传统，发挥优势，突出特色，以面向现代化、面向世界、面向未来的宏大眼光，锐意进取，积极开展学术研究，努力创造出无愧于时代、无愧于人民、无愧于历史的优秀学术成果和文化产品，更好地弘扬以高远、开放、包容的高原情怀和坚定、担当、务实的大山品质为主要内容的云南精神。

《云南文库》最终得以发行，首先是众位先贤心血和智慧的结晶。在此，我们要对创造了云南学术精品并因此而为中华文化做出杰出贡献的学者们表示崇高的敬意！在《云南文库》的编纂过程中，相关编纂单位、出版单位和参加整理的学者，以高度的责任感和使命感，兢兢业业地做好编校和出版工作，正是有了他们的辛勤劳动和精心工作，才有如今的翰墨流芳。在此，我要诚恳地道一声，大家辛苦了！《云南文库》从构想走向现实，离不开众多读者和社会各界人士的支持，我也一并向你们表示诚挚的谢意！同时，衷心希望同志们一如既往地为云南文化建设献智献策，欢迎更多的同仁志士参与到云南文化建设的伟大事业中来！

谨为序。

目　录

Contents

序　一

李缵绪

5月间，段伶先生从大理来昆明，交给我一本《白族曲词格律通论》（以下简称《通论》）的书稿，说云南民族出版社已同意安排，要我为书稿写一篇序。见此书稿，我喜出望外，一口就答应了。

记得我主编《山茶》杂志时，发表过段伶先生的一篇谈白族民歌音韵的文章。从文章中看得出他有扎实的音韵学的功底，对白族民歌也比较熟悉，曾建议他以此篇为开端，写一本白曲词律的专著。我对他说，过去发表过许多研究白族民歌的文章，但都是谈思想内容，没有涉及音韵问题。思想内容当然是应当研究的，但白族民歌都是可以唱的，有其独特的音韵规律。离开了音韵，就不可能真正了解白族民歌。希望他能填补这个重要的空白，把白族民歌的研究大大向前推进一步。他说他已经搜集了许多资料，正在着手做这个工作。从此，我一直企盼，希望他的专著早日问世。现在，专著终于同我们见面了，真是可喜可贺！

翻开《通论》即可以看到，著作中不仅有对白族民歌音韵的研究，还对“本子曲”（故事诗体）、山花体、戏曲词、汉语词、“打歌”的韵律逐一进行探讨。涵盖面包揽了所有白族民间韵文的作品，真可谓全面而系统，称得上是白族民间诗律的最完整的、最系统的学术著作。从音韵学的角度研究白曲的格律，虽不能说从段伶开始，但对白曲作如此全面、系统的探讨，写成专著这确实是空前的，是非常有意义的创举。如段伶所说："白曲，属于音乐；曲词，属于白族文学；音韵，属于白族语言；格律，属于艺术形式。多层意思表达了白曲词律的多重性质。"段伶是白族人，对白族的语言、音乐都很熟悉，而且，他大学学习的专业是少数民族语言。走上工作岗位后，又从事过文艺演唱节目创作。所以，他有可能对白曲进行语言学、文学、音乐学等多角度的比较研究，得出比较合乎实际的结论。

研究白曲词律，与研究汉语诗词格律不同，与研究有文字的少数民族的诗歌格律也不同。汉语诗歌有书面记载，有文字的少数民族的诗歌，大多有书面典籍可寻。白族古代曾有过方块白文，但有记载的白族诗词，仅《山花碑》等寥寥几首"山花体"的作品。这些作品，又都是作家、诗人的仿白族民歌体，并非白族民歌本身。白族诗词，主要流传于老百姓的口头上，是口头文学，搜集资料得一字一句地到民间去采访、记录，困难就可想而知了。《通论》经十多年才得以面世，除科研条件的限制外，资料搜集之难，恐怕也是重要原因。从这方面讲，段伶先生的研究，完全是在处女地上进行耕耘。由此，也可以看出他做学问孜孜以求的毅力，以及勇于进取的开拓精神。《通论》的出版，给我们提供了整个白族诗词的带规律性的认识，为白族诗词格律的探索开辟了新的途径，对白族文学的继承和发展，以及繁荣社会主义的民族文学，都有积极的推动作用。

在过去几十年间，云南少数民族诗歌研究取得了丰富的成果，这是无可否认的，但毋庸讳言，在诗歌研究领域中，确实也存在只研究思想内容，不研究艺术形式（音韵格律）的缺憾。众所周知，音韵格律是诗歌区别于其他文学样式的本质特征。没有音韵格律，也就无所谓诗歌。离开音韵格律的诗歌研究，就恰如我国民间文艺学泰斗钟敬文说的：“从研究成果说，至少是残缺不全的；从民族学的、人类学的角度说，是‘暴殄天物’。”这个批评是很中肯的。试想，不懂英语，却去研究拜伦、惠特曼的诗；不懂俄语，却去研究涅克拉索夫、马雅可夫斯基的诗，岂不是滑天下之大稽吗？这跟不懂少数民族语言却去研究他们的诗歌的道理是一样的。但时下不懂少数民族语言却屡屡发表研究他们诗歌的大块文章，甚至整理他们诗歌的现象随处可见。这是少数民族诗歌研究的歧途末路，是做学问者的悲哀。因此，我认为《通论》的出版不仅对白族诗歌研究是一种开拓，就是对云南少数民族诗歌的研究，也提供了一种新的视野，具有“拨乱反正”的意义。

1997年6月5日于昆明

序　二

周　祜

段伶同志治学认真，学识广博。他长于用少数民族语言学科的观点和方法观察、研究少数民族的历史文化现象，每多创见，先后曾出版发表几本书和多篇论文，近又写成《白族曲词格律通论》一书。该书内容广阔，体例完整，是当代第一部论述白族诗歌格律的专著，它将对建立白族诗歌理论体系，弘扬白族诗词传统，有着深远的影响。

白曲是一种白族人民大众喜闻乐见的民间歌唱艺术，它的体式为各种诗歌所运用，但人们只知白曲的句型为“三七一五”，而不能领会其音律的真谛，有的创作出来的白曲不那么地道。段伶同志的这部著作问世之后，不仅可以给白曲创作提供帮助，使白曲创作由必然王国更好地走向自由王国，而且，还可以与汉语诗词格律接轨，进一步丰富中华民族的诗词格律理论体系。

向来研究白曲格律的人们对白曲多用汉语诗词的平仄而论，认为白曲也是一种“平仄律”，而且几乎成了定论。而段伶同志另辟蹊径，他在对众多白曲的考察之后，发现白曲曲词不是平仄律的问题，而是一种“高低律”，提出了“律调”及“曲词朗诵旋律”的新概念，认为白曲有自己独特的高、中、低三个律调及其和谐的格局和规律。这也是前人所未发现的。

该书很有特点，不仅全面探讨白曲及其相关的诗词格律，而且对白曲源流作了很有意义的探讨。段伶同志根据白族形成和发展过程中吸收汉文化的历史，尤其唐代汉、白文化交流的盛况，提出白曲山花体乃“唐风白化”之说。认为白曲山花体是很成熟的诗体，它的形成是有一定背景的。提出这是在唐代诗风、曲风的强烈影响下，原有汉语汉文基础的人们利用白、汉双语的优势，吸收唐人的诗词格律为我所用创造出来的。这种吸收，不是全盘继承，而是经过唐文化和白文化互相撞击、相互融合的过程，所创造的体式是一种白族化的白语山花体民歌。段伶同志这一种用历史语言的事实探求山花体来源的方法是很有说服力的，这不仅对白族文化遗产的清理有其重要意义，而且对汉语唐曲、唐词的研究也有一定的参考价值。

段伶同志和我在大理师专南诏大理历史文化研究室共事多年，他勤学好问、孜孜以求的精神使我佩服。今其新作即将由云南民族出版社出版，他要我为之作序，我谨将拜读其书的一些感受写了出来，以代序言。

1997 年 5 月 22 日于大理

说明

1. 本书是白族诗歌格律的研究专著。首先从白族使用最广的歌唱文学白曲的曲词格律入手，论及与其相关的诸多韵文艺术门类和历史源流，故名《白族曲词格律通论》。

2. 本书内容分3个部分：白曲词律（第一至五章），白曲韵文体式（第六至九章），白曲源流（第十章）。

3. 本书主要按横向由点到面安排。先是词律基本要素句、韵、调（律调），后是白曲体式、章法，再后是相关的各种韵体式，最后以纵向回溯白族曲词格律的源流。

4. 附录《论“打歌”》，主要论述白族“打歌”与白曲并行、体式和源流的交错情况。加此附录，可以体现白族诗歌的整体概貌。

5. 本书使用术语与汉语诗律通例有同有异，书中有的做了说明，有的需从白族文化的实际中加以体会。

6. 本书有的章节安排有汉、白文化比较的内容，因受限于主旨，没有展开。

7. 本书词例使用国际音标注音，所引用词例一般采用流传地的方音。各地方音基本一致，其中区别较大的有：剑川话中一般有鼻化韵母，例词注音加鼻化符号；大理话中有韵母 er，因与其他地方的 ε 音有对音关系，例词注音只用 ε；云龙话中有的地方的 ou 音为其他地方的 ɯ 音用对应关系，例词照录 ou。各地话中的声调数目及其调值有不一致之处，例词统一使用 8 个声调。

8. 本书例词除意译外一般还有对音直译。因外曲词关系到节奏，而节奏与语法关系密切，有对音直译才能了解曲词音韵格律的节奏。

9. 关于“字”。白语以音节为基本单位，与汉字的“字”等同。

10. 老白文。古代碑刻及今农村白曲抄本都用老白文。这是一种以汉字为形体的方块文字，源于唐，盛于宋、元，从明至今多用于白语韵文体的诗歌。“白文”一词见于景泰四年(1455 年) 白文碑《故善士杨宗墓志》中“弟杨安道书白文”句，古籍中一般写作“僰文”。老白文的表音方式为四种：音读字为汉语借词，读汉语音；假读字为白语词，读白语音；训读字为白语词，按汉字义读白语音；白语字为增减汉字的方块字和汉语俗体字，其意与源字有关，读白语音。

导　论

我们祖国的诗歌浩如烟海，各民族的诗歌艺术形式犹如万紫千红的大花园，千姿百态，争奇斗艳。然而，由于历史和语言的种种原因，其中许多少数民族诗歌的原生态艺术形式，在漫长的历史岁月里，因受限于语言和研究方法，披露其真实者较少，有的甚至被蒙上阴影。即便如此，由于它犹如天籁，跟本民族与生俱来，人们世代传承，用它抒发情感，造就各种各样的诗歌，默默地给人间带来欢乐，给山野装扮美丽。正因为这样，艺术形式的芳容一旦披露，如同一杯淳厚的陈年美酒，人们品味到它原汁原味的浓烈芳香；也如同世俗从未染指的纯洁宝石，闪现出诱惑人们眼球的光芒。

白族的诗歌艺术形式就像陈年美酒、纯洁宝石，长久以来默默无闻，但初露端倪，就给人展示瑰丽多彩的美好视野。

一　白曲词体的发现

时至20世纪40年代初，历史学家石钟健两度到云南大理地区访碑考古，在他的《滇西访碑记》中记述并拓印到5方“白文”碑，其中3方是明代“山花”诗碑。① “山花”诗碑面世后，引起史学界、文学界、语言学界的关注。徐嘉瑞对它做了初步研究，在《大理古代文化史稿》中认为“此种诗体实属罕见”，遂称之为“山花体”，并与当代白族民歌的体式进

① 石钟健：《论白族的“白文”》，载《中国民族问题研究集刊》第6集，1957年。

行比较，认为体式一致，“其历史甚长，已近千年，而其流行范围，则在操民家语（白语）区域内皆能发生绝大效力，实为不可忽视之一种诗体也”①。由此，白族的这种优美的艺术之花初次披露于世。

文史学家所称的“山花体”，就是白族曲子的体式，古白文的书面以汉语称之为“山花”。其体式实属罕见，它是定字、定句、定声的长短句之体，结构精巧，音韵优美，在众多的民族诗体中未曾见到，即使在汉语长短句词海中也无完全相同的一例。它的“效力”对于白族自当不可忽视，常常引起人们关注，海内外的汉语词学研究者也有所涉及。

这种不可忽视、实属罕见的“山花体”，即白族的白曲曲词体式。本书所论就是这种体式的音韵格局和规律。

二　白曲词体的地位和作用

白曲曲词体式对于白族来说，它是白族诗歌艺术的重要标志，犹如诗歌艺术的族徽一般。

白族的诗歌艺术的门类，如果从吟咏方式、艺术风格、语文体式、应用题材、使用场所、功能作用等方面划分，种类纷繁，相互交错，难以确分。但从语文体式、音乐风格及专用名称考察，可分为 3 类：打歌、汉曲和白曲。

打歌，是白语 ta^{42}ko^{33} 的音译术语。它是诗、舞、乐为一体的白族民间艺术，现流传于白族少数边远山区。

汉曲，是白语 xa^{42}khv̩^{44} 的意译术语。它是白族吸收汉民族的民歌，语言多为汉、白相杂的混合语，乐曲多为白族化，主要流传于白、汉杂居地区。

白曲，是白语 pɛ^{42}khv̩^{44} 的意译术语，pɛ^{42} 为白族的自称，khv̩^{44} 为曲之意。这是一种纯歌唱艺术，历史悠久，流传地区广大，几乎覆盖所有的白

---

① 徐嘉瑞：《大理古代文化史稿》，中华书局 1962 年版。

族聚居和杂居地区，多数打歌地区也同样流行白曲，与白族杂居的普米、汉、傈僳等族有的也使用白曲。各地白曲的曲调虽有同有异，但曲词体式均为长短句，格律严谨，音韵相对统一。这种曲词体式，应用范围不仅在歌海中，而且几乎应用于各种门类的诗、歌、谣、谚、戏、曲之中，成了白族诗歌的主要标志。难怪各种有关的工具书注录白族诗歌戏曲的词条，大多只录白曲体式。

白族人民大众对于白曲体式最为喜闻乐见，在白族地区，田边地角、山野林间、家庭场院、红白场所、佛堂神殿都有它的踪影，各地一年一度或一年几度盛大的歌舞集会都用它竞技诗才歌艺。在社会生活中，它几乎渗透到社会文化生活的方方面面，不论是平民百姓，还是文人学士，举凡抒发感情、交流思想、传授经验、承传历史、启迪智慧、陶冶情操、教化人心、悼祭亡灵、消灾免难、娱人娱神、祝福人生等等，都离不开它。可以想象，如果白族没有这样的白曲体式，白族社会文化生活将是什么样子。白曲体式，是白族审美观念的体现，是白族文化心理的外化形式。民族固有的独特词体，人们赋之与深厚的情感，这种情感与对自己语言的情感是一致的，是语言感情的延伸和升华，同样带有鲜明的民族特性。

当今，白曲词律又产生一种支流，即运用白语与汉语的对应规律来填词，使用于白族诗歌翻译，以及反映白族历史和当代社会的戏曲、影视剧、歌曲及诗人抒发情感等汉语作品创作之中，它在汉语诗坛上已有一定的位置。诗人作家们为什么这样不约而同呢？其主要原因之一，是似乎不这样做就难以反映出白族诗歌的风格、感情，难以塑造具有白族思想感情特点的人物，这不就是白曲词体是民族重要特征之一的表白吗？另一个原因，是也许善于开放和长于博采的汉语诗坛特别垂青于这个特殊词体，被它所吸引，而加以利用，丰富自己。

总之，白族不可没有白曲词体，前人所言的“绝大效力”，并非夸张。

三　研究白曲词律的意义

白族的曲词体式如此精美，应用如此广泛，可见是一种历史悠久、完美成熟的诗体，其中自有严格的音韵格局的规律。充分揭示其音韵格局规律，是很有意义的。

第一，建立白族诗歌理论体系，发扬民族传统艺术。

白曲词律主要是白曲曲词体式的音韵格局规律，属于特殊的语言艺术形式，是白族诗歌艺术整体的重要组成部分。一首优秀的白族诗歌，应是文学意义的思想内容和语言意义上艺术形式完美的结合。研究诗歌，既要研究作品的思想内容，也要研究其艺术形式，二者相辅相成。如果只研究思想内容，不研究艺术形式，其后果正如著名的民间文艺家钟敬文先生所言："从研究成果说，至少是残缺不全的；从民族学的、人类学的角度说，是'暴殄天物'。"① 艺术形式是民族发展过程中艺术创造的明珠，是民族社会心理的体现，不研究它，岂不是对民族艺术的轻视，何谈继承和弘扬。艺术形式是衡量诗歌的重要标准，完美的艺术形式是思想内容赖以腾飞的双翅，赖以存在的根基。艺术形式对于诗歌如此重要，不研究艺术形式是文学研究的缺憾。显然，研究白曲词律，对于建立完整的白族诗歌理论体系是极其重要的事情。

另外，白曲对于白族之所以发挥"绝大效力"，在于白曲词律的运用，人们在研究白族诗歌时都没有忽视这方面的研究。然而，白曲词律与各种社会现象一样，犹如天籁，它建立在一种特殊的语言和文化之上，由于语言文化的障碍，往往困扰研究，未得充分揭示，影响人们对白族诗歌价值的赏析和艺术规律的充分利用。如果进行全面考察，深入研究，充分揭示其内在的规律，建立词律的理论体系，有助于对白族诗歌进行鉴赏和创作，丰富社会文化生活，促进社会的发展。事实表明，人们只凭自然习得，只能处于自觉不自觉的运用，即使是享誉歌坛的歌手、艺人，他们的口中或笔下也往往出现失律的现象，更何况广大人民群众。要使歌手、艺人乃至广大人民群众从严谨的诗歌格律中熟练地运用技巧，驾驭词律，大显身手，除思想修养外，诗歌格律理论的指导是不可少的重要环节。

第二，丰富祖国文艺理论，丰富词学研究资料。

① 钟敬文：《前进中的民间文学》，载《中国百科年鉴》，中国大百科全书出版社1981年版。

祖国的文艺理论的丰富是离不开各民族文艺理论的，缺一不可，这个不必多说。这里要说的是，白曲词律的研究可以为汉语的词学研究提供一份参考资料。

由于白曲词律与汉语唐宋词同类，曾引起海内外汉语诗词学界的关注。如词学家饶宗颐于1968年编录的“曲子词”中称：“山花子”曾入后唐，为白族之“山花体”；又于1974年在香港《新亚学校》第十一卷上发表《长安词山花子及其他》一文，其中又专设了“山花子兼论云南白族民间曲本之山花体”一节。[①] 从中可以想象，学者们在词学研究的困境中企求开拓新的视野，寻求新的方法，而把目光投向这种“罕见”的诗体。对饶氏之说也有不同意见，词学家任半塘编注的《敦煌歌辞总编》“山花子”条，不惜洋洋万言，“评驳饶氏有关‘山花子’曾以变革传至云南白族，成立山花体之主张，用以澄清国际视听，虽费辞太多，甚至喧宾（‘山花体’）夺主（‘山花子’），因本编之使命与责任所在，箭在弦上，势不由己”。争论之激，使人似乎闻到一股火药味，缘起当与白曲词律相关，也由此出现了一桩尚未了结的“山花案”。

汉语词学研究硕果累累，成就显赫，但仍有许多问题困扰着研究的深化。其中词的源流和音韵格律至今仍有不少争议。这些问题主要是由词的特性所致，因为词是音乐的文学，乐曲亡佚，源流正变难以分辨。词学研究处于困境，研究者把目光投向少数民族的民歌，这是有道理的。从现存的许多词牌名目中可以看出，早期的很多曲子词是根据少数民族民歌填写的，从当今的民族民歌中也许可以看到原始曲子词的影子，可以体验原始曲子词变化的情境。诗词学家、语言文学家也说过：“汉语诗歌音韵问题的解决，要参考少数民族诗歌格律。”[②]“我们研究汉语诗歌格律，除了书本知识外，参考少数民族的诗歌格律，尤其是语言上有同源关系的汉藏语系诸民族的诗歌格律，在参证古体诗歌和古音上，都有启发作用。可能指

---

① 任半塘：《敦煌歌辞总编》，“山花子”条，上海古籍出版社1987年版，第358－377页。

② 傅懋勣《全面开展民族语文研究》中转述何其芳的此话，《民族语文》1978年第10期。

引我们走向柳暗花明的境界。”① 诗词学界对少数民族诗歌格律如此敏感，尤其对与语言同源、文化相近、体式同类的白曲格律首先予以关注是必然的。由此可见，研究白曲词律不仅仅是解决白族诗歌理论问题，也有助于汉语词学研究的问题。很明显，“山花案”中所引的白曲资料因时代局限，多有舛误，依此立论，碧玉微瑕在所难免；如果充分揭示，提供可靠的科学参考，案情也许迎刃而解，也许另有天地。处于汉语词学研究困扰之时，白曲词律的研究更有其特殊意义。白曲的乐曲还在，如同古词的“活化石”。

第三，培植诗歌新种，丰富汉语诗坛。

白曲山花词的汉语形式大量出现，在报纸杂志、影视屏幕和图书中已经有了一定的位置，可谓是汉语诗坛上的“山花现象”。对这种客观存在的现象，怎么理解、怎么对待需要认识。这种现象也许是汉语诗坛继唐词之后第二次开放博采少数民族诗歌体式的征兆。唐代的文化交流、诗歌创作可谓达到高峰，但与当今民族团结共同繁荣的文化交流的盛世难以同日而语。然而，由于历史文化的种种原因，汉语诗坛虽然吸收民族诗歌的养料很多，但吸收民族诗歌体式者很少，也许白曲山花体运用之多尚属前茅。它不仅表现白族题材，也表现更广阔题材和思想感情。伟人毛泽东曾预示：“将来的趋势，很可能从民歌中吸取养料和形式，发展成为一套吸引广大读者的新体诗歌。”② 毛泽东的预言不是不可能，唐宋词的兴盛已经表明其中有民歌养料的功绩。诗歌的发展总是在碰撞中寻求更新的境界而百花齐放的。山花词的出现可谓是其中的一朵。这种山花现象，既得助于汉、白语言文化相近的近水楼台，又得助于盛世民族文化的发展和交流。如果深入研究山花现象，对汉语诗坛的山花新品种的发展是有益的，也可为汉语诗广泛吸收各少数民族诗歌养料和体式提供借鉴。只要加强各民族诗歌理论的研究和交流，也许汉语诗坛就将出现继唐宋词之后第二次广泛吸收各民族诗歌养料和体式的新潮。

第四，广泛开展民族文化交流，提供了解白族文化窗口。

① 马学良：《开创民族文学研究的新课题——论少数民族的诗歌格律》，《民族文学研究》1985 年第 3 期。

② 《毛主席给陈毅同志谈诗的一封信》，四川人民出版社 1978 年版。

各民族诗歌体式及其格律具有鲜明的民族特色，在民族文化交流共同繁荣之中，民族诗歌的鉴赏、体式和格律借鉴也是重要内容。白曲词律的研究成果可以提供了解白族诗歌、白族文化的一个窗口，通过交流，可以增进友谊，增进团结，共同繁荣祖国的文化艺术。处于改革开放的年代，白曲曲词体式伴随着影视、戏曲、歌曲等的交流，不仅在国内传播，还漂洋过海走向世界，得到海内外各界的好评，有助于外部世界对白族文化的理解，增进友谊。外国也对白曲曲词体式颇感兴趣，如日本就发表和出版过研究有关文章和作品的成果，如《福冈大学综合研究所报》发表了《〈“山花词”简论〉译注》及《〈山花碑〉译注》①，国立共同利用研アヅ・アアリカ言语文化研究出版《白族〈黄氏女对经〉研究》两集②，《大东文化大学纪要》也发表了《现地调查报告・中国云南省剑川白族の歌垣（1）》③。

诗词格律本身处于多学科的边缘，它的成果还可以为文学、音乐、语言、文化等的赏析和研究提供可贵的资料。总之，研究白曲词律意义深远。

四　白曲词律的性质和研究方法

对于白曲词律的研究，可以说从20世纪40年代初发现白文“山花体”诗碑开始。20世纪50年代后，随着白族诗歌的广泛搜集整理，研究得到进一步展开，成果不断出现。至于民间，也许更早一些，如艺人有

---

① ［日］甲斐胜二：《〈“山花词”简论〉译注——云南白族の传统文学にパついて》，日本《福冈大学综合研究所报》第114号（1992年10月），第293－310页。该文在译注中系统阐发白族诗歌，体式及相关情况，并汇编了《山花碑》原文及三种译文，加简注。《“山花词”简论》原文作者段伶。

② 徐琳：《白族〈黄氏女对经〉研究》两集，载于日本国立共同利用研アヅ・アアリカ言语文化研究第27号、第29号。

③ ［日］工藤竉等：《现地调查报告・中国云南省剑川白族の歌垣（1）》，载《大东文化大学纪要》第35号（平成9年3月）。其中载有白、汉、日三种文字对译的两首白曲对唱长词106段。撰文、录音、日文翻译者是工藤竉，白、汉双文对译者是施珍华。

"四大韵"之说，50 年代又发现有"三十六韵"之说，给人许多启迪。①然而，由于研究对象的特殊关系，终未形成理论体系。现在如果深入研究，必须在前人研究的基础上进一步审视研究对象的性质和特点，只有这样，才能求得较为科学的研究方法。

研究对象是白曲曲词格律。这个通俗的术语，包括多层意思：白曲，属于白族歌唱音乐；曲词，属于音乐文学；格律，属于白族语言的语面形式。多层意思表达了白曲词律的多层性质，即白族语言性、白族文学性、白族音乐性。多层性质属于不同的学科范畴，表明白曲曲词格律处于多学科的交叉点上，与语言学、文艺学、音乐学关系密切，研究格律自然离不开语言、音乐、文学理论和方法的参与。当然，这二者对格律的关系和作用是有区别的，使用的方法也有主有次。

首先，是语言学的理论方法。

诗歌格律的要素和形式是语言，不同的语言有不同的格律。白曲词律是建立在白语基础上的，研究它时首先要从白语出发，考察各种各样曲词的语音、词语结构，求证出它们之间音韵和句式的格局和规则。关系相近的语言（如同系属、同类型、语言影响程度大等的语言）之间音韵格律有类型上相同或相近的成分，如屈折语型即印欧语系诸语言的诗律多为轻重律、长短律、音顿律，孤立语型汉藏语系诸语言的诗律一般讲究字（音节）数、句数、押韵、协调（声调）等。但具体语言不同，要素及其组织自成体系，语言关系相近，不等于诗歌格律相同。如汉藏语系多数语言的诗歌讲究押韵，但韵位、韵类、韵位格局各有各的体系，如有的押脚韵，有的押勒脚韵，有的押腹韵，等等。白语与汉语言关系密切，诗词格律有相同或相近之处，但不等同，白语诗歌有自己的格局和体系。因此，研究白曲词律，只能着眼于白语歌词，在白语的基础上进行分析归纳。

其次，是音乐学的理论和方法。

曲词是音乐文学，文学入乐与否取决于格律。一般情况下，格律和乐曲的配合是一致的，相辅相成，合二为一。这种吻合，从音乐的角度看，

① 张文勋主编：《白族文学史》，云南人民出版社 1983 年第 2 版，第 257－259、315 页。

符合于乐曲的曲式、旋律。曲式要求格律与之相同的句式、段落结构，旋律要求格律与之相应的音高、韵位等的回环布局。具有与乐曲相应的音高、韵位的曲词就有完整的格律，歌词入乐才有条件。从这个意义上讲，曲词入乐与否是衡定曲词格律的重要标准。这就需音乐学的理论和方法的参与。如果没有白族音乐的参与，只从语言的角度分析、归纳，未必都能符合白曲这一曲与词合体的特质。当然，只着眼音乐，曲词格律也未必揭示全面。

再次，是文学的理论和方法。

一般而言，文学是利用诗歌格律表达思想感情的，往往借助于格律结构表达错综复杂情景的起承转合，利用格律形式创造各种各样体裁的诗歌。白曲词律处于这种错综复杂的情景之中，格律和文学手法交织在一起，要分辨哪儿是文学手法，哪儿是格律形式，也需要各种文学理论和方法的参与。当然，如同音乐一样，文学起承转合的分界也不一定完全与格律相吻合。

综上所说，白曲曲词格律处于白族语言、民族音乐、民族文学的边缘，研究它，需要用综合的方法。同时也必须看到，格律、语言、音乐、文学这四者，既有统一的一面，又因内在规律的不同，还有相互矛盾的一面。而其中，语言不能不说是主要的，正如王力先生所说，格律“是语言学方面的问题”①。

语言具有全民性和稳定性，尤其语音和语法，几乎千古不变。格律主要是由语音和语法造就的，是艺术化语言的特殊形式，当它形成之后，古今一贯，全民通用，全民共赏，更具有通用性和稳定性，可以超越时间和空间，没有阶层集团（如阶级、文人阶层，人民大众等）的区别。音乐却有地方性的不同和交错，为一定的音乐文化地区性的人民群众所通用，与地方乐曲相应的词律也存在一定的地区性。文学属于个人行为，创作、演唱和表演属于格律的运用，与特定作品的思想和演唱者的文化修养、审美习惯等相关，个人行为不一定是全民通用的格律。词律处于这种既统一又

① 王力：《我的治学经验》，载《语言论文集》，商务印书馆1985年版。

矛盾之中，一方面造成白曲丰富多彩乃至诗歌门类千姿百态，一方面造成格律形式各种变异。这种复杂局面固然给词律研究带来难度，但格律本身也是独立部门，它主要是以语言的音韵造就的，对它的探讨也只能以语音学的理论和方法为主，其他学科只能是参与和佐证。这样，即使复杂，也是可以理出头绪来的。

总之，格律研究，涉及的方面很多，以上是主要的，其他还有诸如民族和地方历史文化、社会审美心理、民间习俗等众多因素，还需要多角度、多方位进行综合考察、分析和归纳。

第一章　白曲长短句

古今中外各种民族语言的诗歌，都有一定的语面形式。孤立型语言（如汉藏语系语群）诗歌的语面形式由一定数目的音节（字）、句子构成，这种一定数目的音节（字）、句子的结构形式称之为句式。句式，从文学意义上讲，是诗歌言情述志的词语；从诗歌格律上讲，是音韵载体的存在形式。作为歌词，存在形式是入乐可歌的标志。白曲的语言——白语，属于孤立型语言，曲词句式结构明显，是词律的要素之一，它是该语种诗歌的标志形式，承载着该语种曲词的音韵格律，这就决定了研究曲词格律时，首先需要研究曲词句式的特征、结构及其变化等有关方面。

一　句式特征

白曲语言不论是口头的或是书面的，在视觉和听觉上给人最直观、最直觉的是：曲词的句子是由独立音节（字）组成，几个音节（字）组成一个句子，几个句子组成一首曲词，字、句、段的单位界线十分清晰。这种情况与汉语诗歌同类，人们对汉语诗歌常以字作为划分诗歌体式的标准，如称“五言诗”“七言律诗”“十六字令”“长短句”等。人们对白曲曲词的考察也常用此法，以最直观的字、句、段而论其体。从资料上看，运用此法考察白曲句式情况可分为两个阶段，一是20世纪40年代，二是20世纪50年代至今。[①]

① 编者注：“至今”即至1998年，亦即《白族曲词格律通论》首次公开出版时间。

20世纪40年代初，考古学家石钟健在对大理发现的四百年前的几块“白文山花碑”中杨黼撰的《词记山花·咏苍洱境》碑（简称《山花碑》）的句式进行考察时，以“每首按七七七五断句”，即断为三个七字句加一个五字句为一首。由此，人们概称白族民歌为“三七一五”。文史学家徐嘉瑞研究此碑后在《大理古代文化史稿》中说：“至于今日，大理流行的白文唱本，仍用山花体七七七五。又剑川流行的《鸿雁带书》亦为七七七五。”此处所言的“白文唱本”为大本曲，是一种曲艺唱本，《鸿雁带书》是白曲的本子曲，前者属于个人表演的艺术，后者属于群众歌唱白曲中的具体曲名，虽然句式基本一致，但二者属于不同的艺术门类。其时，由于时代的局限，把白曲和大本曲相提并论，把长词《山花碑》20段切割为20个格律单位的“首”，难免有不严谨之处，但这里有几个重要发现：

一是揭示了白曲句式的基本特征，是一种以五言、七言构成的固定形式的长短句诗体，首次把这种“实属罕见”“不可忽视之一种诗体”公之于世；二是发现白曲、大本曲曲词体式与《山花碑》体式有一定的关系，称白曲曲词为“山花体”。由此可以推知白曲在四百年前称为“山花”，使湮于历史的白曲词体的汉名重见天日。

前人的发现实在难得，它揭开了白曲词律研究的序幕，功垂青史。

20世纪50年代及其以后，随着白族民间文学和音乐的搜集整理广泛深入，白曲曲词的不同句式不断有新的发现。今把散见于各种论著、资料中的不同句式进行粗略的综合统计，共有20多种之多，并摘录如下（数字中的顿号为分段界线）：

1. 七五
2. 三七七
3. 七七五
4. 三七七五
5. 七七七五
6. 五五七七
7. 三七七、七七
8. 三七七七五

9. 七五、七七七五

10. 三七七七七五

11. 七七七七七五

12. 三七五、七七五

13. 七七五、七七七五

14. 七三五、七七七五

15. 七七七五、七七七五

16. 三七七五、七七七五

17. 三三七五、七七七五

18. 五七七五、七七七五

19. 二三七七五、七七七五

20. 七七七三五、七七七五

21. 七七七五、七七七三五

22. 五五七七五、五五七七五

23. 七七、七七七五、七七七五

24. 七三、七三、七七七五

25. 三五、七三七七五、五五五

除上述种种外，有的论著还称“也有七字以上的，甚至十多个字一句的”，看来，要全面精确统计是不可能的了。如此之繁，似乎无章可寻，但纷繁现象也表明了如下事实：

一是进一步证明白曲曲词以长短句式为基本特征，而且长短句的主要句型为三字句、五字句、七字句等3种；

二是白曲句式单位（首）一般为分段结构，二段式（上下段）最为普遍，而且段或首的结句基本句型为五字句；

三是句式单位（段或首）的字、句、段的数目、结构稳定，犹如汉语曲子词的定字、定句、定段。

关于白曲曲词句式研究的两个阶段，一前一后，一简一繁，简者，嫌其单调；繁者，嫌其杂乱，至今还同时为各种论著、辞书不同程度地引用，说明这样纷繁的句式是存在的。但同时也给人出了难题：白曲曲词的长短句式到底有无基本的定数？有无规律可循？

二 基本句式

要探求白曲曲词句式基本定数的问题，只有在纷繁的现象中紧紧把握“白曲曲词句式”这一特定的研究对象。

白曲曲词句式这个术语，具有特定的含义，它包含着下面几层意思：

白曲，是白族民歌中的一种类型，是群众性异口同声的歌唱艺术，不是个人表演的歌唱艺术，也不是白族所有的民歌；

曲词，是合乐之词，而不是脱离音乐的诗、词、谣、谚等泛指的韵文；

句式，是一种诗歌音韵格律载体的语言形式，而不是文学遣词造句的词语。

从这个特定术语的含义出发看那些纷繁的句式，其中有些就不一定全是白曲曲词的句式，因为有关论著和资料言及句式时，往往前面冠以“白曲”“白族调”“白族民歌”“白族诗歌”“大本曲”等等定语，或依从某个具体思想内容、题材的曲词，概念模糊，用纯“忠实记录”的某个曲词为据统计，其中不免有非白曲曲词的句式或白曲的别体，也不免有受具体曲词思想感情及歌唱者（口述者）才华、习惯干扰的变体。（这样的别体、变体是本书的研究内容之一，但只能在论证清楚白曲曲词基本句式的基础上才能进行。）

根据白曲曲词句式的特定含义，判断句式可归纳为三个标准：音乐标准、音韵标准、群众标准。

音乐标准。因为曲词是合乐歌词，曲词句式的字、句、段的结构与乐曲的乐节、乐句、曲式结构相应，不合乐的曲词是不存在的。因此，应以乐曲结构判断曲词句式。这样，句式与乐曲的曲式相吻合，入乐才有可能。一般而言，白曲音乐有几种曲式结构就有几种相应的曲词句式。当然音乐标准还涉及乐曲的旋律音高、节奏等，这方面与曲词音韵也有关联，也是标准的重要内容。

音韵标准。因为曲词的音韵美有特定的语音要素及其格局结构。特定的要素是格局的支撑点，也是相应乐曲音高旋律的契合点。对于语言形式的字、句、段而言，它是语音流动过程中，一定数目的字组合成句、段的分界点。因此，应以语音特点的要素判断曲词句式。这样的句式，既能使曲词入乐，又有音韵的整齐美、对称美、错综美。当然，特定的语音要素不等于语音的自然要素，而是一种语音艺术化的要素，也不是泛指的语言要素，而是超乎语义的只与语法结构相关的纯语音要素。也就是说，语音的自然要素不能成为判断句式的标准，语义、语气结构的句式也不一定是词律意义上的句式。

群众标准。也可以说是规范化的标准，因为曲词句式承载词律要素的格局和规则，是本民族艺术实践历史过程中约定俗成的自然规范。人们在这种文化氛围中自然习得，无师自通，开口便唱，异口同声。如果不符合规范化的句式，无非有两种可能：一是不入乐、不上口的所谓曲词句式；二是与歌唱者的习惯和特定曲词思想感情相关的变体。所以，只有群众异口同声认定的句式才是白曲曲词的句式。

这三条标准缺一不可，只要符合这三条标准的，不论是流传于哪个地方的白曲，都可称之为白曲曲词的句式。不同地方的白曲曲词句式的总和就是白曲基本句式的总数，各地句式是白曲基本句式总数中的分支。

根据已知的白曲情况，各地称“曲”［khy̩^{44}］的曲词都有相对稳定的定数句式，但它们之间存在错综复杂的情况，有的曲调不同而句式相同，有的曲调及其相应的句式独居一格，有的句式随同曲调的曲式变化而分割成二。还有句式的曲调不一者，其名称有的为另一种民歌体式的统称，有的为某一个具体题材以白曲曲调而歌的专名，这些情况，也许是“曲”名历史演进过程中名称的变异，仍可按同一曲种看待。不管情况怎样复杂，它们句式稳定，音韵格律稳定，当地群众均以称白曲的乐曲歌唱而认同的，均为白曲曲词的基本句式。

依照上述判断标准，综合各地已知白曲曲词句式，共有 3 种，它们构成白曲基本句式体系，如图 1－1：

- 白曲曲词句式
  - 单段体——四句式：七七七五
  - 双段体
    - 七句式：七七五、七七七七五
    - 八句式：七七七七五、七七七七五

图 1－1　白曲曲词句式体系

注：① 三种句式的乐曲结尾均有“阿依呀嘀嗨”之类的衬句，因属乐曲的结束衬句，与曲词句式无关，故不录。

② 三种句式的乐曲各地有异，它们流传的地区是：

单段体四句式主要流传于泸水县东南部、云龙县西部、兰坪县东部及大理等白族地区。

双段体七句式主要流传于洱源县西部、云龙县东北部等白族地区。大理一带的八句式有的以音乐衬音处理，实词只有七句。

双段体八句式主要流传于下关、洱源、剑川、鹤庆、云龙、兰坪、丽江等白族地区。这种体式流传最广，使用人口最多，有些地区与其他白曲句式或其他民歌体（“打歌”）并存并用，有的杂居民族兼用或转用这种曲体句式，如兰坪部分普米族、剑川傈僳族和汉族等。

③ 双段体八句式从句型上看，似为单段四句式的叠用，其实不然，它的乐曲和音韵实为一个整体，不能分离，后面几章将有论及。

句式举例：

（一）单段四句体（泸水）·栽秧曲

单段	1	tɕhɛ^{55} xe^{55} ɕa^{35} nɔ^{33} thɯ^{55} vv̩^{33} ɕi^{33}， 大晴天　上　下　雨水	雨水下在大晴天，
	2	ta^{31} tsa^{35} ta^{31} nɔ^{33} tsv^{42}ne^{31} ɕy^{33}。 坝　整　坝　上　浊泥　水	尽是污泥浊水田。
	3	to^{33} tɕi^{42} fv̩^{55} ȵi^{44} ɣɛ^{33} tɕi^{42} xɯ^{31}， 上　丘　栽　进　下　田　里	上丘栽了栽下丘，
	4	fv̩^{55} tɕhi^{44} ua^{31} su^{55} ue^{33}。 栽　出　胡椒　眼	一坝胡椒眼。

（二）双段七句体（洱源）·蜂花恋

A 1 fv̩^{55} li^{55} ɕa^{31} xuo^{35} xuo^{35} ɕa^{31} mi^{44}，
蜂 也 想花 花 想 蜜
蜂花两相常想念，

2 ŋɔ^{31} li^{55} ɕa^{31} nɔ^{31} nɔ^{31} ɕa^{31} ŋɔ^{31}，
我 也 想 你 你 想 我
你想我来我想你，

3 ɕa^{31} phia^{44} a^{55} sɛ^{31} ȵi^{44}？
想 到 什么 天
哪天才不念？

B 4 xɛ^{55} lɔ^{31} po^{55} ɕa^{31} tɕi^{35} tsho^{35} se^{35}，
猛虎 想 点苍山
老虎它念点苍山，

5 tɕi^{35} v^{35} pɔ^{31} ɕa^{31} kɔ^{21} xɯ^{31} ɕy^{33}，
金鱼 它 想 海 里 水
金鱼它念洱海水，

6 xe^{55} ɣɛ^{33} tsɿ^{33} ɕa^{31} tɕhɛ^{55} uɛ^{42} xɔ^{31}，
燕子 想 青瓦房
燕子它念青瓦房，

7 ŋɔ^{31} ɕa^{31} ŋɯ^{55} ȵi^{33} the^{33}。
我 想 我的 妹
我把阿妹念。

（三）双段八句体（剑川）·风

A 1 pi^{55} sɿ^{55} no^{31} sa^{35} sɛ̃^{31} no^{33} tsɛ̃^{21}？
风 你 从 什么 上 成
风呀你由啥变成？

2 no^{31} tshu^{33} ɣɯ^{35} tsɿ^{55} no^{31} tshu^{33} mɛ^{21}。
你 就 来 则 你 就 叫
你一来就叫不停。

3 kv̩^{55} xɛ̃^{55} kv̩^{55} tɕi^{31} tso^{21} xɛ̃^{55} ɣɛ̃^{33}，
（大轰大雷） 闹 天下
大轰大雷闹翻天，

4 tsu^{33} sɛ^{44} ȵi^{21} kɛ^{55} kɛ^{21}！
就 割 人 肉
像刀子割人！

B	5	ɕye^{33} pɯ^{31} nɯ^{55} no^{33} tso^{42} ku^{33} phiõ^{55}， 水 因为 你 上 映照 老 面貌	你让春水刍老纹，
	6	tsɯ^{31} pɯ^{31} nɯ^{55} no^{33} ju^{21} ta^{21} pɛ̃^{21}。 树 因为 你 上 摇 内伤	你把青树摇成病。
	7	ve^{44} pi^{55} nɯ^{55} no^{33} kua^{44} tɯ^{21} mo^{33}， 未必 你 上 骨头 无	未必身上没骨头，
	8	u^{33} ka^{42} xɯ^{31} li^{55} ɣɛ̃^{21}！ 墙缝 里 也 去	钻头觅缝行！

三　定位变式

在考察白曲句式时，看到有些句式与基本句式不相一致的现象。这种现象反映在 3 种基本句式上，即单段四句式的第一句，双段七句式的第二句和八句式的第一句，它们有的为三字句。把这种句式结构进行排列，即：

单段四句式：三七七五

双段七句式：七三五、七七七五

双段八句式：三七七五、七七七五

（加着重点者可为七字句也可为三字句）

这三种句式似乎是独立的句式，其实，按上节判断标准来判断，它们应是基本句式的变式。基本句式的七字句虽在这些句式结构中变为三字句，但是，它们的音韵格律仍然与基本句式保持一致（参看后第二、三章）。它们可用与基本句式同一乐曲歌唱，曲式和旋律不变，都来源于群众歌唱的白曲，为众人共同遵循。它们可七可三的句式，难于断定何种是正体，何种是变体，它们与基本句式的关系是互变关系，或是一体二式，或是二式一体。但它们显示出一个共同的规律，即都是在一定句位上定位互变。由此，可以称之为定位变体，同属于一种体式。下面以流传于剑川一带双段八句体《小心肝》为例。这首特定的曲词原词第一句是三字句，现在把原词第一句三字句改为七字句，用白曲歌唱，看看它的音韵格律在相应的乐曲旋律、曲式变化的情况如何。

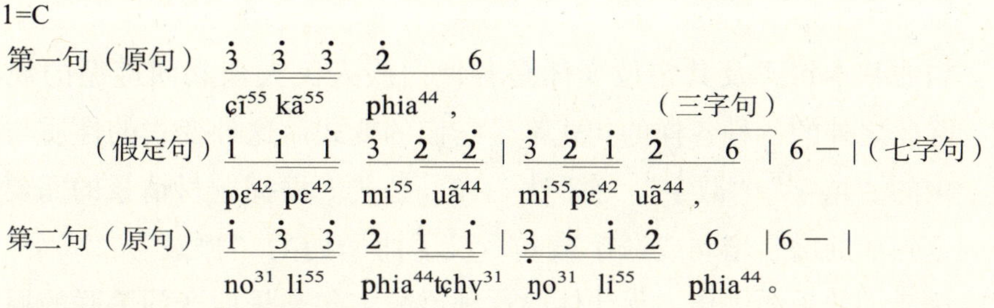

1=C

第一句（原句） 3̇ 3̇ 3̇ 2̇ 6 |

çĩ[55] kã[55] phia[44]，（三字句）

（假定句）1̇ 1̇ 1̇ 3̇ 2̇ 2̇ | 3̇ 2̇ 1̇ 2̇ 6 | 6 — |（七字句）

pɛ[42] pɛ[42] mi[55] uã[44] mi[55]pɛ[42] uã[44]，

第二句（原句） 1̇ 3̇ 3̇ 2̇ 1̇ 1̇ | 3̇ 5 1̇ 2̇ 6 | 6 — |

no[31] li[55] phia[44]tɕhy[31] ŋo[31] li[55] phia[44]。

译文：（原句） 小心肝，

（假定句）白白月亮白月亮，

（原句） 你要去处我也到。

这首曲词的原句音韵与乐句搭配齐整，流畅和美。假定句的韵脚按其韵类、调类填上去的，音韵仍然和美。假定句的乐句依原乐句的规律填，落音仍为2 6，与原句只是乐句增加了两个节拍，乐曲旋律仍然完整流畅。这个例子说明，这个特定句位上的句子可七可三，均为同体句式。其他两种在一定句位上字数可七可三的情况也如此，其例不再赘举。

上例说明，在这个句位上，对三字句而言，七字句是增字；对七字句而言，三字句是减字，犹如汉语词学中的“摊破”和“减字”一般。与汉语词学概念所不同的是：汉语的“摊破”和“减字”是文人填词的人工行为，而白曲定字变体的增字和减字是群众约定俗成的自然规范。如果在这个句位上的增字或减字不是七或三，那不是自然规范，也是人工行为，另当别论。在白曲中这个句位上的人工行为极少，如查白族艺人张明德先生的演唱曲本，也只出现一例，即《妇女翻身曲》[①] 的第一句为五字句。类似这样的句式，只以特定题材的白曲流传，不可能说是基本句式。

① 段伶记译、杨应新转译：《白曲精选》，云南民族出版社 1994 年版，第 195 页。

四 自由变式

白曲基本句式及其定位变体是各地白族人民大众共同遵循的规范句式，除此之外的各种各样的句式都是它们的变式。这种变式的性质与汉语词学中的“增字”“减字”等手法一样，是艺人根据题材情景的需要，突破规范句式的增字增句或减字减句。汉语曲子词的“摊破”“减字”，由于汉语曲词的乐曲失传，无法体验这种增减字句与乐曲音韵关联的原始环境，而白曲的乐曲和音韵还在，还可以看出变式与乐曲和音韵同时并行的关系。

白曲的基本句式与自由变式在形成、流传、功能等方面有着许多区别。基本句式是民族历史上艺术实践的自然规范，而变式一般是艺人个人的艺术行为；基本句式的曲词，即使脱离乐曲，也是规范化的歌词句式，而变式属于非群众性的曲种或艺人特定题材、内容乐曲的歌词句式，一般伴随其他的乐曲，作为独立歌曲，如果没有乐曲，不能歌唱，可以说是诗和谣；基本句式的功能是服务于群众创作和鉴赏各种题材，而变体功能只服务于艺人创作、表演特定题材内容。从这个意义上说，白曲的变式实际上是一种因人因事的自由变异现象，归纳统计的意义不大，也是无法精确统计的。

当然，所谓“自由”也绝非无边无际，句式的变化是受着音韵格律和乐曲曲式、旋律制约的，在音韵和乐曲允许伸缩的情况下才可以变化。只要符合音韵格局规律，句子字数、句数的增减，念起来还可以上口；只要符合乐曲曲式、旋律，增减字句，仍可歌唱。由于音韵和乐曲有这种伸缩性，给艺人提供了驰骋想象、施展才华的广阔前景，在特定内容、情感题材中，有的变式对加强思想感情起到基本句式达不到的特殊效果。这里简述在群众白曲活动中常常出现的3种自由变体形式：增句、添字、减段。

增句 在乐曲特定位置上增加带感情色彩的句子，一般是三个字的语气句、提示句等，在即兴对唱曲中常用。这里以传统白曲《出门汉子》为例，该词应为双段八句式，却增加了一个三字短句，成为 9 句，其句式成为“七七七五、七七七三五”：

七	tshy̩^{44}me^{21} tsʅ^{33} tsʅ^{55} lye^{21}kã^{55} sẽ^{55}， 出门　男　则　盘旋　高山	出门汉子越高山，
七	pe^{44}a^{31}tho^{44} tsʅ^{55} sy̩^{44} sỹ̩^{42} tɕĩ^{55}。 走　不想　则　宿　山　尖	懒得走了住山尖。
七	tɕhĩ^{55}ku^{55} pɛ^{44}ja^{44} tsu^{55} tsɛ̃^{33}tɯ^{21}， 千枝　百丫　做　枕头	树枝树丫做枕头，
五	mɯ^{21}kõ^{21} tsu^{55} xue^{33}ɕĩ^{55}。 雾　做　火烟	云雾当炊烟。
七	xɛ̃^{55}lo^{21}xɛ̃^{55}pa^{42} tsu^{55} tue^{42} tɕa^{42}， 猛虎　猛豹　做　伙伴	豺狼虎豹做伙伴，
七	kõ^{42} xɯ^{31} khy̩^{33} tɕo^{44} tsu^{55} mɛ^{21}ke^{55}。 箐　里　孔雀　做　鸣鸡	箐中孔雀当雄鸡。
七	pa^{42}jo^{21}ɣɯ^{33} tsʅ^{55} khy̩^{33} tɕho^{44}mɛ^{21}， 半夜　后　则　孔雀　叫	半夜过后孔雀鸣
三	jõ^{55}thi^{33}xo^{33} 兄弟　们	兄弟们——
五	fɛ̃^{33}khɯ^{33}pe^{44}mo^{31} thue^{55}！ 起来　走　它　一程	起来走一程！

这是一首内容和音韵完美结合的曲词，很明显，其中所增的“兄弟们”一句是因题材的情感需要而设的。旧时，白族男子有出门做手艺的习俗。这种出门，背井离乡，历尽艰辛，有道不尽的苦情，有许许多多以出门为题的苦歌。然而，这一首别出心裁，抒发的是苦中有乐的情趣，在乐曲旋律进行中插进一句招呼语的短小乐句，使曲词海阔天空的想象增添了生活味，给出门汉子以苦为乐勇往直前的精神增添了潇洒气。有无这个平常语，效果是不一样的。从诗歌的角度看，它是一首好诗；从音乐角度看，它也是一首好歌词。这个位置上增三字句是常用的白曲变式，起着加强语气的作用，所用的是语气或提示性的词语，而非实词实义的句子，故而不能当主句计入正体。

增字 在保持音韵格局的基础上，根据乐曲乐句节拍的规律增加句子的字数。如白曲《把咱当作粗筛子》①，该曲应为双段七句体，增加字数后成为“七七五、十八八五”。第四句由七字增为十字，第五、六两句由七字增为八字，另外，第四、六两句前还增加了两个独词语气句“着”。这首白曲的句式伴随乐曲旋律情况如下：

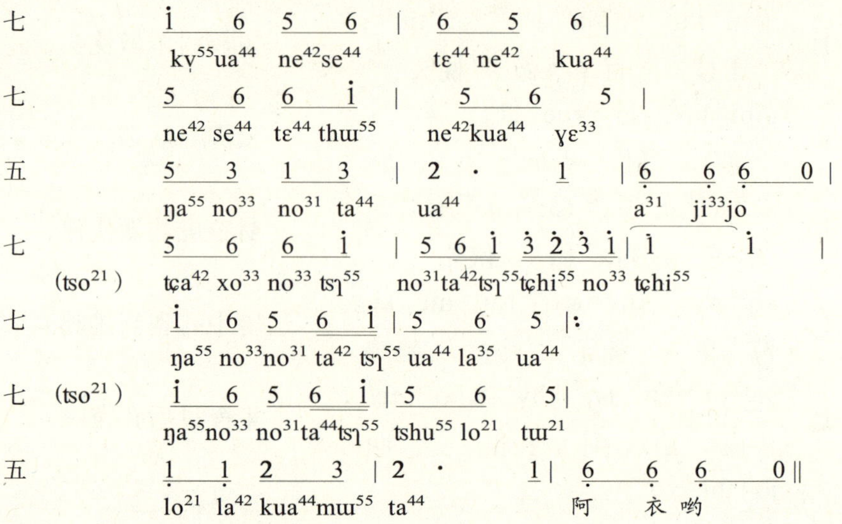

七　1̇ 6 5 6 | 6 5 6 |
kʏ^{55}ua^{44} ne^{42}se^{44} tɛ^{44} ne^{42} kua^{44}

七　5 6 6 1̇ | 5 6 5 |
ne^{42} se^{44} tɛ^{44} thɯ^{55} ne^{42}kua^{44} ɣɛ^{33}

五　5 3 1 3 | 2 · 1 | 6̣ 6̣ 6̣ 0 |
ŋa^{55} no^{33} no^{31} ta^{44} ua^{44} a^{31} ji^{33}jo

七　5 6 6 1̇ | 5 6 1̇ 3̇ 2̇ 3̇ 1̇ | 1̇ 1̇ |
(tso^{21}) tɕa^{42} xo^{33} no^{33} tsɿ^{55} no^{31}ta^{42}tsɿ^{55}tɕhi^{55} no^{33} tɕhi^{55}

七　1̇ 6 5 6 1̇ | 5 6 5 |:
ŋa^{55} no^{33}no^{31} ta^{42} tsɿ^{55} ua^{44} la^{35} ua^{44}

七　(tso^{21}) 1̇ 6 5 6 1̇ | 5 6 5 |
ŋa^{55}no^{33} no^{31}ta^{44}tsɿ^{55} tshu^{55} lo^{21} tɯ^{21}

五　1̣ 1̣ 2 3 | 2 · 1 | 6 6 6 0 ||
lo^{21} la^{42} kua^{44}mɯ^{55} ta^{44} 阿 衣 哟

歌词意译：树上树叶相打骂，树叶打到树枝下，亲人心发岔。（着）对外人，亲人还要亲不够，对亲人，外了还要说外话。（着）把咱当成粗筛子，筛完就乱挂。

这首白曲是双段七句体，由于内容的需要，曲词增了字，而乐曲的旋律不变，只在相应节拍中增音，旋律富于变化，顺畅自然。从乐曲的角度看，增添了色彩，也是一首好歌曲；从曲词的角度看，增了字，句子长短富于变化，加强了感情色彩。

减段 主要表现在大理流传的双段八句体上。一般而言，这种体的乐曲的第二段是第一段的扩展，而在大理，这种句式的乐曲两个段落之间有个过渡音。这个过渡音若落在主音上，第一段即单独成曲；若落在不稳定的音上，需要延续第二个乐段。这样的特殊乐曲为即兴对唱提供了方便，若第一段的词语

① 根据杨伟妹的歌唱记译。

已表达了思想感情，即可终止；若言之不尽，即续词续句，再接第二段。由此而来，可以使基本句式摘取一段成为变式。二段之间的过渡音是：若为|3—|，这是不稳定的音，决定着需接第二段；若为|3 —|3 6|，$\underset{\cdot}{6}$是乐曲的主音，与结束音同，能接衬词句 $\underline{\underline{5\ 5}}$ $\underline{\underline{5\ 5}}$|$\underline{1\ 0}$|（啊 依 呀嗬 嗨。）（终止全曲）。

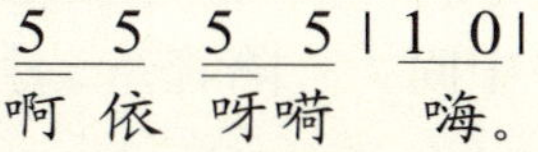

这里需要说明的是：这种句式的第一段作为减字变式时，句式为“七七七五”或“三七七五”，与基本句式总汇中单段四句式相同，但二者属于不同范畴。单段四句式流传的各地各自有独立的乐曲，而在大理是一种双段八句式的变式，类似汉语词学中的“摘遍”，是伴随乐曲变化的减段形式。（汉语词学中的“摘遍”是摘取大曲散曲中的一遍，而白曲的这种减段是基本句式的摘遍，二者稍有不同。）

以上3种自由变式中的前两种，是依附于特定内容的曲词而存在，独立成曲；后一种变式，为大理特定的一种民间白曲曲词的特殊变式。

白曲曲词句式，从目前已知的地方乐曲考察，有3种基本句式、3种定位变式及纷繁的自由变式，再加上相应的音韵变化，虽然基本句式简单，数目不多，但能衍生许多的变式，丰富多彩，可为艺人提供展示才华的广阔天地，也给白曲的体式呈现出多姿多态的局面。

五 曲词联语

白曲曲词中不同形式的联语现象普遍存在，几乎百分之七八十的传统曲词都有联语。这里所说的联语是相互关联的句子，它们的语义相同、相近或相反，有的词性和句法结构相同或相近，有的句末音节的声调高低对仗，有的或为排比句，或为顶针句，或为回环句，或为递进句，等等。这样的句子，有的一联到底，有的三联，有的两联，有的仅有一联，其中一联者居多。一联者，其位置一般在两个七字句上，双段体一般为第二段头的两句。这里以《隔水俩相好》为例：

A	1	tɕhi^{44} mu^{42} tɕo^{42}， 气煞人	不凑巧，
	2	kɛ^{55} no^{55} kɛ^{44} tɯ^{44} ko^{21} tsɿ^{33} ko^{21}。 中间 隔着 小湖儿	中间隔着河一条；
	3	kɛ^{55} no^{55} kɛ^{44} tɯ^{44} kv̩^{55} tsɿ^{33} kv̩^{55}， 中间 隔着 小河儿	中间隔着一条河，
	4	ȵo^{33} ɕã^{31} tsɿ^{55} kɛ^{21} to^{21}？ 要 想 怎么 搞	隔水咋办好？
B	5	tv̩^{31} ɕye^{33} ȵa^{55} kɛ̃^{55} kv̩^{55} ɕy^{33} sɛ̃^{55}， 涉水 咱 怕 河水 深	踩水不知水深浅，
	6	ma^{55} ji^{21} ȵa^{55} kɛ̃ pi^{55} sɿ^{55} to^{42}。 撑船 咱 怕 风 大	过船不知风大小。
	7	mo^{33} ȵi^{21} tɕɛ̃^{31} no^{33} ɕy^{33} no^{31} kṽ̩^{55}， 无 人情 的 水 这 河	无情无义这条河，
	8	thi^{31} ta^{42} tɕa^{44} ku^{21} tɕo^{42}。 只有 搭 一座桥	只得架座桥。

这首曲词有两联，分别处于上下段之中。两联各自相关词语的语义相关，词性、结构、句法相同，各自对仗齐整，构成了句式之中富有特色的风格。

这样的联语，在白曲中的作用是多方面的。对于诗意来说，起着强化的作用；对于艺术表达手法来说，丽词联珠，层层递进，语意形象生动，更让人浮想联翩；对于音韵格律来说，使曲词旋律同中有异，异中有同，跌宕起伏，增强音乐美感；对于口头文学来说，联语便于上口，容易记忆，便于流传；对于即兴创作来说，便于产生联想，一语即出，容易联想到相关事物，很快能接上后句。许多联语具有程式化的传统性，自幼接触，受其熏陶，如同“熟读唐诗三百首，不会作诗也会吟”一般，妙语连珠，顺口流出，造就人们的白曲艺术才华。

白曲的联语现象处于一种自然状态，人们审美心理上还没有把它当成格律的要求，但曲词中有无联语，其好处已经昭然，鉴赏和创作不可忽视。既然这种现象普遍存在，尤其其中有一个倾向性的句型和句位，值得重视，那就是普遍出现在双段式下段的头两句上。这个句位上的对仗句，使语义、句式、节律稳中突起，散中有严，犹如画龙点睛之笔，更增添曲词结构的精美。这样精美，虽出于自然，但失之逊色，为之增色，词体中应有其地位。

作为词律研究，既要注重揭示错综复杂现象掩盖之下的客观规律，同时也要注重总结尚未形成定式的艺术经验，使之条理化、规范化。联语既然普遍存在，应当加以总结，加以肯定，加以发扬，使之成为白曲句式的格律之一。本论主张作为白曲格律的内容，称其名为双段式的腹中对，其例参见本书各章节中所举的曲词，于此不再赘举。

六　句式节奏

曲词的语言是诗歌语言，是语言艺术，语句不同于平常语，文学上讲究修辞，要求形象生动；格律上讲究字句数目固定、音韵格局和谐，其中就有字句节奏的和谐。字句的节奏对白族曲词格律来说是艺术形式之一，它主要是由语法手段造就的，与白语的语法结构关系密切。

曲词字句的节奏，是由白语的语法关系造就的，表面上看，似乎没有刻意要求，实际上难以入乐，由于人们自然习得语言，自然脱口而出，自己没有感觉而已。

关于汉语古词节奏的研究，有的说是由平仄律造就的，有的认为是语义造就的，如，“仄声和平声相对立，换句话说仄声就是上去入四声的总名。依近体诗的规矩，是以两个字为一个节奏，平仄递用”①；“自然以轻重递用为诗的节奏”。王力先生又在一篇文章中曾泛称汉语词语节奏为“意义上的节奏”②。白语与汉语是同类型的语言，白语诗歌格律是同类型

① 王力：《汉语诗律学》，上海教育出版社 1978 年版。

② 王力：《我的治学经验》，载《语言论文集》，商务印书馆 1985 年版。

的诗歌格律，是否也是这样呢？结论是否定的。平仄是声调和谐的一种手段，而声调本质是音高，不是实质。平仄不能造就节奏，白曲曲词没有平仄，平仄造就节奏没有意义。至于“意义上的节奏”，一般理解是词语内容的意义节奏，这对于诗词吟咏特定内容的深化很有意义，应该苛求，但对于白曲曲词格律来说，格律是超乎内容的一种公众艺术形式，也未必有意义。那白曲曲词节奏的因素是什么呢？应该是白语语法结构。

白语的语法结构主要以词序和虚词表达，词有单音节词、双音节词、三音节词、四音节词，其中双音节较多。双音节以上的多音节词有多种语法结构构成。曲词利用这些语法结构的方法，构造节奏单位。这种音节的单位，一般称之为“顿”。这种“顿”在曲词中显示的情况是：七字句的节奏为：｜××｜××｜×××｜；三字句的节奏为：｜×××｜；五字句的节奏为：｜××｜×××｜。这里还需要说明的是，七字句的“顿”还可以是这样：｜××××｜×××｜。

白曲曲词的这种“顿”，在词语的音节组合的语流中清晰明了，使语流时值的长长短短，长短交错，变化多端。加之句式为长短句，音节有高低不同声调，使整首曲词的音韵长短有序，高低错落，跌宕起伏，回环别致，即使诵读，也如同一首没有人工雕饰的乐曲，自然流畅，优美别致。

第二章 白曲脚韵格

白曲曲词是押韵类型的词体。押韵是白曲词律的要素之一。白曲曲词押的是脚韵，有自己固定的格局；所押的韵有自己独有的韵类体系。由于词体特殊，语言特定，所押的韵类和格局只能把白曲词体放在白族语言中进行考察、分析和归纳。本章即以白语为依据，主要分析和归纳白曲词体的韵类和押韵格局。

一 押韵的发现

白曲曲词的押韵格局和韵类一定程度上与汉语诗歌同类，即使不懂白语知识的汉语文化人，也容易感悟。对于白曲的押韵的研究，首先就从这种感悟中开始的。

自20世纪40年代初发现《山花碑》时，断句为“七七七五”，截取二十段中第一段，感悟到第一、二、四句押韵，认为以“三韵”为一“联”。这仅仅是对于首段的一种感悟，但其后的十九段未必如此，称其体式为“联”也未必准确（参见第五章“词章”）。然而，如此一说，又引出了“转韵诗”的疑案。徐嘉瑞先生认为“三韵”一“联”时，引用了《唐会要》中这样一段记载（引文中括号为徐氏所注）：

郭崇韬平蜀之后，得王衍所得蛮俘数千，以天子（后唐庄宗）命令，使人入其部（入南诏也），初止于界上（为南诏所阻），惟国信（国书也）蛮俘得胜。续有转牒（复文也），称都督爽大长和国宰相布燮等（时南诏已亡为郑旻时代），上大唐皇帝舅奏疏一封（时唐已亡十九年，郑氏对后唐庄宗亦称舅），差人转送黎州。所署有采笺一轴，转韵诗一章，诗三韵，共十联，有类击筑词。

引文记述白族地区臣属唐朝故国奏书后唐庄宗采笺诗一事。徐氏把《山花碑》诗体与之对比，认为《山花碑》"共三韵，即《五代会要》所云'诗三韵'也。《山花碑》二十首是以二十联为一长篇，即《五代会要》所云'共十联'之联也"①。

此段引文，旨在探索源流，但从音韵上说，可以想象白曲押韵格局的来源为时久远。

对徐氏之说，赵橹先生发表《"山花体"源于"转韵诗一章"辨》②，发表了不同的看法。因涉及源流，非本章旨意，不再赘引。

前人发现白曲曲词是押韵的词体，并做了部分揭示，开拓之功，不可磨灭。

20世纪50年代后至今，有的研究文章阐释白曲句式时，认为是"三七七五、七七七五"，押韵格局为第一、二、四、六、八句押韵。这种格局是对的，但由于白曲句式底子不清，只言其一种，不免有以偏概全之嫌。

关于白曲的韵类，从20世纪50年代至今，广为转引白曲韵类为"三十六韵"。今根据《白族文学史》的转引，摘抄如下：

三十六韵分为两种：一种是母韵，一种是子韵，子韵中又有雌雄之分。母韵："花山花""机落堆""活利恩""老利老"四个。子韵："赛利赛""选勒勒"等三十二个。

雌雄分类法：

---

① 徐嘉瑞：《大理古代文化史稿》，中华书局1978年版，第387－390页。

② 载于《山茶》1987年第2期。

雌	雄
花山花	戏干叭
机落堆	小囡脂
四咬恩	活利恩
哥山山	老利老
赛利利	叙利利
选勒勒	街利街
灼利灼	刀利刀
欠茵茵	就利就
句呼呼	咕利咕
这缘缘	直夫夫
斗利斗	伍利伍
细天天	更悄悄
也利也	很毒毒
（尚缺一例，未搜集到）	四老井
	以四以
	敌敌打
	干利干
	快以则
	哂咚咚
	宗利宗
	细直意
	妻利妻

其中三个字的韵例是白语 khỵ^{44} tɯ^{21} po^{21}（曲头）或 khỵ^{44} miɛ^{55}（曲名）的汉字译写。这种译写的汉字因人而异，不能准确表达白语语音。从

白语推究，三字中的最后一个字的音是限韵、限调（声调）的音。以此种方法来统计归纳白曲韵、调的种类也是可行的。然而，从科学角度考究此表，不论韵类、调类或韵调结合的形式，多有重复。如表中雌韵的“花上花”［xua^{33} sa^{55} xua^{33}］和雄韵的“戏干叭”［çĩ^{55} kã^{55} $phia^{44}$］，两个韵目的后音节，白语韵母为 a、ia，属于同韵类；白语声调为中平调（33）和次高平调（44），也属于同调类，这样处于同韵、同调的关系，无所谓有“雌雄”之分。

关于“三十六”韵的重复问题，早有人论述过，这里不再赘述。然而，尽管这个韵类表存在这样那样的问题，但还是难能可贵的，可以说是史无前例之举。白曲的承传历史久远，多少高人韵士如若罔闻，而它却从民间得来，意味深长。当大家面对这个白语艺术神奇的迷宫时，自然受到青睐，辗转引用，自有道理。

这个韵类表的创始人是谁？从不见记载。从20世纪80年代初期出版的资料中推测，应是李志堂先生从民间流传总结出来的①，因为时至现在，云龙和洱源凤羽一带的对歌往往约定要对什么韵，即以前面说的那些韵头对歌。

前人限于时代，只能如此，但他们点点滴滴的研究成果启迪后人思路，激励人们揭示白曲的押韵格局和韵类的信心。

二　押韵格局

白曲曲词讲究押韵，又讲究押调（诗歌律化的声调），韵、调合一，同时体现在韵句的句末字（音节）上。但韵和调二者的性质不同，韵，指音节中韵母元音的音色和乐音；调，指音节声调的音高。它们对于白曲的作用有同有异。关于调的问题留在第三章专论，这里主要论述押韵。

---

① 据1983年云南大理白族自治州白文研究组资料《白族文字初级拼音读本》第15课《李治堂同志——谈“西山调”》，三十六韵收集整理者为李治堂。该文说：李是凤羽兰林村人，1952年到下关读书后到西山教书，此间学了七千多首歌，创造了四十六字，记录整理了三十六韵。

押韵给人的美感是一种心理上的延期效应，在句式语音序列流动过程中，一定时间内同韵类的音先后相互复合，其间又有非韵句相应位置上的异音衬托，使语音流动过程有起有伏，有急有舒，悦耳动听。同韵类的韵，对于特定语言的使用者来说是很敏感的音。作为押韵类型的诗歌，人们在这样的诗歌语言文化环境中成长，自然养成特定语言音韵的审美标准，心理上很容易感知在哪个节骨眼上有同类性质的音。由于押韵和韵类有这样的作用和性质，因此，只要是使用白语的白族人，或听或念自己语言的曲词，哪个句位上押韵是很容易识别的。这种自然识别的方法，对于押脚韵类诗歌的民族（如汉族）来说，虽然语言不同，但审美心理相类，也可大致识别，只是受不同韵类的制约，不能准确鉴别而已；对于不押韵诗歌的民族（如彝族、傈僳族等），鉴别白曲押韵就不像汉族一样了。当然，即使白族人，也因为对自己的语言及白曲词体的认识处于自觉不自觉之时，对所押的格局和韵类难免出现偏颇。一般说来，基本句式已经清楚，即使只靠感知，韵类、韵位大致也可以理解。

白曲的3种基本句式是各地基本句式体的总汇，因有偶句式和奇句式的区别，押韵格局有所不同。如果把3种句式分为两类：双段七句式为奇句体，单段四句体和双段八句式为偶句体，它们的押韵格局可以概括地说：白曲曲词首句起韵，奇句体逢单押韵；偶句体逢双押韵。下面以○代表字（音节），以▲代表韵脚字（音节），以△代表非韵句末字，列白曲押韵格局示例如下：

（一）奇句体·双段七句式

A　1　○　○　○　○　○　○　▲
　　2　○　○　○　○　○　○　△（或为三字句：○　○　△）
　　3　○　○　○　○　▲

B　4　○　○　○　○　○　○　△
　　5　○　○　○　○　○　○　▲
　　6　○　○　○　○　○　○　△
　　7　○　○　○　○　▲

（二）偶句体·单段四句式

A 1 ○ ○ ○ ○ ○ ○ ▲（或为三字句：○ ○ ▲）
2 ○ ○ ○ ○ ○ ○ ▲
3 ○ ○ ○ ○ ○ ○ △
4 ○ ○ ○ ○ ▲

（三）偶句体·双段八句式

A 1 ○ ○ ○ ○ ○ ○ ▲（或为三字句：○ ○ ▲）
2 ○ ○ ○ ○ ○ ○ ▲
3 ○ ○ ○ ○ ○ ○ △
4 ○ ○ ○ ○ ▲

B 5 ○ ○ ○ ○ ○ ○ △
6 ○ ○ ○ ○ ○ ○ ▲
7 ○ ○ ○ ○ ○ ○ △
8 ○ ○ ○ ○ ▲

这两种韵例显示了白曲押韵格局严谨、排列有序的基本特点。韵脚字犹如人的双脚，使句子站得稳，随着句式的长短变化的语流，与非韵句的不稳，构成静中有动、动中有静的对立，音韵跌宕起伏，和谐优美。这样的押韵格局是一种定式，为人们共同遵循；如果不遵循这样的定式，吟诵不入耳，歌唱难入乐。如果是特殊题材、特殊曲种，艺人为了表达某种思想感情的需要，增加句子，也得在一定的句数、句位上进行，即句数一般增两句或其倍数，押韵格局依其序列，并保持五字结束句。

三 律韵类别

押韵的美感是由同韵类的音造就的，同韵类的音是音节中的韵母。如果声母、韵母都相同的音节相押，对于押韵诗歌而言，反而显得平淡单调。有的民族诗歌，在句式相对应的位置上常用相同音节出现，似乎押音节，其实不然，这是另外一种格律造成的。白曲的押韵，只押音节的一个成分，而且是音节中最响亮的成分。声母不同，韵母同类，在押韵的几个位置上前后呼应，如同有和声效果，在心理延期效应的复合中得到充分发挥，充分显示出押韵的美感。

白曲韵类是建立在白语语音基础上的，为人们约定俗成。这种约定俗成是符合白语发音机理和审美心理的。由于语言特定，民族审美心理特定，白曲韵类及其体系与其他押韵类的民族语言诗歌相比，各有不同，即使有的韵类或有些所押的韵母相同，那也只是体系中的个别偶合现象，体系不可能相同。对白曲的韵类，有的论著见白曲句式如同汉语诗歌，又见白曲的书写形式“白文汉字”，以汉字汉音评说韵例，难免出现差错。

白语是白族的共同语，虽有方言土语之差，但基本要素、基本规律是共同的，具有全民的通用性。建立在共同语基础上的白曲音韵，是白族人民大众在语言艺术实践的历史过程中形成的，是诗歌艺术格律化的韵类和体系，带有浓厚的民族心理特点，同样具有全民性，而且比自然语言更稳定，带有超方言、超时代的性质。这一性质主要来源于语音要素综合性的类化，即，它既符合自然语音发音机理，又符合民族的审美心理，数量比自然语音的要素少得多。白曲押韵的韵类是白曲格律化的韵类，不等同于自然语言的韵类，本书称之为律韵。

白曲的律韵及其体系的特性就是这样，如果离开白族语言，离开白族的审美心理，那所说偏颇在所难免。过去，对白曲的记录往往用“老白文”，从汉字形体上看，句式、体式如同汉语诗词，白文汉字的读音也与汉语相近，人们不可避免用汉语音韵评说白曲音韵，难免有些失实。

白曲律韵是白语语音艺术格律化的产物，它应该主要沉积在传统白曲曲词之中，现根据白曲曲词数千首、段的分析、对比、实验而后归纳，白曲律韵共有 5 类，它们构成了一个完整的韵类体系。这 5 类列表如下：

表 2-1　白曲律韵表

律韵名称	衣韵［i］	艾韵［ε］	阿韵［a］	乌韵［u］	厄韵［ɯ］
含韵母	i,ui,ue,y,ɯ	ε,uε,iε	a,ua,ia	u,o,io,iu,ou,ɔ,uo,ṿ	ɯ,iɯ,ɿ

注：① 表中所含韵母是大理州各县、兰坪东部、泸水南部、丽江、元江等地基本元音及其复合元音的总汇，包括各地所对应的音，如 ε 与 er 是两地互变的音，都列入其中。(er 不是舌尖的卷舌元音，发音时舌根隆起，有儿化意味，开口度比 ε 相应变小。)

② 大理州剑川、鹤庆、祥云、云龙西部及兰坪、丽江、元江等地基本元音分鼻化和非鼻化两套，但押韵不分，故不另列鼻化韵母。

③ 复合元音韵母押韵只强调其中响亮的音，介音 i、u 不起作用。

表 2-1 中显示出白曲的韵类及其体系，不仅符合白族审美心理的要求，也是符合白语发音的语音机理的。语音是人的发音器管振动、共鸣发出的为语言交际使用的音，具有生物、物理和社会功能的性质，不同属性有着多种内涵，白族对于韵类的艺术审美，主要利用白语语音物理性质中的共鸣音色。白语元音的共鸣情况，根据开口度（含唇形）基本上有 5 种类型，与 5 个韵类基本相同。衣、艾、阿 3 个韵的开口度由窄到宽，共鸣效果依次递增；乌、厄两韵由唇形圆到展，共鸣效果依次递减。这 5 种共鸣效果，音色优美清晰，易于识别，形成了与其他民族韵类不同的鲜明特点。有些韵类中具体的元音，如此通释，似有矛盾，但参照实际发音部位分析，也与共鸣音色相关。这些似有矛盾的音有 3 个：y、ṿ、ɿ 。

衣韵的 y 音。是圆唇元音，似与乌韵圆唇同类，但舌位前后差异大，共鸣差异亦大，与同舌位的 i 效果相当，故属衣类。

乌韵的 ṿ 音。是 u 的唇齿化音，若从唇形上看，与衣韵、厄韵相近，但共鸣效果却与它们相去较远，而与 u 音基本保持一致，故仍属乌韵。

厄韵的 ɿ 音。这个音看似舌尖前元音，舌位、开口度似与衣韵相同，但这个音比较特殊，它只跟舌尖前的声母 ʦ、ʦh、s、z 音结合，实际音值是带有 ɯ 的性质，其中响亮的音有 ɯ 的因素，共鸣效果与 ɯ 互相对应，这也可以证明白语中 ɿ 音的实际音响效果。当然，也许 ɿ 和 ɯ 原始白语只有一个。在今天的方言土语中仍然混用，这个现象更说明它们原来就是一个 ɯ 。

由于白曲韵类主要由共鸣音色区分，形成按开口度（含唇形）宽窄大小级别的韵类体系。开口度宽窄大小的级别类型化，因此韵类较少，各类所含韵母较多，为白曲创作提供较宽广的选词范围。下面列举 5 种韵类押韵格局的曲词 5 首（下划线粗体字母为韵脚的韵）：

（一）衣［i］韵曲·哪能相抱怨

A	1	tɕhi^{44}ni^{55} tɕh ^{44}， 气又气	i	望穿眼，
	2	sɿ^{55}ȵo^{33}tɯ^{21}na^{55} suã^{55} xɯ^{31} ɕ ^{33}， 想要 接 你们 园 里水	i	想你园中水解渴，
	3	sɿ^{55}ȵo^{33} tshe^{31} na^{55} suã^{55} xɯ^{31} xo^{55}， 想要 采 你们 园 里 花	△	想你园里花饱眼，
	4	sẽ^{55} kã^{55} po^{21}thu^{33}t ^{33}。 山 高 坡 路 远	i	山高路又远。
B	5	sẽ^{55} kã^{55} ŋa^{55} sa^{35} pi^{33} tshṿ^{31} no^{55}， 山 高 我们 从 矮处越	△	山高咱从低处过，
	6	ta^{31} khua^{44} ŋa^{55} sa^{35} tsɛ̃^{44} tshṿ^{31} p ^{44}， 坝 宽 我们从 窄 处 走	i	坝宽咱走窄边边。
	7	sẽ^{55} kã^{55} thu^{33}tue^{33}ŋa^{55} miɛ^{42} xɯ^{31}， 山 高 路 远 我们命 里	△	山高路远命中来，
	8	a^{31}mia^{44}sa^{55} po^{44}j ^{33}。 不能 相 抱怨	i	哪能相抱怨。

（二）艾［ɛ］韵曲·看你钓鱼人

A 1 sẽ^{31} tɕhẽ^{55} ṽ̩^{55} tɯ^{21} ka^{44} jo^{55} k ^{33}，　ε 青鱼游玩好风景，
小青鱼　相约玩一玩

2 kṽ̩^{55} pĩ^{55} ne^{31} ɣɛ̃^{33} kɛ̃^{33} tɯ^{44} kɛ̃ ^{33}。　ε 猛然使我惊。
河边　下　惊　得　惊

3 nɯ^{55} na^{42} ɣɯ^{35} tɯ^{44} tio^{44} ṽ̩^{55} ȵi^{21}，　△ 看见那里钓鱼人，
那里　来　得　钓鱼　人

4 ɕĩ^{55} kho^{33} sɛ^{44} tɯ^{44} s ^{44}。　ε 心似扎了针。
心　割　得　割

B 5 mo^{31} kv̩^{42} tṽ̩^{55} tsɿ^{55} ŋo^{31} kv̩^{42} sẽ^{55}，　△ 你朝东钓我西去，
他　在　东　则　我　在　西

6 mo^{31} kv̩^{42} tõ^{33} tsɿ^{55} ŋo^{31} kv̩^{42} ɣɛ̃^{33}。　ε 你朝上钓我下沉。
他　在　上　则　我　在　下

7 sua^{44} tsɿ^{31} tio^{44} ṽ̩^{55} ma^{55} tsɿ^{33} no^{31}，　△ 叫你钓鱼这汉子，
说　给　调鱼　那　男子　你

8 thu^{55} ŋɯ^{55} ʔa^{55} sɛ̃^{31} f ^{44}！　ε 怎钓也不成！
把　我的　什么　法子

（三）阿［a］韵曲·梅花开

A 1 tɕi^{33} xo^{55} tsɿ^{33} ke^{55} tsɛ^{42} ji^{44} ^{44}，　a 十冬腊月开梅花，
梅花　开　十一　月

2 kṽ̩^{55} xɯ^{31} ɕye^{33} li^{55} tsẽ^{21} mɯ^{55} ph ^{44}。　a 河水干枯成渣渣。
河里　水　也　成　它　渣

3 kõ^{33} thi^{31} mɯ^{55} tɯ^{21} ɕĩ^{55} sã^{55} ko^{21}，　△ 两情相爱才开头，
两兄妹　才　心　相爱

4 tɕhɛ̃^{55} sõ^{55} lɛ^{31} ɣo^{42} phi ^{44}。　a 清霜落爱花。
青霜　又　下　到

B　5　tɕhɛ̃^{55} sõ^{55} ɣo^{42} li^{55} sue^{55} mo^{31} ɣo^{42}，　△　清霜想落随它意，
青霜　下　也随　它　下

6　thi^{31} ȵo^{33} xo^{55} se^{44} tɕɯ^{31} mɯ^{55} ku ^{44}。　a　只要花枝不离花。
只要　花　叶　挨拢　它　杆

7　u^{31} pɯ^{35} ni^{42} tshe^{42} ji^{35} ɕã^{33} xue^{55}，　△　五百年才一相会，
五百　年　才　一　相会

8　sã^{55} ko^{21} mo^{31} pɛ^{44} s ^{44}。　a　相爱一百年。
相爱　它　百年

（四）乌［u］韵曲·风吹花朵

A　1　pi^{55} tsho^{33} tsɛ̃^{55} ji^{55} xo^{55} tsʅ^{33} t ^{33}，　o　风吹花朵心悠悠，
风　吹　知心　花朵儿

2　kɛ^{55} no^{55} kɛ^{44} tɯ^{44} jɯ^{44} tsha^{55} th ^{33}。　u　一段路程隔两头。
中间　隔　着　吃早饭　路

3　kɛ^{55} no^{55} kɛ^{44} tɯ^{44} nia^{42} sɯ^{33} thue^{55}，　△　两头隔着一段路，
中间　隔　着　这样　节

4　sɣ̃^{31} nɯ^{55} ɕĩ^{55} kho^{33} m ^{33}？　o　疼不疼心口？
疼 你的　心　吗

B　5　ȵi^{21} kɛ^{55}？ a^{31} ȵi^{44} kẽ^{42} ka^{35} sẽ^{55}，　△　人家一天见几面，
人家　一 天　见　几　面

6　ȵa^{55} tsʅ^{33} ka^{35} ȵi^{44} kẽ^{42} tshɣ^{31} m ^{33}。　o　咱们几天不碰头。
咱们　几　天 见　处　没有

7　kɛ^{55} no^{55} kɛ^{44} tɯ^{44} thu^{33} no^{31} thue^{55}，　△　可恨中间这段路，
中间　隔　着　路　这　节

8　sɣ̃^{31} ŋɯ^{55} ɕĩ^{55} kho^{33} n ^{33}。　o　疼在我心口！
疼 我的　心　上

（五）厄［ɯ］韵曲·巴之不得

A 1 ŋɯ^{55} tsɛ̃^{55}ji^{55} tsɿ^{33} na^{55} na^{42} j^{44}，
我的 知心 是 那个 村
ɯ 知心就在那村里，

2 sɿ^{55} ȵo^{33} kõ^{33} jɯ^{44} tɕhi^{33} tsɿ^{55} j^{44}。
想要 两 村 迁 成 村
ɯ 巴之不得迁一起，

3 sɿ^{55} ȵo^{33} kõ^{33} xo^{31} tɕhi^{33} tsɿ^{55} xo^{31}，
要想 两 家 迁 成 家
△ 巴之不得成一家，

4 tshã^{55} pẽ^{33} ta^{31} xo^{31} j 。
早饭晚饭 打伙 吃
ɯ 饭吃在一起。

B 5 tse^{31} li^{55} ȵa^{55} tsɿ^{55} kõ^{33} tse^{42} ȵo^{42}，
钱文 咱们 则 两 节 用
△ 文钱掰成两半用，

6 me^{33} kho^{33} ȵa^{55} tsɿ^{55} kõ^{33} tse^{42} j^{44}。
米粒 咱们 则 两 节 吃
ɯ 粒米掰成两节吃。

7 ke^{42}ʔa^{31} pe^{21} no^{33} tsv̩^{31} kõ^{33} sṽ̩^{55}，
碗 一只 上 筷 两 双
△ 一碗饭上两双筷，

8 no^{31} xa^{44} ŋo^{31} xa^{44} j^{44}。
你 一口 我 一口 吃
ɯ 两个打伙吃。

第三章　白曲高低律

有声调的语言，往往运用声调造就诗歌的音韵美。白语是有声调的语言，白语声调是白曲词律的要素之一，而且是最重要的要素。由它造就的音韵格局规则，是曲词的重要标志，可以说，没有声调和谐律的曲词是难以称之为曲词的。白曲词律所用的声调不是语言的自然声调，而是一种在自然声调基础上艺术格律化的声调，本书称之为律调。本章论述白曲律调、律调和谐律及其与音乐的关系。

一　白语声调

有声调的语言，说话如同唱歌一样。声调的高高低低，可以用乐谱记录，如果给予音乐节奏和定调，就是一首乐曲。这种语言的诗歌往往运用声调这一特殊音乐性造就音韵美，这一点，20 世纪 50 年代人们就已经注意到了。当时出版的《白族民歌集》介绍民歌体式时，认为白曲的音韵美是由声调的平仄造就的，它是一种平仄律。此说影响较大，为各种论著辗转引用。《白族文学史》具体解释为："一、三、五……句末是仄声，二、四、六……句末是平声，形成仄平相间的韵式，也有平仄相间的韵式。"有的亲自动手，给白语声调定调值，划分类别，认为"平声调值分别为 32、22、11、24；仄声调值分别为 55、42、31"，有单、双句有仄起平收和平起仄收的宽严二式。①

① 李正清：《白族"山花体"格律》，《中央民族大学学报》1984 年第 1 期。

如果笼统地说平仄，有时囿于地区和演唱者习用某种律调的关系，确有平仄之感。这里姑且不论平仄概念及所引调值如何，这些探索是很有意义的。平仄说揭示了白曲词律的一个重要内容，即白曲词律与汉语诗律一样运用声调造就音韵美，所用的声调不是语言的自然声调，而是一种专用于诗歌的调类；它们主要体现在句末音节上，形成不同调类的对立。这是一个重要的发现。

然而，说到白语声调调值及平仄，给人可是可非之感。按平仄的一般解释，似乎难以解释白曲的声调和谐现象，难以说明其内部规律。

众所周知，平、仄，是古人解释中古汉语诗律特有的术语。什么是平？什么是仄？因时过境迁，其概念还有许多模糊之处，学者们往往以推测而论，当今语文学家对其解释仍然很谨慎。如王力先生解释①：

> （中古汉语四声）依我们设想，平声是长的，不升不降的；上去入三声是短的，或升或降的。这样自然分成平仄两类了。“平”字指的是不升不降，“仄”字指的是不平（如山路之险仄），也就是或升或降。如果我们设想不错，平仄递用，也就是长短递用，平调与降或促调递用。（黑点为引者加）

王力先生的话表明，平仄概念从古至今还是“设想”，依此“设想”，平仄递用是“长短递用”，可谓是长短律。对于中古汉语诗律的如此模糊的概念，能否解释当今白语曲词声律，看来比较勉强。就前面所引的白语声调调值而言，按王先生“设想”，前面所引白语 24 调是上升的不平型，不该为“平”；白语 55 调是不升不降型，也不该为“仄”，这样，白曲的所谓的“平仄律”也失去了基础，无所谓存在。

要探求白曲律调及其和谐律，首先需要对白语声调加以认识。

根据白语研究成果和语言实际，白语声调有两种表述体系：一种是白语研究成果中描写并为白文应用的声调体系，另一种是白语实际音高的声

---

① 王力：《汉语诗律学》，上海教育出版社 1979 年第 2 版，第 6 页。

调体系。前者且称之为松紧声词或白文声调，其所谓“调值”且称之为音值；后者且称之为自然声调，有其本身客观存在的调值。二者都表达白语声调，只是由于描写方法不同，所称调值和声调数目有所不同而已。松紧声调或白文声调体系中有非声调本质的因素，往往不易显示诗歌律调情况，因此，还需要加以说明。

按声调的基本原理，其本质是一种音高。在有声调的语言里，不同音高有区别词意的功能，有几个能区别词义的平、升、降、曲折等音高形式，即为几个声调，现代汉语普通话的声调就这样描写的。然而，白语的情况有所不同，声调与声母辅音的清、浊和韵母元音的松喉、紧喉等几重发音方法互相关联，尤其与松紧元音关系密切。如在一定的音高上，即自然声调高平（55）、中平（33）、中降（31）3 个调上，松元音音节的音高略低，紧元音音节的音高略高。这些偏高偏低现象，是由元音的发音方法不同所造成的，语言使用者没有感觉的，这是韵母问题，即不是声调本质的高低问题。作为声调本质的描写理应把松元音和紧元音与声调加以区别，分立为不同门类。但是，由于语音描写和应用力求简明，白语研究者们利用松紧元音与声调之间的这种关系，给予其偏高偏低的音高“调值”，以增加声调数目，不分立松和紧两个元音体系，减少松元音和紧元音的烦琐，这样便形成松和紧两类声调体系。这样表述声调的方法无疑是可行的，方便的，是少数民族语言研究中常用的方法，它使音位系统简单明了，便于掌握和应用。但这种划分，把松紧元音带来偏高偏低的因素当声调看待，其中有些“调值”已经不是声调的本质因素，这对于认识白语真正的本质有些局限。现在是研究白语声调的诗歌和谐律，首先应该着眼于声调的本质因素，即把元音分成松紧两类，排除由他们导致的偏高、偏低的因素，就可以看到白语真正的自然声调有几个，他们真正的调值如何，这对于格律的研究是很方便的。但鉴于目前松紧声调（白文声调）熟悉的人较多的现实，只能使用两种声调进行对比论述。

白语声调各地方言土语有多有少，相互交错，若按白文松紧声调划分，总共有 9 个，最多的地区有 8 个。8 个地区是以剑川为中心的中部方言区和以大理为中心的南部方言区。这两个方言区是白曲主要流行区。但这两个地区的声调也不完全相同，各缺一多一。

若按自然声调实际声调划分，南、中两区的声调数目总共有6个，中部方言有5个，南部方言有6个。

不论哪种划分，它们的调型总共有6种，即为两个平调、一个升调、三个降调。如果按王力先生的归类法归类，即为3类：两个平型，一个不平型。语言的实际调型如此，分作平仄两类，事实上是不可能的，例如，白语平调有两个，哪个才是“平仄”的“平”呢？这对于白曲来说，毫无意义。为了便于理解和叙述白曲的律调，首先说明白语声调，列松紧声调、白文声调和自然声调对照表，如下表3-1：

表3-1　松紧声调、白文声调和自然声调对照表

调　型	自然语言声调	白文松紧声调	
	调　值	音　值	松　紧
高　平	55	55	松
		51	紧
中　升	35	35	不分
中　平	33	33	松
		44	紧
中低降	31	31	松
		42	紧
低　降	21	21	紧
中次低降	32	32	紧

注：①紧喉高平调的音值因紧喉而偏高，五度不好标注其音值，今以51标注。此调多限古今汉语去声的借词，存在于中部方言的剑川、鹤庆、洱源北部、兰坪东部、丽江、祥云、元江、云龙东北部和西北部等地区。

②中次低降调只存在于南部方言的大理、宾川西部、洱源南部、云龙东南部等地区。该调在中部方言中均读为紧喉42调。

③北部方言的泸水北部，兰坪西部的松紧声调一般为5~7个。

表3－1显示“自然声调”中不含韵母松紧因素，显示出白语声调的本质，所含两种平调、一种不平调、三个降调。对此，无论按汉语诗律“设想”怎样推论，平仄两类是推导不出来的。当然，白曲的创作和流传过程中，有的地方、有的人，或因习惯，或因常用曲调的关系，一般使用一两种声调也是有的，尤其白语词汇中，中平调的词较多，使用中平调的曲词很多。如果不顾及众多白曲现象，只看一般流行的几首曲词，或只对某个地方、某个歌手习用的白曲来说，曲词中也许确有这种“平”和“不平”对立的感觉。但如果曲词稍多几首，多记几位歌手、多几个地方的曲词，“平仄”“平仄律”对白曲来说是不可靠的。多年来还在“设想”的汉语诗律术语概念，未必能真正揭示白语的词律。

既然对“平仄”和“平仄律”持疑，那白曲的律调到底是什么样的调？它们在白曲中的格局和规律如何？这些只能根据曲词中大量的声调实例进行分析、归纳，同时，还需要白曲音乐参证、认同，才能得出可靠的结论。

二 律调——高调、中调、低调

白曲曲词的主要存在形式是口语，文字记载的曲词较少。如果单纯地着眼于文字记载的曲词研究白曲律调，受限较多。老白文因以汉字为形体，其读音白汉交错，实际语音模糊；新白文因属于应用文字，简化了松紧元音的烦琐，却增加了声调数目，淹没部分声调的本质。鉴于此，只能着眼于曲词的主要存在形式的口语。着眼于口语，最好的方法是用国际音标进行大量的记录，这样，就能在书面上显示出自然声调在曲词中的真实情况。

以音标记录的“自然声调调值”来考察不同地方的数千首、段曲词的韵脚字（音节）上的声调情况，显示基本一致，它们当中，共同的有3种类型，不同的有1种特殊类型。

共同的3种类型是：一种押高平调（55），一种押中平调（33），一种押降调（31、32、21）。它们入各自的乐曲，互不混押。

不同的特殊类型是：中升调（35）在各地方言中显示有所不同。在中部方言的曲词中，它与中平调通押，归属于中平调；在南部方言中，它与高平调通押，归属高平调。这样的归属有其音高原理的：这个调的调值虽然描写为35，但中部方言的实际音值略低，大致为24；而南部方言的音值保持35。由于音高主要趋向高度各有不同，这种归属是符合实际的。

另外，这个调在使用中也出现一些不同情况：押这个调的曲词，在中部方言中很少，原因是这个调的词汇很少，又受人们使用习惯影响，几乎不用在韵脚上。而在南部方言中，这个调的词汇较多，中部方言高平调的词，南部方言把它们一分为二，一部分读作中升调。按理说，在南部方言中押这个调的曲词应该较多，然而相反，在当地白曲这种特定曲种中还不见用，而在当地联唱体“大本曲”中押这个调的曲词却屡屡出现，与高平调通押，并有相应的乐曲。

既然特殊的中升调也有自己的位置，那么，综合上述，白曲曲词所押的律调实际上只有3种类型。从它们的音型、音势分析，表现为不同的音高，高平调表现的是高音，中平调表现的是中音，降调表现的是低音。它们在诗歌格律中的这种表现，已经不是语言的自然声调，没有区别词义的功能，是诗歌格律艺术化了的调类，这里给予它一个术语，称之为律调。白曲所押的3种调类即3个律调：高调、中调、低调。3个律调的调值，根据它们可以延长的特点和以五度坐标划分声调的通例，可定为55、33、11。作为方便叙述的代号，可以根据民族音乐五声制的等级音阶写为5（so）、3（mi）、1（do）或1（do）、3（mi）、5（so）。这个代号可以作为口语的音阶，可用音乐简谱的念法，但中间不含半音的4。本书的例词音韵分析均用这3个代号分别代表高调、中调、低调。

由此，可以说，白曲的律调不是“平”与“仄”两类，而是高、中、低三类。为了便于理解，列白曲律调与白语自然声调和白文声调对照表如表3-2：

表 3－2　白曲律调与白语自然声调和白文声调对照表

<table>
<tr><td colspan="2">白语自然声调</td><td>调值</td><td colspan="2">55</td><td>35</td><td colspan="2">33</td><td colspan="2">31</td><td>21</td><td>32</td></tr>
<tr><td colspan="2" rowspan="2">白语研究描写声调</td><td>调值</td><td>55</td><td>51</td><td>35</td><td>33</td><td>44</td><td>31</td><td>42</td><td>21</td><td>32</td></tr>
<tr><td>松紧</td><td>松</td><td>紧</td><td>紧</td><td>松</td><td>紧</td><td>松</td><td>紧</td><td>紧</td><td>松</td></tr>
<tr><td rowspan="3">白曲律调</td><td colspan="2">调　类</td><td colspan="3">高　调</td><td colspan="2">中　调</td><td colspan="4">低　调</td></tr>
<tr><td rowspan="2">代号</td><td>南部方言</td><td colspan="3">5</td><td colspan="2">3</td><td colspan="4">1</td></tr>
<tr><td>中部方言</td><td colspan="2">5</td><td colspan="3">3</td><td colspan="4">1</td></tr>
</table>

注：① 白语有自然声调和描写声调的区别，是因为白语声调与元音的松紧与声调有关。紧喉元音的音节音高偏高，松喉元音的音节音高偏低。若分元音松紧，即为自然声调，声调较少；若以松紧声调同时表示松紧元音，声调就多，即为描写声调。

② 紧喉 51 调为 55 调的紧喉调，调值稍高，是平调，写作 51 只是为了与松喉的 55 区别而已。

③ 35 调，它在各地方言曲词中显示有所不同。

④ 高、中、低三个律调，如果从语言声调描写的五度标音法标音，调值应该是 55、33、11，是一种音高距离相等并可以延长的平声调，它的音高与音乐上的五声音阶相近。

表 3－2 显示，律调不完全是自然声调的本身，也与松紧声调不发生关系。至于律调为什么不用自然声调而另外形成一套的问题，其中既有有声调语言的共性，也有具体语言的特殊性。

关于共性。声调的性质是音高，本身就具有音的高高低低音乐性。20 世纪初，赵元任等语言大师进行汉语声调实验时，用五线谱记录，确定其调值，发明了五度坐标标记方法。这件事，不仅解决了语言声调的千古难题，而且，揭示了声调的音高与音乐的音高具有同样的性质的关系，二者都可以用五度音高级差表示。律调是自然声调艺术格律化的调类，由于出自自然声调，既不失本来的音高，又超脱语言，成为一种特殊的语音音高类别。汉语诗歌的“平仄”如此，白曲的高、中、低调亦如此。

关于特殊性。语言声调在音韵格律上与词义失去了联系，是纯语音音高的运用，也就是说没有区别词义的功能。所以对具体语言诗歌音韵而言，以纯音高的差异作为律调，具有纯音乐的美感。这种美感是诗歌音韵的一种文化现象，不是纯物理现象，由于各民族的文化差异，语言不同，运用语言要素造就诗歌音韵的方式方法也不同。白族运用白语的 5～6 个自然声调形成的高、中、低 3 个律调，也许是白族诗歌音韵独有。正如目前所知，平仄及其格律为汉语诗词独有一样。

三　高低律

白曲高、中、低 3 个律调在曲词中和谐的格局规则，称之为高低律。这是高低三元化的律调类别，与汉语诗歌平仄二元化的分类不同。

由于白曲在白族社会生活中根基深厚，白族人对于白曲的高低和谐很敏感，在关键的字上用错了律调，歌唱，不能入乐；口诵，不能上口；耳听，不能入耳，即使靠自觉不自觉的审美心理，也能辨识失律与否，只是不能确解而已。

从大量白曲词的记录和分析中可以看出，高低律要求律调有一定的格局和规则。这种格局和规则，作为审美意识的要求，主要体现在两个方面：

第一，押调。要求韵句的末字既押韵又押调，即要求一首曲词，每个韵脚上的律调同类。也就是说，白曲律调有 3 个，相应的曲词也有 3 种，押什么调，该曲词也可称之为什么调的词。作为曲词名称，如：押高调的称为高调词，押中调的称为中调词，押低调的称为低调词。

第二，协调。要求非韵句末字的律调与之相异，形成句末相对律调对仗格局。律调有高、中、低三级，如果韵脚押高调，非韵句末字律调用中调或低调；如果韵脚押中调，非韵句末字用高调或低调；如果韵脚押低调，非韵句末字用高调或中调。非韵句末字的律调一般与韵脚律调相比，以音高级差大者为佳，即高调词的非韵末字为低调者为佳，中调词和低调词的非韵末字为高者为佳。这种大音差对仗不是定式，在大量的曲词中尚有少数非韵脚字的律调与韵脚字的字同调的，但为数很少，普遍追求的是大音差。作为历史艺术经验的总结，应遵循音高级差大者为佳的普遍现象。

押调、协调的格局可用下列词调表说明（表 3－3）：

表 3－3 词调表

词调名称	高调词	中调词	低调词
韵脚律调	高调	中调	低调
非韵句末律调	低调或中调	高调或低调	高调或中调

另外，律调还有构造曲词旋律的功能。句中和句间字的律调用法似乎没有什么要求，表面上也似乎没有什么规律。实际上不是这样。律调来源于语言的自然声调，却超乎自然声调的辨意功能，它能使字（音节）、词、句、段的语流具有高低起伏的音乐美。一个句子、两个相对句子，乃至整段、整首词语的音节相连或相对有不同的律调，纵向、横向的高低错落、相互呼应的音高变化，使曲词更富有音乐的美感。这种句中和句间自然而成的高低变化，与约定俗成的押调、协调格局结合，构成一首曲词完整的高低律。高低律对于一首曲词来说，是一种高低不等的音高组织。这种音高组织加上长短句式词语结构的长短，一首曲词即如一首旋律完美的乐曲。为了表述这种律调音高和词语长短组织的特性，本书借用音乐术语，演称之为“曲词朗读旋律”，简称“曲词旋律”。对其描述时，以“旋律谱式”相称。

句中和句间的律调安排虽然顺其自然，但也有主次。从传统的曲词中看到，作为起韵的首句，尤其是三字句，可以同为一个音高的律调，七字句也可（无此曲例，仅靠试验证明）。但第二句中的字的律调必须要有高低变化，不能用同一个律调。所见的曲词如此显示，表明只求高低有所变化，不求固定字上的定式对仗。这种顺其自然优美的效果，是有其原因的。因为律调有三，数目较多，各自涵盖词语较宽，只要是白语词语组合的曲词句子，音节自成不同音高的变化，不约定，不苛求，自然成其为律。这种顺其自然，不等于不要，如果是同一律调的两个句子相连，那就拗牙了。另外，这种不约定，可以避免曲词旋律千篇一律的单调，造就千姿百态的曲词旋律。

下面举 3 首双段八句体的曲词为例，看它们高低律押调、协调的格局及曲词旋律谱式的情况。（5、3、1 分别为高、中、低律调的代号。）

（一）高（5）调词·劝夫戒赌

A	1	tɕo^{55} ji^{44}kɛ̃^{55}， 交 一更	5	才一更，
	2	kv̩^{42} ŋɯ^{55} khv̩^{31} xɯ^{31} fɛ̃^{33} fɛ̃^{33} tɕhɛ̃。 在 我的 床里 反复 听	5	躺下听见赌博声。
	3	tɕhɛ̃^{55} tɯ^{44} me^{21} ṽ̩^{55} ma^{55} tɕɛ^{42} pia^{44}， 听见 门外 他们 赌博	3	听见门外赌博人，
	4	ta^{42} ɣɯ^{42} tɕhyẽ^{44} mo^{31} tɕhɛ̃^{55}。 帮忙 劝 他 一声	5	帮忙劝一声。
B	5	tɕɛ^{42} tɯ^{44} tɕi^{55} li^{55} ȵa^{55} vv̩^{31} pio^{33}， 赌得 多 也 咱们的 不是	3	说赢也是人家钱，
	6	tɕɛ^{42} tshɛ^{55} sɯ^{55} tsɿ^{55} vv̩^{33} ȵi^{21} kɛ^{55}。 赌 输掉 则 欠 人家	5	说输就得欠人情。
	7	vv̩^{55} li^{55} vv̩^{55} ɕɯ^{55} tɕɛ^{42} pia^{44} tsɿ^{33}， （恍恍惚惚） 赌博人	3	不做好事浪荡子，
	8	xẽ^{55} tɕi^{31} li^{55} kɯ^{21} tɕhɛ̃^{55}。 田地 也 卖 尽	5	田地也输尽。

这首曲词押高调，非韵句末字的中、低调与之对仗相协。

（二）中（3）调曲词·说夫吸毒

A	1	sua^{55} na^{55} ṽ̩^{55} li^{55} xa^{55}ni^{31}ɕi^{33}， 说 你们上 也 害羞	3	往外说了羞煞人，
	2	ŋɯ^{55} xa^{31} tv̩^{55} ȵi^{21} phɯ^{55} jã^{42} jĩ^{33}。 我的 家里人 吹大烟	3	家里人是吸毒人。
	3	xɛ̃^{55} ȵi^{21} tɯ^{21} ṽ̩^{55} ke^{21} ɕi^{33} tɯ̃^{55}， 活人 前面 点 死灯	5	活人家里长明灯，
	4	xẽ^{55} tso^{42} ɕi^{33} li^{55} sue^{33}。 活 是 死 也 不知	3	谁知是活人。

B　5　sua^{44} tso^{42} mo^{31} xɛ̃^{55} mo^{31} ja^{35} xɛ̃^{55}，
说　是　他　活　他　不　活
5　说他活着他不活，

6　sua^{44} tso^{42} ɕi^{33} tsʅ^{33} mo^{31} ja^{35} ɕi^{33}。
说　是　死　是　他　不　死
3　说他死了他不死。

7　kã^{55} kɛ^{21} sɯ^{33} thio^{55} tshɛ̃^{33} nɯ^{55} na^{42}，
干肉　样　条　睡　那里
1　好像一条干巴人，

8　tɕhye^{35} tsa^{35} xɛ̃^{55} zʅ^{31} tɕhi^{44}。
缺　只　祭饭
3　只少碗祭品。

这首曲词押中调，非韵句末字以高、低调与之对仗相协。

（三）低（1）调曲词·阳春三月

A　1　tshṽ̩^{55} sã^{55} uã^{44} no^{33} ko^{44} 𝕡i^{55} mɛ^{21}，
春　三　乐　的　布谷　鸣
1　阳春三月布谷鸣，

2　tã^{31} xɯ^{31} tɯ^{31} xo^{55} tsʅ^{33} khe^{55} 𝕡ɛ^{42}。
田坝里　豆花儿　开　白
1　豆花满坝好光景。

3　tsɛ̃^{55} fṽ̩^{55} tshu^{33} tɯ^{44} xo^{55} 𝕡ã^{21} ɕõ^{55}，
蜜蜂　闻　的　花味　香
5　蜜蜂闻到花香味，

4　tṽ̩^{55} tṽ̩^{55} sɯ^{33} xɛ̃^{55} mɛ^{21}。
嗡嗡地　大声叫
1　嗡嗡叫不停。

B　5　tɯ^{21} ṽ^{55} kẽ^{42} tɯ^{44} tshṽ̩^{55} xo^{55} khe^{55}，
前面　见的　春花　开
5　前面有朵迎春花，

6　kẽ^{42} tɯ^{44} n̥v̩^{33} thi^{33} tsʅ^{33} khu^{55} tsɛ̃^{21}。
见的　妹子　在　薅秧
1　薅秧妹子晃身影。

7　ta^{31} uẽ^{33} kv̩^{44} tsʅ^{33} ka^{44} mo^{31} xã^{55}，
偷　眼角儿　把　她　望
5　斜眼偷偷把她看，

8　sɯ^{33} no^{33} mɛ^{44} li^{55} ɣɛ̃^{21}。
手　上　脉也　去
1　身落无主境。

这首曲词押低调，非韵句末字的高调与之对仗相协。

曲词旋律谱式不多繁举，这里仅以上述《阳春三月》为例，凡音节的自然声调转写为高、中、低律调，即朗诵旋律如下（粗体字代表脚韵字的律调，下划线字代表与脚韵字对仗的律调，斜线代表句的停顿）：

5 5 3 3 / 3 5 **1** /
1 1 1 5 / 3 5 **1** /
5 5 3 3 / 5 1 5 /
5 5 3 5 **1** /
1 5 3 3 / 5 5 5 /
1 3 3 3 / 3 5 **1** /
1 3 3 3 / 3 1 5 /
3 3 3 5 **1** /

谱式中的数码为五级等高音差符号，设定念为等级音高的念法为 1（do）、3（mi）、5（so）。这样，曲词旋律的这个谱式犹如具有一定旋律的乐曲，自然，流畅。

四　律调的音乐性

声调是一种音高，“可以用五线谱谱出来”①。我国的语言大师们根据声调的这种特性，运用音乐学的方法，把声调音高以五度音级的坐标进行标注，不仅解决了声调标注的科学方法问题，而且揭示了声调音高与民族音乐五声制相应关系。白语声调也如此表述，准确明了。白曲在此基础上进一步音乐化，离开词义，律化为高、中、低 3 个律调，也在五声制音阶相应的位置上。从音乐的角度讲，律调的调高从属于口语的基调，如果乐曲的需要，律调的调高定到乐曲旋律所需要的音高上，律调的调高就与乐曲的调高相等，二者合二而一。律调的音乐性和音乐的这种天然联系，白族民间流行的“语谱”是很能说明的。

歌唱白曲时，常用三弦伴奏，民间利用 3 个律调与音阶上的音同等的

① 王力：《我的治学经验》，载《语言论文集》，商务印务书馆 1985 年版。

关系，选择具有3个律调的3个字（词语音节），作为三根弦线基音的调弦音，这就是“以字定弦”。给定弦用的3个字变化组合，形成一种高低不同的音高组织，并给予一定的节奏，便成一首简单的乐曲，这就是“语谱”。

以字定弦的词语①，大理一带常用 tv̩^{55} pɯ^{33} tɯ^{21}（公鸡）、kɛ^{21} ko^{33} piɛ^{55}（两块肉）、kuɛ^{44} sa^{55} na^{21}（“绕三灵”的白语称谓）等，剑川一带常用 sã^{55} ta^{42} sã^{55}（三石三）、tɕɯ^{33} ta^{42} sã^{55}（九石三）等。这样的词语都具有3个律调显明的音高级差，以字定弦，对于操白语的白族人来说，音高感很强，只要定了其中一根弦的音高，其他两根弦的音可以非常准确地定得出来。

这样以字定弦的“语谱”，或称为三弦“字谱”。

当然，语言的自然声调或诗歌格律的律调与音乐毕竟是不同范畴，律调音高必须服从于音乐音高。白族三弦的空弦音一般定为：6 3 6 或 5 1 5 等，“字谱”的3个律调之间音高关系已不是等级音差关系，而是跟随三弦习惯定音的音差，稍有变化。如大理一带的三弦“字谱”“观三兰”[kuɛ^{33} sa^{55} na^{21}]，配之相应的乐谱和节奏，进行对照，即为下面《语谱歌》（简谱录于音标注音之下）：

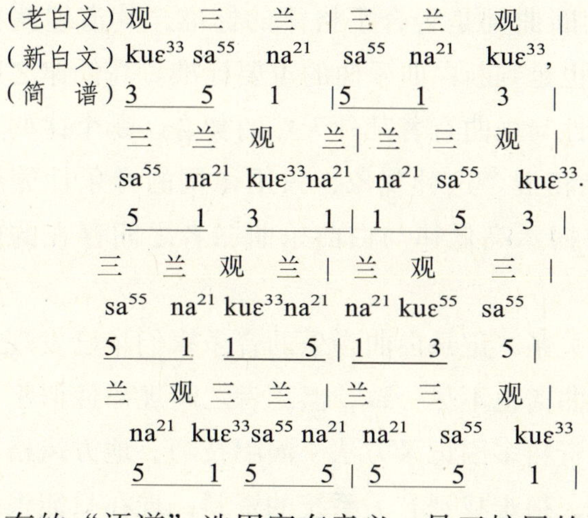

（老白文）观　三　兰　|三　兰　观　|
（新白文）kuɛ^{33} sa^{55} na^{21} sa^{55} na^{21} kuɛ^{33},
（简　谱）3 5 1 |5 1 3 |

三　兰　观　兰|兰　三　观　|
sa^{55} na^{21} kuɛ^{33}na^{21} na^{21} sa^{55} kuɛ^{33}.
5 1 3 1| 1 5 3 |

三　兰　观　兰　|兰　观　三　|
sa^{55} na^{21} kuɛ^{33}na^{21} na^{21} kuɛ^{55} sa^{55}
5 1 1 5 | 1 3 5 |

兰　观　三　兰　|兰　三　观　|
na^{21} kuɛ^{33}sa^{55} na^{21} na^{21} sa^{55} kuɛ^{33}
5 1 5 5 | 5 5 1 |

有的“语谱”选用富有意义、易于扩展的词语，加以扩展，就成为具

① 本文定弦字谱的基本材料，引自云南民族曲艺1984年讨论会上乐夫的交流论文《大本曲初探》。

有一定思想内容的歌曲，如鹤庆一带就流传着这样一首《ȵa^{55} ko^{33} tiɯ^{21}》（咱们俩）的语谱歌：利用 ȵa^{55} ko^{33} tiɯ^{21}（咱俩个）这样一个易于扩展内容的短语，加上 çi^{33}（死）、xɛ̃^{55}（活）、kv̩^{42}（坐）、li^{55}（也）等，超出“语谱”的意义，使之成为“死死活活在一起”为主题的歌曲。

这种以字定弦的语谱，乐曲流畅自然，曲词字正腔圆，看似神秘。实际上，这是利用律调与音乐音阶上的音的等高关系，使律调造就的曲词旋律与乐曲旋律复合为一体的一种特殊形式，其关键只是把口语律调的基音定到乐曲旋律要求的调高而已。

五　高低律与白曲乐曲

高低律对于曲词至关重要，它不仅是造就音韵美的重要手段，而且是曲词入乐的桥梁。曲词之所以是曲词，能歌是它的生命，入乐是它的重要标志，曲词不能歌，也就无所谓有曲词的存在；同样，乐曲没有相应的高低律的曲词，也无所谓有相应的乐曲。高低律和乐曲相辅相成，互为依托。以曲词能否入乐作为判断曲词是否合乎格律的标准，其道理就在这里。当然，是否符合高低律也是判断白曲乐曲的重要标准。高低律之所以入乐，主要是因为律调音乐性与乐曲有着某种天然的契合，哪个律调入哪个乐曲是固定的，它们不能相混。这种现象，只用律调的音乐性笼统解释，显然是不够的，还需要揭示高低律与白曲乐曲二者之间存在的内部规律。

关于曲词声调与乐曲的关系，记录白曲音乐的音乐家们早已发现，由于曲词的声调不同，所记的曲谱也不尽一致，但二者之间规律性似乎未能充分揭示。由于目前的音乐资料多因记录方法、演唱技巧、地方风格等的不同，又受限于具体的曲词，很难找到有关系统的资料，现在只能根据律调进行试验，作粗浅探讨。

这里以流传于剑川、兰坪、丽江、洱源一带的双段八句体的白曲为例，仅看曲词高低律与乐曲旋律关系中末词、曲搭配情况。

该乐曲为6调式，主音为6。首先，对乐曲设定：用同一种记谱法记谱，并不记地方特色、个人风格以及受具体曲词思想感情影响而发挥的经过音、花音、增音、衬音、衬句，仅记曲词搭配的主旋律音（调式音节）。其次，对曲词设定：不记录具体内容的词语，仅记录曲词的律调。代号为：高调词押高调，用“高”字；中调词押中调，用“中”字；低调词押低调，用“低”字。

这样记录的结果：3 种律调各自 8 个句子的句尾词、曲搭配出现很有规则的对应规律。它们的对应规律列表如表 3－4：

表 3－4　双段八句体白曲高低律与句尾词、曲搭配规律表

句序句	性高	调词	中调词	低调词
1	起韵起调	3̇ 1̇ 高	2̇ 6 中	1̇ 5 低
2	押韵押调	1̇ 6—— 高	6 6—— 中	5 6—— 低
3	非韵句	2̇ 6 或 1̇ 5 中　低	3̇ 1̇ 或 1̇ 5 高　低	3̇ 1̇ 或 2̇ 6 高　中
4	押韵押调	1̇ 6—— 高	6 6—— 中	5 6—— 低
5	非韵句	2̇ 6 或 1̇ 5 中　低	3̇ 1̇ 或 1̇ 5 高　低	3̇ 1̇ 或 2̇ 6 高　中
6	押韵押调	1̇ 6—— 高	6 6—— 中	5 6—— 低
7	非韵句	2̇ 6 或 1̇ 5 中　低	3̇ 1̇ 或 1̇ 5 高　低	3̇ 1̇ 或 2̇ 6 高　中
8	押韵押调	1̇ 6—— 高	6 6—— 中	5 6—— 低

表3－4显示词、曲句末的搭配情况是：

1. 起调句

押高调的曲词，所起高调相应的曲谱调式音节为$\dot{3}$，经过音为$\dot{1}$；押中调的曲词，所起中调相应的曲谱调式音节为$\dot{2}$，经过音为6；押低调的曲词，所起低调相应的曲谱调式音节为$\dot{1}$，经过音为5。3种曲词高、中、低所搭配的调式音节即分别为$\dot{3}$、$\dot{2}$、1，经过音分别为$\dot{1}$、6、5，它们均为大三和弦音。

2. 押韵句

押高调的曲词，所押高调相应的曲谱调式音节为$\dot{1}$；押中调的曲词，所押中调相应曲谱调式音节为6；押低调的曲词，所押低调的相应曲谱调式音节为5，它们向主音6靠拢。3种曲词高、中、低所搭配的调式音节分别为$\dot{1}$、6、5，它们也是大三和弦音。

3. 非韵句

所用律调分别与所押律调不同，或高或中或低，但它们所搭配的曲谱调式音节也是大三和弦音$\dot{3}$、$\dot{2}$、$\dot{1}$。

这些很有规律的显示说明：在同一个乐曲中，白曲高低律的高、中、低的3个律调在不同押调位置上曲谱也有相应不同的变化。这种变化是一定规律的，不能背离。也就是说，不同的律调入不同的乐谱，不能混用，混用就唱不成。

曲词和乐曲的这种密切关系，还表现在句中和句间，但作用不同。表现在句末上表明不同的律调入不同的乐曲，表现在句中或句间，因是大三和弦音，方便于不同词语入乐歌唱。这种词和曲的关系，既进一步证明白曲高低律的存在，也可提供白曲音乐研究参考。诚然，曲词的高低律和乐曲毕竟不同，实际歌唱中还呈现复杂的情况，这就需要曲词格律和音乐携手合作研究了。

第四章　白曲词调

前三章分别论述了白曲词律的三大要素：长短句、脚韵格、高低律。由这三大要素合成的体式，是一种句式严谨、音韵和谐、结构精巧的白语艺术品。这个艺术品是白曲最基本的形式，称之为基本词体或词调。由词律三个要素各自不同的内容，互相搭配，所构成的词体或词调品种虽然纷繁，但它们具有一定的体系。本章即论述这个体系的特点、名称及类别等。

一　词调、词体及其特点

由白曲词律三大要素复合而成的基本体式，从词律的角度讲，是音韵格律完整的形式单位，称之为词体；从音乐的角度讲，冠以曲调名，称之为词调。词调和词体的关系，从各地白曲所呈现的现象上看，既统一又有区别。统一的是，词调是词体的曲调名称，词体是词调的语面形式，二者实际指的是同一种语言形式；矛盾的是，有的地方不同曲调用同一个词体，有的地方一个词体只有相应的一个曲调，有的地方几个词体之间存在小异而相应的曲调也有小异，如此等等，词调众多，体式相错。但是，不论词调或词体怎样复杂，从大量的曲词中考察分析，它们显示出 4 个方面共同的基本特点，即

句之长短有定数；

段之单双有定式；

韵之奇偶有定格；

调之高低有定律。

每个词体或词调都具有这“四定”。凡具有这“四定”的曲词，才是群众心里共同认可的精美之词，念诵，赏心悦目；歌唱，入乐动听。

白曲词体“四定”的具体内容是：

句之定数，是指每种词体的句数固定，每个句子的音节（字）数固定。句数有3种：四句式、七句式、八句式。句型有3种：三字句、五字句、七字句。不同长短的句子分别定格在固定的句位上，五字句是段和首的结句，三字句在可七可三的句位上，即四句式、八句式的第一句和七句式的第二句。

段之定式，是指词体段落形式只有两种，一种是单段体，一种是双段体。四句式为单段体，七句式和八句式为双段体，后者分上下两段，下段均为四句。

韵之定格，是指脚韵格局。四句式、八句式的第一、二句同韵后，隔句押韵；七句式第一句起韵后，隔句押韵。韵类有5类，同类相押。

调之定律，是指律调相押、对仗的高低律。韵和调同字，押调格局与押韵格局同一，非韵句末字的以异调与之对仗，级高差大的对仗为佳，同调勉强可以。律调是语言自然声调的艺术律化的声调，分为高平调、中平调、低平调3类，同类相押，异调相对。句中和句间按3个律调自然和谐。

白曲的这种体式，句式严谨，音韵优美，结构精巧，是艺术上很成熟的诗歌体式。其成熟程度可与汉语文人刻意雕琢之“曲子词”媲美。汉语“曲子词”体式，即古人称之为“字之多寡有定数，句之长短有定格，韵之平仄有定式”的“三定”之体。白曲的“四定”之所以能从“曲子词”的“三定”而演绎，是因两种语言的曲词体式非常相似之故。只惜汉语“曲子词”因后代乐曲亡佚，体式虽精美，只能赋诸视觉念诵，入乐无门，空有“曲子”之名，谓之“词调”，实无“调”之义，成为世代文人的古玩。而白曲词体与曲调并存，曲调给词体插上翅膀，腾空飞扬，使作品的思想感情飞腾于广阔的空间。如果认为白曲长短句“四定”的词体是古代汉语“曲子词”的演化之物，那可谓是真正的“曲子词”。

二　词调名称

白曲词调名称亦即白族曲调名称，它不仅区别不同曲调，而且在一定程度上区别不同词体。这是人们在音乐文化活动中常常碰到的术语问题。由于人们活动范围往往受着时空限制，应用中一般只注重当地的实用性，有的词调有俗名，有的没有，有的附加说明语。在白族文学和白族音乐的调查研究中，人们根据专业术语结合当地曲调、词体的具体情况，又用了一些新术语。本来白曲的曲调和词体存在着同调异体、异体同调和多种歌唱门类并存的纷繁局面，这样一来，就形成名目众多、曲词体式难以分辨的现象。综观众多名称，有民间俗称、文人书称、汉语称、白语称、混合语称、音译称、意译称、通称、专称、一名多写、多体一名等等。如称：pɛ^{42}khv̩^{44}（白曲）、khv̩^{44}（曲）、“白族调”、“白族民歌”、“西山调”（洱源西山）、“大理调”、“剑川调”、sɿ^{55}ɣɯ^{33}khv̩^{44}（山后曲）①、pɯ^{31} tsɿ^{33} khv̩^{44}（本子曲）②、to^{42}pɯ^{31} tsɿ^{33}khv̩^{44}（大本曲）③、“小调”、“山歌”、ʔṽ^{44}tiɔ^{44}（泥鳅调）、ti^{55}tɛ^{44}khv̩^{44}（唢呐曲）、xua^{33}sã^{55}xua^{33}（花上花）、tshui^{55}jɯ^{33}jɯ^{33}（翠茵茵）、“山花体”、“山花词”、to^{42}khv̩^{44}（大曲）、se^{31}khv̩^{44}（小曲）等等。这些名称在各自的使用范围内都有其自身的价值和意义，但在词律研究中不免有些混乱，应该加以分辨，以求能表达白曲曲词体式的一套体系。

考察以上这些曲调的词体，它们大多基本相同或相近，曲调绝大多数属于白曲，其中如 to^{42}pɯ^{31} tsɿ^{33}khv̩^{44}（大本曲）是艺人个人表演的联唱门类，虽称“曲”，词体基本同白曲，但不是群众性的白曲，另当别论。另外，这些曲调和词体名称比较笼统，因音乐曲式结构、主旋律相同的，其词的音韵不一定完全相同，其间尚有变式。但这一点人们因出口成曲，不

① 指兰坪金顶一带，该地清代设山后里，曲因此而名。

② “本子”，为白语 pɯ^{31} tsɿ^{33}一词的音译，其意为故事。

③ “本”为白语音译“本子”的省写，其意为故事，“大”是南部方言的意译词。

一定感知，实际差异很大。如“山花体”，从两块称“山花”遗碑文学意义的结构上看，一首有2段，一首有20段。从词律上看，前者为双段的基本词体，后者为该体的联章结构，笼统称“山花体”，也难概括这两碑之外种种音韵格律的内涵。

这里值得一提的是“山花”一名，两块称“山花”的古碑的句式属二段八句式（其中一块为联章结构），从当今白曲词体的总体上看，只能算其中的一体。但从白曲历史源流上看，也许历史上白曲词体仅此一种句式的词体，传之于口而称 pɯ^{42} khv̩^{44}（白曲），书之于文而称“山花”。因为白曲流行中有这样一个特殊现象，二段八句式的词体流行最广，而其他词体多流行于边远山区和民族杂居地区。对此可以设想，民歌也如同语言一般，原为一体，后来伴随着人们交际的疏远，语言出现各种方言土语，民歌的体式和曲调也相应地出现多种多样的变体。根据设想，pɛ^{42} khv̩^{44}（白曲）即“山花”，它们古代实为一体，区别仅仅是传播方式的不同而已，可作为白曲书面文体而论。

以上白曲俗名、新名，虽然难以准确表达白曲词调的体式，但有两方面给人有益的启示，即：

一是用音乐曲调名为词体名，这是符合白曲传播习惯的。不论白语或汉语，“白曲”一名本身就是以音乐而名，又有各种“曲”“调”，也具有音乐性，证明称词体为词调是可行的。

二是冠以地名的曲调名和以曲头而名，对词体具有一定准确性。冠以地名可以表达当地流行词体的句式，曲头而名可以明确表达该体的韵、调（律调）的体式。依此类曲调名进行整理，可以规范出一套词调体系来。这套体系的名称书写形式可以用古白文书写，便于白、汉双语双文感知和应用。

当然，从理论上讲，还需要一套科学的术语和科学术语体系。

三　词调体系

根据曲调名称分析，白曲词调可归纳为科学体系和应用体系，可用于日常应用领域和理论研究领域。

（一）科学体系

科学体系可以从词律要素搭配中归纳。白曲词律要素也是一个系统，现根据前三章的论说，作图综合如下：

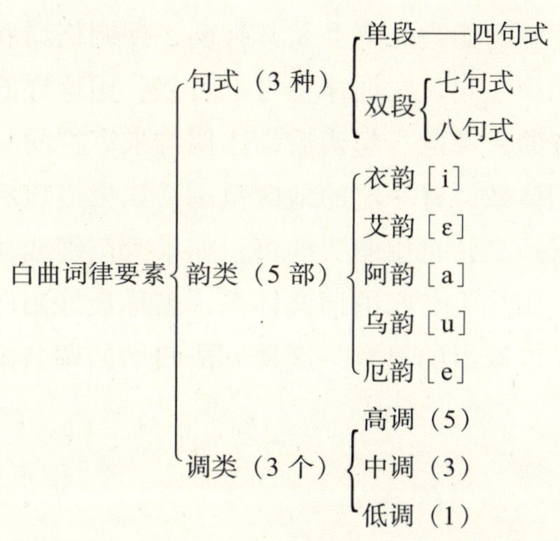

图4－1　白曲词调科学体系

根据此图句、韵、调的数据搭配关系推论，白曲词体的总数计算公式为：$3\times5\times3=45$，即共有45种词体。如果只以某个地方流行一种句式计：$1\times5\times3=15$，即该地流行15种词体。

从词律音韵的角度看图4－1，韵部较少，各部所含韵母较多，包容了所有的方言土语的韵母，因此韵部具有全民族的通用性。律调也如此，3个律调包容了各地方言土语的声调，也具有全民族的通用性。按理说，即使某个地方只有一种句式，词体应有15种，并应有相应的15个套曲。依从句、韵、调搭配推论，词体名称可称为：八句式衣韵高调、八句式衣韵中调、八句式衣韵低调等，其余几种句式均依此类推。

总名可用“白曲词体”或“白曲词调”相称。

（二）应用体系

应用体系可从俗用名和新名中归纳。冠以地名者，有的体现不同的句式结构，如“西山调”，表示双段七句式，这类表示句式结构的名称，可以适当沿用。一般而言，采用曲头名作为词调名为好，既准确又简明。曲头名民间一般称为 khγ̩^{44}miɛ^{55}（曲名）、khγ̩^{44}tɯ^{21}𝕡o^{21}（曲头），其末字有着起韵、起调的作用，表明该词体的韵类、调类及其押韵、押调格局和所入的曲调。如四句式和八句式的第一句，在词律中可七可三，用这样的三字头作为词体名，表明该词体按曲头起韵、起调后，逢偶句末字押同一个律韵、押同一个律调。作为应用体系，有一定的地区范围，如果当地只流行一种句式的词体，就不一定冠地名，只用曲头即可；如果大范围或从全民族而言，冠以地名是必要的。用曲头名归纳词调体系，名称最好用白语的音译对音，其中适当采用白、汉双语的语意，这种方法归纳的调名简洁明了，富有民族特色。如：

词调总名：白曲（ɐai𝕡kv）

词调分称：

“花上花”［xua^{33}sã^{55}xua^{33}］指阿韵中调体

“心至意”［ɕĩ^{55} tsɿ^{55}ji^{55}］指衣韵高调体

“翠茵茵”［tshui^{55}jɯ^{33}jɯ^{33}］指衣韵中调体

以地名代表句式的归纳中，有的地方存在着两种句式并存并用情况。对于这种情况，从全民族而言，可选取特殊者，如洱源西山和云龙关平、团结等乡存在八句和七句式两种，选七句式为“西山调”作为调名为好。实际生活中跨地区的词调很少用，作为当地冠以地名意义不大，还是以曲头为主。现在根据一种句式的韵、调搭配而成的 15 种词体，以科学称法和应用称法两种词调名称体系对照列表 4－1 如下①：

① 表中“应用称法”姑且参照施珍华同志提供的《白语诗韵、曲头举例》及“三十六”韵等整理而成。

表 4－1　两种词调名称体系对照表

曲序	韵类	调类	词调名称		
			类称	科学称法	应用称法
1		高		衣韵高调	心至意［çĩ^{55}ʔ　ts^{255}ji^{55}］
2	衣韵	中	衣韵 3 调	衣韵中调	小女梯［se^{31}ɐv̩^{33}thi^{33}］
3		低		衣韵低调	以四以［ji^{21}sɿ^{55}ji^{21}］
4		高		艾韵高调	替利呔［thi^{55}li^{55}thɛ^{55}］
5	艾韵	中	艾韵 3 调	艾韵中调	呀三腮［ja^{44}sa^{44}se^{55}］
6		低		艾韵低调	拥自改［ȵo^{33}　tsɿ^{55}kɛ^{21}］
7		高		阿韵高调	亥果干［xẽ^{55}ko^{44}kã^{55}］
8	阿韵	中	阿韵 3 调	阿韵中调	花上花［xua^{33}sã^{55}xua^{33}］
9		低		阿韵低调	帝帝打［ti^{55}li^{55}tɛ^{44}］
10		高		乌韵高调	后骨路［xo^{55}ku^{21}lo^{55}］
11	乌韵	中	乌韵 3 调	乌韵中调	心悠悠［çĩ^{55}jo^{44}jo^{44}］
12		低		乌韵低调	楼利楼［lo^{42}li^{55}lo^{42}］
13		高		厄韵高调	心自更［çĩ^{55}　tsɿ^{55}kɯ^{55}］
14	厄韵	中	厄韵 3 调	厄韵中调	翠茵茵［tshui^{44}jɯ^{33}jɯ^{33}］
15		低		厄韵低调	四老景［sɿ^{55}lo^{31}　tɕɯ^{31}］

此表如同化学的元素周期表，其中有推论的成分。因为各地人们习用频率有高有低，韵类、调类相应的语词有多有少，词体相应的地方曲调有盈有缺，如果单靠有限的曲词调查记录为据，那么，尽管只有 15 种也是难以填满的。例如，就目前所知，律调为高调的 5 个高调的词体，大理有的白曲曲调不能歌唱，即无相应的白曲曲调，但不等于这个词体在其他地方不存在，当地大本曲及其他地方的白曲中都普通应用，作为广义的诗歌体式，这个词体仍然存在。又如，在当今所见剑川数千首、段白曲曲词中

高平厄韵曲的曲词只有一两例，这种现象是由韵、调宽窄和人们习用频率所致，就这两个地区而言，如果只靠曲词记录分析归纳，那大理只有12个词调，至于其他各地的资料目前较少，情况不明，但也许都出现如此现象。鉴于此，这个依靠科学而推导出的词调表有其特殊作用，具有一定的工具性，它既可提供依式填词，也可依此考察各地白曲体式、乐曲以及白曲情况。

这里还需要说明的是，存在于一种句式的15个词调，在一个地方的白曲中不是曲式、旋律不同的曲调，而是曲式相同、旋律相同的一个曲调的变体，即与所押律调对应曲谱的音高变化，变化有3种，位置固定，音高固定，是一种定式变化，非自由变化。靠习惯是不能感觉到的，亦因此，人们只称什么“剑川调”“大理调”之类，这样的称“调”，难免不能准确反映词体的实际，也使音乐记谱捉摸不定。另外，根据各地方言土语及其曲词调查，这15个词调带有全民性质，可以包含白曲流行地区所有的诗歌音韵格律的基本体式。

四　依调填词

在词与曲并存的文化氛围中，词曲一体化，有什么体式之词，自然入什么曲调。人们心目中词便是曲，曲便是词，词语脱口成歌，无所谓存在依词调乐谱填写新词的问题，而只专注于作品思想感情的遣词达意。这过程实际上也是填词创作。

创作曲词，人们称之为 kɛ^{31} khy̩^{44}（筹划曲子，即作曲）。善于做曲、唱曲者称之为 khy̩^{44} tɕo^{42}（曲匠，即艺人）、khy̩^{44} mo^{33}（曲母）。这些曲技超常高深的艺人掌握词律体式较多，能够左右逢源，运用自如。但也不可否认，他们的曲技是通过一种自然习得的方式获得的，又受着自己习惯的影响，到底有多少体式可以运用，只能知其然不知其所以然。他们心目中的体式往往是心理上的感觉。这个心理上的感觉带有一定的“词谱”性质，衡定其像不像曲词，只是个人心理标准，没有外化格局规则，有一定的局限性。白曲词调体式处于如此自觉不自觉的不定状态，仅靠几个歌手艺人的曲词记录分析归纳，难以概全，也难为人们对所有体式的充分运用。现在有白曲的词调体系表，可提供这种句中和句间自然而成的高低变化，与约定俗成的押调、协调格局结合，构成一首曲词的高低律。高低律对于一首曲词来说，是一种高低不等的音高序列组织，这种音高组织加上词语音节结构长短的序列组织，一首曲词即如一首旋律完美的乐曲。为了表述这种律调音高和词语长短序列组织的特性，本书借用音乐术语，称之为“曲词朗读旋律”，简称“曲词旋律”。对其描述时，以“旋律谱式”相称。

以提供依从词调体式填词作曲的依据，可以使所有的体式得到充分发挥。下面以流行剑川一带的双段八句式的词调 15 个传统曲词作例，提供各地人们考察看此外是否还有什么体式存在。

表 4－2　衣韵高调（i5AB）心至意·拖太阳

歌段	句序	曲句	韵脚		译文
			韵	调	
A	1	mi^{44} phĩ^{21} ɣo^{42} phia^{44} sẽ^{55} sɣ̃^{42} tɕĩ^{55}， 太阳　落到　西山　尖	i	5	太阳落到西山尖，
	2	sɿ^{55} ȵo^{33} ȵo^{42} no^{31} tɕi^{33} ta^{42} thue^{55}。 想要　把　你　拉回　一节	i	5	拖住不让落下山。
	3	sɿ^{55} ȵo^{33} nɯ^{55} no^{33} ja^{35} sõ^{33} ɣo^{42}， 想要　你　上　不　让　落	△	△	把你拉回当空照，
	4	sõ^{33} xo^{55} tã^{42} khɯ^{55} sẽ^{55}。 让　花　回　开　鲜	i	5	让花再开鲜。

续 表

歌段	句序	曲句	韵脚		译文
			韵	调	
B	5	xo^{55} sẽ^{55} tsʅ^{55} fv̩^{55} ȵo^{33} ȵi^{55} tshe^{31}， 花 鲜 蜜蜂 有心 采	△	△	花鲜蜜蜂有心采，
	6	xo^{55} sv̩^{42} tsʅ^{55} fv̩^{55} tsũ^{55} ȵi^{55} ɕĩ^{55}。 花谢 蜜蜂 烦心	i	5	花谢蜜蜂无心牵。
	7	mi^{44} phĩ^{21} no^{31} ɣo^{42} tɕi^{33} tã^{42} no^{31}， 太阳 你 落 拉 回 你	△	△	太阳你落不让落，
	8	ka^{44} ŋɯ^{55} ɕĩ^{55} kho^{33} ʔ uẽ^{55}。 把 我的 心 暖	i	5	把咱冷心暖。

表 4－3　衣韵中调（i3 AB）小女梯·画中人

歌段	句序	曲句	韵脚		译文
			韵	调	
A	1	se^{31} ȵv̩^{33} thi^{33}， 小 阿 妹	i	3	妹身影，
	2	pɛ^{42} ṽ^{21} tsʅ^{33} ku^{55} khv̩^{55} xɯ^{31} pe^{44}。 白云儿 朵 空 中 走	i	3	一朵白云天上行。
	3	pɯ^{35} tɕũ^{33} ja^{31} pu^{55} xɯ^{44} pi^{31} tɕa^{55}， 北京 雅布 黑 坎肩	△	△	雅布衣裳黑领褂，
	4	pɛ^{42} tsɛ̃^{55} jõ^{21} pe^{21} se^{44}。 白 绵羊皮披肩	i	3	白羊皮披身。
B	5	thio^{33} xua^{33} pe^{33} tɕi^{31} xɯ^{44} sɯ^{44} tɕĩ^{55}， 挑花 围腰 黑 包头	△	△	挑花围裙黑头帕，
	6	kɛ^{42} tse^{42} pu^{33} tse^{42} ji^{55} ji^{42} tɕhi^{44}。 剪一节 补一节 衣 穿 出	i	3	拼补衣裳紧腰身。
	7	sã^{55} ɕye^{31} po^{42} tã^{55} xo^{55} sɯ^{33} to^{33}， 好像 牡丹花 样 棵	△	△	就像一朵牡丹花，
	8	xua^{44} li^{55} na^{21} xua^{44} tɕhi^{44}。 画 也 难 画 出	i	3	美像画里人。

表4－4　衣韵低调（i1 AB）以四以·已许愿

歌段	句序	曲句	韵脚		译文
			韵	调	
A	1	ji^{21} sɿ^{55} ji^{21}， 以四以	i	1	已许愿，
	2	tɯ^{21} ma^{55} tsɿ^{33} pĩ^{55} sue^{55} no^{31} tse^{42}。 小头发辫儿　随　你　断	i	1	这条发辫任你剪。
	3	ȵo^{42} mo^{31} tã^{55} khɯ^{33} ŋɯ^{55} ko^{33} ṽ^{55}， 用　它　拿　起　我的　哥　处	△	△	小小辫子在你手，
	4	mia^{44} sõ^{33} ȵi^{21} kɛ^{55} kẽ^{42}。 莫　让　人　　见	i	1	莫叫人看见。
B	5	sã^{55} tsɛ^{42} sua^{44} li^{55} ŋo^{31} tɯ^{33} no^{31}， 三十　　年　也　我　等　你	△	△	年到三十我等你，
	6	ɕi^{31} ji^{31} sua^{44} li^{55} ɕĩ^{55} ja^{35} pĩ^{42}。 四十　年　也　心　不　变	i	1	年到四十心不变。
	7	ɣɯ^{33} ɕɛ^{44} xo^{55} tɕhɛ^{55} ɣɯ^{31} sã^{55} xue^{44}， 以后　　　喜房　　中　　相会	△	△	日后花房相会时，
	8	pa^{31} pĩ^{31} tshu^{33} no^{31} ne^{31}。 把柄　就　　这个	i	1	把柄是发辫。

表4－5　艾韵高调（ɛ5 AB）替利味·才一更

歌段	句序	曲句	韵脚		译文
			韵	调	
A	1	tɕo^{55} ji^{44} kɛ̃^{55}， 交 一更	ɛ	5	才一更，
	2	ti^{33} ɕĩ^{55} tɕo^{42} tso^{42} mo^{33} uẽ^{33} tɛ̃^{55}？ 爹　心　烂　或　妈　眼睛	ɛ	5	爹妈为何没眼睛？
	3	ȵo^{42} mo^{31} phe^{33} tã^{44} ma^{55} tsɿ^{33} no^{33}， 用　它　配　搭　他们　男　上	△	△	把我配给那小子，
	4	khv̩^{55} tã^{42} mɯ^{55} no^{33} miɛ^{55}。 空　　命　它　上　名	ɛ	5	空有这名声。

续 表

歌段	句序	曲句	韵脚		译文
			韵	调	
B	5	so^{33} ŋa^{55} khe^{55}xo^{55} tsʅ^{44} tɕi^{31} sʏ^{42}， 让 咱 开花 自己 谢	△	△	结果自吃自受苦，
	6	so^{33} ŋa^{55} tso^{42}kho^{33} tɕʅ^{31} tɕɛ^{35} xuɛ^{55}。 让 咱 结果 自己 化	ɛ	5	开花自谢自萎身。
	7	ɕã^{31} ȵo^{33} ŋɯ^{55} ỹ^{55} tsu^{55}ȵi^{21} tsʅ^{55}， 想 要 我 上 持家 则	△	△	要想让我成家业，
	8	ko^{55} no^{31} tɕɯ^{33} ɣɯ^{33}xɛ̃^{55}！ 跟 你 挨 后世	ɛ	5	要等转世生！

表 4－6　艾韵中调（ɛ3 AB）碰地呆·笑呵呵

歌段	句序	曲句	韵脚		译文
			韵	调	
A	1	ka^{44} tɕhɛ̃^{55} tɕhɛ̃^{55} tsʅ^{55} ŋɯ^{55} so^{31}fɛ^{44}， 听 听 则 我 发笑	ɛ	3	心里偷偷笑呵呵，
	2	sã^{55} ɕye^{31} ɣo^{21} suã^{55} tɕhɛ̃^{33} to^{42}kɛ^{44}。 好似 猴子 请 大客	ɛ	3	猴子请客大张罗。
	3	sã^{55} ɕye^{31} xɛ̃^{55}mɛ^{21} ȵo^{33} vʏ^{33}ɣo^{42}， 好似 打雷 要 下雨	△	△	雷响就要下春雨，
	4	xo^{55} khe^{55} ja^{44}to^{44} sɛ^{44}。 花 开 压 满	ɛ	3	花开满山坡。
B	5	tɕye^{33}kɛ^{55} kã^{55}ỹ^{33} ɕĩ^{55} tsʅ^{33}kɯ^{55}， 嘴巴 甜蜜 心 是 冷	△	△	嘴巴甜蜜含冷气，
	6	ɕye^{55}li^{55} xɛ̃^{55} tɕhõ^{55} mɯ^{55} ji^{31} sɛ^{44}。 梨子 好看 它的 味 涩	ɛ	3	梨子好看带青果。
	7	kõ^{33} tshɛ̃^{55} sã^{55}khʏ^{33}li^{55} tɕi^{55} la^{42}， 两句 三曲 也 多 了	△	△	三言两语足够了，
	8	pɯ^{55} ta^{55}ko^{33}ȵi^{44}ɕɛ^{44}。 白 耽搁 时光	ɛ	3	白费时张罗。

表 4－7　艾韵低调（ɛ1 AB）佣自改·要走就远走

歌段	句序	曲句	韵脚		译文
			韵	调	
A	1	tsɛ̃^{55}ji^{55} sa^{35} ŋa^{55} 𝕡o^{21}no^{33}ɣɛ̃^{21}， 知心　从　咱　旁边　去	ɛ	1	知心从咱身边走，
	2	so^{33}ŋa^{55} sɛ^{44}xuẽ^{55} nɯ^{55} ɣɯ^{33}kɛ^{21}。 让　咱　昏晕　你　后　一下	ɛ	1	让咱昏过一阵头。
	3	so^{33}ŋa^{55} sɛ^{33}xuẽ^{55} nɯ^{55} ɣɯ^{33}ŋɯ^{55}， 让　咱　昏晕　你　后　瞬间	△	△	让咱昏过头一阵，
	4	sɯ^{33}no^{33}mɛ^{44}li^{55} ɣɛ̃^{21}。 手　上　脉 也　去	ɛ	1	六神不主手。
B	5	no^{31} ȵo^{33}fv̩^{55} tsɿ^{55} tuẽ^{33}lɯ^{44}fv̩^{55}， 你　要　飞　则　远　的　飞	△	△	你要飞就远远飞，
	6	no^{31} ȵo^{33}ɣɛ̃^{21} tsɿ^{55} tuẽ lɯ^{44}ɣɛ̃^{21}。 你　要　去　则　远　的　去	ɛ	1	你要走就远远走。
	7	tɕhi^{31}li^{31} tshv̩^{31} lv̩^{31} ŋa^{55} tɯ^{21}ṽ̩^{55}， （嘁哩处噜）　咱　前面	△	△	忽闪忽视眼面前，
	8	tɕɛ̃^{55} ŋa^{55} ɕĩ^{55} to^{35}sɛ̃^{31}？ 牵　咱　心　干啥	ɛ	1	牵疼咱心口。

表 4－8　阿韵高调（a5 AB）亥果戆·金牡丹

歌段	句序	曲句	韵脚		译文
			韵	调	
A	1	tɕĩ^{55}𝕡o^{42}tã^{55}， 金牡丹	a	5	金牡丹，
	2	kẽ^{42} no^{31} ɕi^{31}xuã^{55} la^{35} ɕi^{31}xuã^{55}。 见　你　欢喜　又　欢喜	a	5	见你心里多喜欢。
	3	ka^{44}ɕye^{33}jye^{44}tɯ^{44}ɕye^{33} tsɿ^{33} tɕɛ̃^{33}， 渴　水　遇　着　小水井儿	△	△	口渴遇着山泉水。
	4	tɕi^{55}kha^{44}tɯ^{44}𝕡a^{55}𝕡a^{55}。 饥饿　得　粑粑	a	5	饥饿得吃饭。

续 表

歌段	句序	曲句	韵脚		译文
			韵	调	
B	5	tsu^{33} tshɛ̃^{33} thɯ^{55} tsɿ^{55} mɯ^{31} tɯ^{44} no^{31}， 刚 睡下 则 梦见 你	△	△	睡下做梦只梦你，
	6	tue^{55} khɯ^{33} thi^{31} ta^{42} khɣ̃^{55} ka^{44} xã^{55}。 起来 只得 空 看看	a	5	起来看你又不见。
	7	mi^{33} tshɯ^{55} nɯ^{55} tɕhĩ^{55} li^{55} ɣ̃^{42}， 想 掉 你 千 和 万	△	△	想你日子有多长，
	8	no^{31} ka^{44} mi^{33} tsɿ^{33} ua^{55}。 你 想想 吧	a	5	你可想想看。

表 4-9 阿韵中调（a3 AB）花上花·发誓

歌段	句序	曲句	韵脚		译文
			韵	调	
A	1	ȵɣ^{33} thi^{33} ɕĩ^{55} ɣ̃^{55} ja^{35} fã^{44} ɕa^{44}？ 阿妹 心 上 不 放 下	a	3	疑心要是还不放，
	2	tue^{42} xẽ^{55} tue^{42} tɕi^{31} tue^{42} mi^{55} uã^{44}。 对天 对地 对 月亮	a	3	誓对天地和三光。
	3	nɯ^{55} tɛ^{21} no^{33} li^{55} ʔɯ^{55} ȵa^{55} sɛ^{31}， 你 友 上 也 叫 咱们 一起	△	△	再请你的女友来，
	4	ȵa^{55} tue^{42} mɯ^{55} no^{33} sua^{44}。 咱们 对 她 上 说	a	3	当对他来讲。
B	5	ko^{55} no^{31} ɣɛ̃^{21} na^{55} sẽ^{55} no^{33} mɛ^{55}， 和 你 去 你们 寺 上 发誓	△	△	誓言可在佛前发，
	6	ko^{55} no^{31} ɣɛ̃^{21} na^{55} zɿ^{21} no^{33} sua^{44}， 和 你 去 你们 庙 上 说	a	3	真话可在神前讲，
	7	no^{31} tso^{42} ʔa^{31} ko^{33} sua^{31} no^{31} tsɿ^{55}， 你 要说 阿哥 骗 你 则	△	△	要是阿哥不真心，
	8	khuã^{33} ta^{55} ɕĩ^{55} kã^{55} phia^{44}！ 狗 拿 心肝肺	a	3	狗拿他心肝！

表 4－10　阿韵低调（a1 AB）欠得喇·愁又愁

歌段	句序	曲句	韵脚		译文
			韵	调	
A	1	lo^{42} li^{55} lo^{42} ! 劳利劳	a	1	愁又愁，
	2	tse^{21} tsv̩^{31} ʔa^{31} sṽ̩^{55} sa^{35}ʔ a^{31} tha^{31} ， 齐筷　一　双　剩　一　只	a	1	一对大雁飞两头，
	3	jĩ^{55} ʔa^{31} tue^{42} li^{55} sa^{35} ʔa^{31} tɯ^{21} ， 雁　一　对　也　剩　一　只	△	△	一双筷子剩一只，
	4	kõ^{33} tɯ^{21} fv̩^{55} kɛ^{44} tã^{31} 。 两　只 飞 隔　地方	a	1	隔山隔水愁。
B	5	na^{21} tɯ^{21} fv̩^{55} tsɛ^{21} na^{31} sẽ^{55} tɕĩ^{55} ， 南　只　飞　去　南　山尖	△	△	南雁飞到南山尖，
	6	pɯ^{44} tɯ^{21} tse^{44} tsɿ^{33} pɯ^{44} jɯ^{44} kã^{42} 。 北　只　还　在　北　村　巷	a	1	北雁留在北村口。
	7	na^{21} tɯ^{21} xã^{55} tã^{42} pɯ^{44} tɯ^{31} ṽ̩^{55} 南　只　望　回　北　只　处	△	△	南雁回头看北雁，
	8	sɛ̃^{31} ȵi^{44} mɯ^{55} tɯ^{31} ɣa^{42} ? 哪　天　　才　结合	a	1	哪天才碰头？

表 4－11　乌韵高调（u5 AB）花骨路·惹人气

歌段	句序	曲句	韵脚		译文
			韵	调	
A	1	li^{55} lɛ^{31} xo^{55} ， 也是好	o	5	话也真，
	2	tsɿ^{55} tshu^{33} sõ^{33} no^{31} so^{31} tɕĩ^{55} fv̩^{55} 。 那　就　送　你　　一块手帕	o	5	送你一块花手巾。
	3	kɯ^{55} ɕye^{33} xu^{55} li^{55} ȵi^{21} ɕĩ^{55} ɕĩ^{55} ， 一口凉水　　也　一片情	△	△	一口凉水也解渴，
	4	li^{31} tɕhũ^{33} zũ^{42} ji^{55} tso^{54} 。 礼轻　　人意　　重	o	5	莫要嫌礼轻。

续 表

歌段	句序	曲句	韵脚		译文
			韵	调	
B	5	tɕhɛ[44]zɿ[31] nɯ[55] no[33] tso[42] tsɿ[33]tɯ[21]， 绣 给 你 上 一只雀	△	△	上面给你绣只雀，
	6	tɕhɛ[44]ta[42] mɯ[55] no[33]po[42]tã[55]xo[55]。 绣 搭 他 上 牡丹花	o	5	再绣牡丹伴雀身。
	7	mi[33]ŋa[55] tua[44] tsɿ[55] ka[44]mo[31] xã[55]， 想 俺 上 则 把 它 看	△	△	想俺时候看一看，
	8	kẽ[42] tɯ[44]ŋa[55] xo[55]piõ[55]。 见 得 俺 花模样	o	5	俺样是花巾。

表 4－12 乌韵中调（u3 AB）心悠悠・春风吹

歌段	句序	曲句	韵脚		译文
			韵	调	
A	1	tshɣ̃[55] tsɛ̃[21] tshɣ̃[55]kɛ̃[33] tshɣ̃[55]pi[55] tsho[44]， （春时春光） 春风 吹	o	3	春时春日春风吹，
	2	tsɛ̃[55] fɣ̩[55] tshɣ[44]tã[31] kuɛ̃[33]xo[55] thu[33]。 蜜蜂 出田坝 逛 花 路	o	3	蜜蜂上路嗡嗡飞。
	3	se[31] tɕhɛ̃[55]ɣ̃[55] tsɯ[33]ɕye[33] tɕhĩ[33] tshɣ[31]， 小青鱼 在 水 浅 处	△	△	不知金鱼在浅处，
	4	ma[55] ɣɛ̃[21]sɛ̃[55] tshɣ[31] mo[44]。 他们去 深 处 摸	o	3	却往深处追。
B	5	tsɛ̃[55]fɣ[55] tshe[31]xo[55] uẽ[33]xã[55] kã[55]， 蜜蜂 采花 眼 望 高	△	△	或许眼睛长高处，
	6	xua[35]ti[55] xo[55] no[33] zũ[44]ja[35] tu[44] 或许 花 上 认 不 得	o	3	或许不识花中魁。
	7	lue[21] tɕi[55] lue[21]tã[42] nɯ[55]tɯ[21] ɣ̃[55]， （盘旋来盘旋去）那里 处	△	△	飞来飞去人面前，
	8	kua[44] ʔɛ[44]a[55] sɛ̃[31] no[33]？ 挂爱 什么 上	o	3	不知心挂谁？

表 4－13 乌韵低调（u1 AB）劳利劳·地名曲（下划线的词为地名）

歌段	句序	曲句	韵脚		译文
			韵	调	
A	1	tɕi^{31} ɕɛ^{44} ŋo^{31} mɯ^{31} pɛ^{42} lɛ^{44} kõ^{42}， 昨夜 我 梦 白来果	o	1	昨夜梦见白来果，
	2	tsɛ̃^{55} fv̩^{55} jo^{55} pia^{44} tɯ^{42} u^{31} tsõ^{21}， 蜜蜂 游 到 代乌左	o	1	蜜蜂游逛代乌左，
	3	kɛ^{42} jõ^{21} ɣɯ^{33} lɛ^{55} sɛ̃^{55} tɕɛ^{42} tɯ^{55}， 垂杨柳 飘 山吉登	△	△	垂柳飘飘山吉登，
	4	lɛ^{55} pia^{44} ɕye^{33} ku^{31} lu^{31}。 飘 到 须古洛	o	1	飘到须古洛。
B	5	ɕye^{55} li^{55} xo^{55} khɛ^{55} so^{55} ɣɛ̃^{33} tɯ^{55}， 梨花 花 开 松蔼登	△	△	梨花开白松蔼登，
	6	po^{42} tã^{55} xo^{55} khe^{55} ŋuɛ^{55} tɯ^{21} ɣo^{21}， 牡丹 花 开 弯得火	o	1	牡丹开红弯得火，
	7	ŋo^{31} kv̩^{42} tɕho^{55} ṽ̩^{55} ʔɯ^{55} nɯ^{55} ṽ̩^{55}， 我 在 秋务 喊 你 上	△	△	我在秋务喊喊你，
	8	no^{31} kv̩^{42} ɣɛ̃^{33} tɯ^{55} ta^{42} ŋɯ^{55} to^{21}。 你 在 洱登 答 我 话	o	1	你洱登答我。

表 4－14 厄韵高调（ɯ5 AB）心自更·心里冷

歌段	句序	曲句	韵脚		译文
			韵	调	
A	1	lo^{31} po^{31} tsɿ^{33} ʔuẽ^{55} ɕĩ^{55} tɕɿ^{33} kɯ^{55}， 被子 是 暖 心 是 冷	ɯ	5	被窝暖和心里冷，
	2	tso^{21} fv̩^{55} tshv̩^{44} me^{21} ja^{35} ja^{44} kɯ^{55}。 丈夫 出门 不 回家	ɯ	5	丈夫远方去出门。
	3	tshɛ̃^{33} sue^{33} ʔa^{31} tua^{42} ṽ^{33} kɛ̃^{55} jo^{31}， 睡着 不得 五更 夜	△	△	辗转翻身五更夜，
	4	sɛ̃^{31} pɛ̃^{21} tṽ̩^{55} fv̩^{55} khɯ^{55}？ 啥时 黎明	ɯ	5	啥时才天明?

续 表

歌段	句序	曲句	韵脚		译文
			韵	调	
B	5	ko^{55} lɛ^{44} tsɿ^{33} li^{55} ʔa^{31} tue^{42}tue^{42}， 蝴蝶 也 一 对对	△	△	田间蝴蝶成双对，
	6	ŋa^{55} tsɿ^{55} tu^{55} ȵi^{21} tɕhuɛ^{44} tɕɛ^{21} tɕhɯ^{55}。 咱 则 独 人 打秋千	ɯ	5	自打秋千独一身。
	7	thi^{31} tsɿ^{33} kɛ̃^{33} tshɛ̃^{55} tsu^{55} ŋa^{55} tɕa^{42}， 只有 影子 做 咱 伴	△	△	只身单影相做伴，
	8	tse^{44} tsɯ^{33} pi^{55} sɿ^{55} sɿ^{55}。 还 有 一股清风	ɯ	5	还有一股风。

表 4－15 厄韵中调（ɯ3 AB）翠茵茵·厚脸皮

歌段	句序	曲句	韵脚		译文
			韵	调	
A	1	ȵv̩^{33} thi^{33} tsɿ^{33}， 小阿妹	ɯ	3	妹稍停，
	2	ʔa^{31} mia^{44} sua^{44} tõ^{21} no^{31} tsɿ^{55} ʔɯ^{44}。 不要 说话 你 则 骂	ɯ	3	言语莫成骂架声。
	3	no^{31} tshu^{33} tsv̩^{33} ŋo^{31} ka^{35} tɕhyẽ^{55} li^{55}， 你 就 锤 我 几拳 也	△	△	你就捶我几锭子，
	4	nɯ^{55} jõ^{55} ŋo^{31} sɯ^{42} khɯ^{33}。 你哥 我 挨起	ɯ	3	还有脸说情。
B	5	tso^{42} ɕĩ^{55} ɣɛ̃^{21} phia^{44} kã^{55} sẽ^{55} tɕĩ^{55}， 砍柴 去 到 高 山尖	△	△	砍柴已到高山上，
	6	sɛ^{44} tshu^{33} ɣɛ̃^{21} pia^{44} to^{42} tɕi^{31} tsɿ^{33}。 割草 去到 打 田埂	ɯ	3	割草已到大田埂。
	7	no^{31} tsɿ^{55} ʔɯ^{44} tsɿ^{55} ŋo^{31} tsɿ^{55} so^{31}， 你 则 骂 则 我 则 笑	△	△	要打要骂笑相对，
	8	ŋɯ^{55} ŋɛ^{44} tsa^{35} sɿ^{55} kɯ^{33}！ 我 额头 实在 厚	ɯ	3	厚脸皮相等！

表 4-16　厄韵低调（ɯ1 AB）四老景·捉鱼

歌段	句序	曲句	韵脚		译文
			韵	调	
A	1	tɕhɛ̃^{55} ɕye^{33} tsɿ^{33} kṽ̩^{55} tã^{42}tã^{42} kɯ^{21}， 清水河儿　悠悠　流	ɯ	1	小河流水悠悠流，
	2	tɕhɛ^{55} sua^{44} tɕĩ^{55} ṽ^{55} tsɯ^{33} mɯ^{55} ɣɯ^{31}。 都说　金鱼　在　它　里	ɯ	1	都说金鱼河中游。
	3	kho^{55} ne^{31} xɯ^{31} tsɯ^{33} sẽ^{31} tɕhɛ̃^{55} ṽ^{55}， 沟　里　有　小青鱼	△	△	沟里只有小青鱼，
	4	tɕi^{55} ȵia^{44} tsɛ̃^{21} tɕi^{31} xɯ^{31}。 多　到　秧田　里	ɯ	1	躲到田里头。
B	5	ji^{55}ji^{55} kuã^{55}kuã^{55} kã^{55} lɯ^{44}ȵi^{55}， 衣衣　裤裤　高　的　挽	△	△	挽高裤脚挽衣袖，
	6	tɛ^{44} ȵo^{33} vv̩^{42} thɯ^{55} kɛ^{33} mo^{31} tɯ^{21}。 一定要 钻　下　捉　它　一条	ɯ	1	下水抓鱼不停留。
	7	sẽ^{31} tɕhɛ̃^{55} ṽ^{55} no^{33} kɛ^{44} ja^{44} khv̩^{31}， 小青鱼　上　捉　回家	△	△	要把青鱼抓回去，
	8	xã^{55} ȵi^{44} xo^{55} na^{21} xɯ^{31}。 养　进　花园　里	ɯ	1	养花园里头。

五　特殊词调

在白曲词调的运用中，人们为了表现一种思想或情趣，采用多种多样的艺术手法，增强曲词的思想或情趣的感染力。就艺术手法的属性而言，有文学表现手法，有音韵表现手法，有的二者互相交错，交相辉映，使曲词诙谐别致，绝妙之极。如，禽言曲、兽言曲、物言曲、人和物对话曲、地名曲、反义曲、排比曲、谜语曲等等，它们别开生面，寓意深刻，妙趣横生。在趣味曲中，有一种是运用语言谐音而造就的，谐音字（音节）有自由式和定位式两种，在原有体式的基础上巧妙地运用双声、叠韵、谐音谐意的美感，仍然是词调的一种特殊体式。下面就这两种谐音体式进行简要分析。

（一）自由式谐音体

自由式谐音体每个句子都有谐音字，但位置不固定。白语中同音词较多，一音多义，易于造就谐音曲，如《çĩ^{55}字曲》中“çĩ^{55}”有“新”“心”“柴”等多义，《ts hṿ^{55}字曲》中的“ts hṿ^{55}”有“穿”（孔）、“春”、“擦”等多义，人们用这些词或词素，组词造句，结构体式，言情状物，新颖别致，耐人寻味。这里且举一例《pɛ^{42}字曲》：

白语原文及对译	译文
pɛ^{42}mi^{55}uã^{44} tsɿ^{33}pɛ^{42} tɕi^{33} tɕi^{33}， 白月亮儿　　白姐姐	白姐白妹白月亮，
ko^{44}no^{33} tso^{44}tɯ^{44}pɛ^{42}ŋe^{21} tɕi^{33}， 脚　上　穿着　　白鞋子	一双白鞋穿脚上，
tshẽ^{33}no^{33}ji^{42}tɯ^{44}pɛ^{42}ji^{55}khõ^{55}， 身上　　穿着　　白衣裳	身上穿着白衣裳，
pɛ^{42} tsɿ^{55}jõ^{21}pe^{21}se^{44}。 白　　羊皮帔肩	白羊皮帔肩。
pɛ^{42}xɛ̃^{55}pɛ^{42}zɿ^{21}jɯ^{44}fṿ^{44}ɣɯ^{31}， 白米饭　　吃　肚里	嘴里吃着白米饭，
pɛ^{42}tõ^{21}pɛ^{42} tsho^{55} mia^{44}sua^{44} tɕhi^{44}。 白言白语　　不要　说　出	白言白语不要放。
pɛ^{42} tso^{42}ȵi^{44} tsɿ^{55} ȵi^{21}kɛ^{55} tɕi^{55}， 大白天　　则　　人　　多	白天人多不好说，
pɛ^{42}mi^{55}uã^{44}sã^{55}xui^{44}。 白月亮　　相会	要等白月亮。

……

这是一首情歌，以白族姑娘喜爱白色的衣饰和白米饭描绘姑娘的纯真，并希望请忌用“白言白语”（白语指不好听的言词）拒绝白月亮下相会畅叙的心情。如此一字，凝练着多少深情厚爱，使人叫绝。只可惜汉语无力译出语气的人情味来。

（二）定位式谐音体

定位式谐音体要求谐音字安排在每个句子中固定在统一的位置上，一般安排在每句的句头字位上或韵句的韵脚上。这种体式要求较严，数量较少，其中有的很富有诗意，有的带有启迪音韵和美的游戏情趣，如《khy̩^{44}字曲》：

khy̩^{55} ti^{55} khy̩^{44} tio^{42} khy̩^{44} ty̩^{44} ly̩^{44}，
曲来曲去　弯弯曲
弯弯曲曲弯曲曲，

ji^{55} tã^{55} tɛ^{44} tui^{55} ji^{21} tɛ^{44} khy̩^{44}。
砍刀　打直　镰刀 打弯曲
砍刀打直镰打曲。

nɯ^{55} khy̩^{44} mɛ^{44} ȵi^{44} ŋɯ^{55} khy̩^{42} ɣɯ^{31}，
你的 曲　爬进　我的 曲　里
你曲爬进我心里，

nɯ^{55} khy̩^{44} ŋa^{44} ŋɯ^{55} khy̩^{44}。
你的 曲　咬　我的 曲
你曲咬我曲。

……

该曲以弯曲的“曲”和白曲的“曲”相谐，借镰和刀的曲直哲理，说明对唱中相互设难的情趣。谐音安排在韵脚，似是同音节相押的平淡，但淡中有奇，因为是谐音字环循，而非错押。

第五章　白曲词章

词章，这里指的是在八句体词调（基本词体）的基础上结构而成大于基本词调的篇章形式。这是能够构成长篇词章的主要词调。一个八句体的词调，形式短小，格律精巧，一般只能表达单一的思想内容。而作为文学的诗歌，还需抒发错综复杂的感情，描绘千姿百态的景物，叙述变化多端的事理，短小精巧的词调是难以包容的，需要有相应的长而大的篇章结构形式。就一般情况而言，内容的结构与形式的变化结构往往是矛盾的，而白曲词律这种矛盾中，传统的结构方法达到了完美的结合，富有显著的特色。本章于此论述几种常用词律结构篇章的形式。

一　词调、词段和词章

词章都是由八句体的基本词调构成，是由不同的词调和词段组成。由于八句体的词调有不同的形式，词章也有不同的形式。

首先需要进一步认识八句体词调的特点。

八句体词调，是曲词格律完整独立的短词，为了歌唱，它的结构有它相应的乐曲曲式。白曲乐曲的曲式结构很特殊，它是单二部曲式结构。这种曲式在各民族民歌中实属罕见，一般只存在于艺术创作歌曲中，而白族却存在于民间的白曲中。这是在这次词章结构分析中发现的。由于过去一般乐曲记谱只记短调，短调乐曲旋律完整，没有引起曲式结构的注意。在这次短调曲词格律及联章结构研究中发现这一特殊曲式。

所谓单二部曲式，表面上是完整的一个曲调，是一段体曲式，实际上乐曲由两个乐段构成，下段乐曲是上段乐曲的发展，两个乐段不可分离。而相应的曲词也是两个词段，表面上看，两个词段的字、句数及其字数相同，即都是“七七七五”，实际上两个词段音韵格局有同有异。相同的是逢偶句的韵脚字用的是同一个律韵、同一个律调。不同的是两个词段的第一句韵脚字：上段的第一句韵脚字，作为限韵、限调字，与逢偶句的韵脚字的律韵、律调相同；而下段的第一句为奇句，其末字与之不同韵、不同调，即使同韵，但调不同——这是曲词上下段最大的不同。如果下段的第一句也用相同的律调，那么，这一句不能入乐，这样的词就不能算是曲词了，也不能称之为词调。这是单二部曲式结构所决定的。至于重叠联章的词章中叠段联章音韵结构更充分证明这一判断，后面将会论述。

既然词章是由不同形式的词调构成，词调和词段的这个特点非常重要，是判断词章的重要标准，也是创作时谋篇布局的重要依据，同时也是词调、词段书面形式遵循的准则。

前贤由于只看表面现象，有的每每见一个“七七七五”就认为是“一首”，有的每每见两个“七七七五”就认为是“一联”，这些都有悖于与曲式音韵结构相应的词调和词段的特点；今人凡见“七七七五”就隔行单列一段，也不一定符合实情，因为与曲式单二部结构相应的这种曲词书面形式太特殊了，该怎么书写还是个问题。（本书将两个词段构成的词调连写，词章的写法后面有说明。）

基于对词调和词段这样客观的认识，词章的结构也可解释了。

二　重叠联章

重叠联章，是结构词章的最基本的方式，从表面上看，两种似乎都是一韵到底的诗歌，实际上不是这样，它们的音韵格律有变化。这两种联章结构可称之为叠段联章和叠调联章。

一是叠段联章。这种联章形式中重叠的部分是下段的句式及其音韵格律，根据所叠段的次数，可称之为二叠段之词章、三叠段之词章等等。这样的词章，不论有多少个句式相同的叠段，首段末字作为起韵、起调之后，逢双句的末字押韵、押调。这是单二部曲式所决定的，相应的乐曲上段乐谱过了一遍之后不再重复，所重复的是乐曲下段乐谱，这是典型的单二部曲式的特性。其曲词段落音韵如下：

A	1	○ ○ ○ ○ ○ ○ ▲
	2	○ ○ ○ ○ ○ ○ ▲
	3	○ ○ ○ ○ ○ ○ △
	4	○ ○ ○ ○ ▲
B	5	○ ○ ○ ○ ○ ○ △
	6	○ ○ ○ ○ ○ ○ ▲
	7	○ ○ ○ ○ ○ ○ △
	8	○ ○ ○ ○ ▲
B	9	○ ○ ○ ○ ○ ○ △
	10	○ ○ ○ ○ ○ ○ ▲
	11	○ ○ ○ ○ ○ ○ △
	12	○ ○ ○ ○ ▲
B	13	○ ○ ○ ○ ○ ○ △
	14	○ ○ ○ ○ ○ ○ ▲
	15	○ ○ ○ ○ ○ ○ △
	16	○ ○ ○ ○ ▲
…	…	……

这种联章的曲词，歌唱时，与之相应的乐曲不重复上段乐谱，只反复下段乐谱。这种联章结构因是双段体的下段反复，如果用代号表示，A 代表基本词调的上段，B 代表基本词调的下段，n 代表重复的次数，可表示为：A ‖: B :‖ n。这里以《泥鳅调》① 为例：

① 此例根据《民间文学》1961 年第 5 期傅懋勣先生《关于记录和翻译民间文学的几点意见》的例词转写。《泥鳅调》是旧时广为流传于剑川、大理一带的一首传统白曲。白语专名称 v̩^{44} tio^{44}，其中的 tio^{44} 为汉语借词“调”。其中的 v̩^{44} 是多义词，一意为泥鳅，一意为窝囊。曲词却言小青鱼。这种名不符实的现象如结合该调的主题，v̩^{44} 应与“窝囊”相关。因白曲常用反义破题，这里实际喻指聪明能干。

A
se^{31} tɕhɛ̃^{55} ṽ^{55} tɯ^{21} kɛ̃^{33} tɯ^{44} kɛ̃^{33}，
小青鱼 惊着 惊
小小青鱼惊又慌，

tsɯ^{33} la^{42} tɕɛ̃^{42} tɯ^{55} mu^{33} çy^{33} tɕɛ̃^{33}。
有了 地基 无 水井
有了地盘没水塘。

tsɯ^{33} la^{42} çy^{33} tɕɛ^{33} mo^{33} tɕɛ̃^{42} tɯ^{55}，
有了 水井 无 地基
有了水塘没地盘，

pia^{44} tsa^{35} tsu^{33} tɕhy^{31} ŋɛ^{33}。
躲只 水草 下
水草下躲藏。

B
thɯ^{31} pia^{44} khɯ^{33} tsɿ^{33} tɕɯ^{55} tɕhi^{44} tua^{42}，
常 躲起 则 经受 不行
天天躲藏憋不住，

pe^{44} tɕhi^{44} me^{21} ua^{44} ma^{55} kɛ̃^{44} fɛ̃^{33}。
走 出 门外 他们 捉翻
刚出门外被拿翻。

jõ^{42} ŋo^{31} kɛ̃^{44} ȵi^{44} ỹ^{55} nʏ^{33} ɣɯ^{31}，
把 我 捉进 鱼笼 里
把我捉进鱼笼里，

xɛ̃^{55} pe^{21} la^{35} xɛ̃^{55} tshuɛ^{44}。
（身子发抖状）
身抖心发慌。

B
mɯ^{55} po^{55} tɯ^{21} tsɿ^{33} ȵo^{33} tsɿ^{55} tsẽ^{55}，
他的汉子 则 要 做 煎
那汉子说“要油煎”，

mɯ^{55} jo^{42} tɯ^{21} tsɿ^{33} ȵo^{33} tsɿ^{55} ɛ^{44}，
他婆娘 则 要 做 腌
那婆娘说“要盐腌”，

ȵo^{42} ŋo^{31} pe^{31} tsõ^{33} sã^{44} çi^{55} no^{33}，
把 我 摆 上 上席 上
把我摆到席面上，

ȵi^{55} tɕɛ̃^{33} la^{53} ŋo^{31} tɕhɛ̃^{33}。
您 请 又 我 请
“您请”“我请”吃。

B
kɛ^{44} ŋo^{31} mo^{31} tɯ^{21} mɯ^{55} uẽ^{33} tɛ̃^{55}！
捉 我 那个 他的 眼 睛
捉我那人要眼睛！

jɯ⁴⁴ ŋo³¹ mo³¹ tɯ²¹ mo³¹ ka⁴⁴ sɛ⁴⁴！ 吃 我 那个 他 败家	吃我那人要倒霉！
tshu³³ tsɿ³³ thu⁵⁵ ma⁵⁵ fɛ³⁵ tu⁴⁴ li⁵⁵ 就是 把他们没法 也	即使一时没办法，
khɛ⁴⁴ tsɿ³¹ mo³¹ ka³⁵ khɛ⁴⁴！ 卡 给 他 几卡	用刺卡几下！

这个词例表明，第三、四两段的音韵格局是第二段的叠用，而不是第一段的叠用，相应的曲谱也是第二段的反复，而不是第一段的反复。其中的下段（B段）的句式及其音韵格局共叠用3次，可称之为三叠段之词章。其叠段联章结构为：A ‖: B : ‖ $_3$式。

二是叠调联章。这种联章形式的重叠是同一个词调的重复，即上下段的音韵格律一起重复。根据所叠调的次数，可称之为二叠调之词章、三叠调之词章等等。这样的词章，不论有多少个同一个词调，音韵结构每八句为一个独立单位，上下段都要重复。如果用代号表示，可表示为：A ‖: B : ‖ n式。显然，这种联章与前面论述的叠段不同（A ‖: B : ‖ n。），对歌常用这种叠调联章，双方都以一个词调对一个词调，环环相接。

白曲曲词这种章法结构的“叠”与汉语词学所称的“叠”和“调”有所不同。汉语曲子词的“词”，因音乐曲调亡佚，难以考察其原始风貌，人们往往只以语言形式划分句、段，对于相同或不同句式和音韵的段也常以“叠”或“调”相称，有几段即称几叠或几调词，如称二段的词为“双叠”“双调”等。这种术语的概念是很模糊的。而白曲的曲词与乐曲并存，词律犹在，所以“叠”“调”的含义很清晰，哪怕对于只作吟诵不作民歌咏唱的白文诗词，只要掌握与乐曲相应的词律也易于分辨。

三　第序联章

第序联章，是以时间、空间、事物一定次第关系结构篇章的形式。如月份的十二个月，节令的四季，夜长的五更，生肖的十二属相，怀胎的十个月，方位的四方、五方等，都是白曲常用的联章结构的第序。

第序联章结构篇章的结构方式是：以每个次第或时空或事物的词用在词调的首句，造就该词调起韵起调所依的韵类和调类，几个次第如此相连，就构成几个序列结构联章的曲词。

这里需要说明的是：以时空、事物次第之词，造就该词调的韵类调类的方式，有的具有传统的程式化，只有起韵起调的作用；有的以次第之词突破程式造就既能起韵起调又与内容相关的比兴词语；有的不仅含次第之意，内容和韵、调三合一的词语；等等。但不论方式如何变化，次第关系是很清楚的。下面以常用的以时序五更联章的“五更曲”为例说明。

这种联章程式化有两种，一种为三字头，一种为七字头，所用词语世代都统一。

三字头的程式图是：

tɕo^{55} ji^{44}kɛ̃^{44}　（交一更）
tɕo^{55} zʅ^{31}kɛ̃^{55}　（交二更）
tɕo^{55} sã^{55}kɛ̃^{55}　（交三更）　艾韵（ɛ）高调（5）
tɕo^{55} ɕi^{44}kɛ̃^{55}　（交四更）
tɕo^{55} ṽ̩^{33}kɛ̃^{55}　（交五更）

图 5－1　三字头的程式图

每“更”的句末音节相同，韵类为艾韵［ɛ］，律调为高调（5），5个词调的韵调相同。它由同一韵调的5个“三七七五、七七七五”40句构成联章曲，虽与上节所论的叠调联章形式相同，但这是以时序为主要特征，其他类型的“五更曲”，民间也以“五更曲”而论。

七字头的程式是：

ji^{44}kɛ̃^{55} mi^{44}uã^{44}ka^{21} sv̩^{42}tɕy^{33}　　衣韵［i］中调（3）
一更　月亮　含　山嘴

zʅ^{31}kɛ̃^{55} mi^{55}uã^{44}li^{55} tsõ^{33}kã^{55}　　阿韵［a］高调（5）
二更　月亮　也　升高

sã^{55}kɛ̃^{55} mi^{55}uã^{44}li^{55} tã^{55}tɯ̃^{31}　　厄韵［ɯ］低调（1）
三更　月亮　也　当顶

ɕi^{44}kɛ̃^{55} mi^{55}uã^{55} li^{55} khuɛ^{55}sẽ^{55}　　衣韵［i］高调（5）
四更　月亮　也　偏西

v̩^{33}kɛ̃^{55} mi^{55}uã^{44}li^{55}lɛ^{31} ɣo^{42}　　乌韵［u］低调（1）
五更　月亮　还是　落

每“更”句末以韵调不同的字起头，5 个双段八句形成各自不同的词调，其内在联系的是时序五更的先后关系，依其次第连成一个篇章。

非程式化的“五更曲”，往往与内容关系密切，如《鸿雁带书》中的“回五更”①，出门游艺的丈夫为了表达回家心切又无奈的困境，以层层递进的五更词调排比组合，增强心切的感染力。其韵调字词与内容的回信紧密相关，每更的安排为：

ji^{44}kɛ̃^{55} ɕĩ^{44}fv̩^{55} pɯ^{31} tã^{42}ja^{44}　　一更书信寄回家

zɿ^{31}kɛ̃^{55} ɕĩ^{44}fv̩^{55} pɯ^{31} tã^{42}ja^{44}　　二更书信寄回家

……

5 个词调首句的句末均用 pɯ^{31} tã^{42} ja^{44}（寄回家）的 ja^{44}，即为阿［a］韵中调（3）。

又如，反映辛亥革命后，为了巩固边防，开发边疆，士兵开赴怒江旅途苦情的五更曲《当兵调》，其五更结合所处的时间、方向、心情，5 个部分各自的首句用法不一：

ji^{44}kɛ̃^{55} tã^{55}kṽ̩^{55} ɣɛ̃^{21} tsɛ̃^{21}pɯ^{44}　　一更当兵朝北走

zɿ^{31}kɛ̃^{55} tshv̩^{44}me^{21}ɣɛ̃^{21} tsɯ̃^{21}se^{55}　　二更出门转向西

sã^{55}kɛ̃^{55} me^{21}ua^{44} tshu^{33}pe^{44}ɕi^{44}　　三更刚刚出门外

ɕi^{44}kɛ̃^{55} mi^{33}mi^{33}ɕĩ^{55} no^{33}sṽ̩^{31}　　四更想想很难过

tshɛ̃^{44}sue^{33}a^{31}tua^{42} v̩^{33}kɛ̃^{55} jo^{31}　　睡觉难眠五更夜

① 段伶记译、杨应新转译：《白曲精选・鸿雁带书》，云南民族出版社 1994 年版。

这样的“五更曲”，既结合内容，句末字的韵调又给五个部分各自成不同的词调，以五更的次第贯穿，所联的篇章结构井然有序。

总之，各种第序联章的各部分的首句，有传统的程式化，也有根据内容及歌唱者的技艺，造就风格和情调丰富多彩的词调。

四　串珠联章

对白曲串珠联章的结构形式，有的称“串珠连”“串枝连”。该名缘起自一首俗称《串枝连》（又称《串珠连》）的“本子曲”专名。这个“本子曲”是一个爱情故事，异名较多，因两情相爱由姑娘吆雀护谷时起，又称《piɛ^{55} ua^{42} xɛ^{44} ʦo^{44}》①，译写为《放鹞曲》《放鹰赶雀》；有的本子因有怀孕打胎的情节，称《yɛ̃^{44} ʦʅ^{33} ȵv̩^{33} khv̩^{44} tshɛ̃^{55}》（打胎曲）；有的本子因由三十六个人次的人物对话组成，称《三十六换》。各种本子的人物均有姑娘、小伙、女友、女母、姨妈，基本情节为恋爱、女病、探病、冤死等，只是细节和长短不一。该曲的结构形式与“串珠连”的概念关系不大，疑是“串枝连”的误写。从白族民俗看，该曲的爱情故事有串生枝蔓的情节，像怀孕打胎致死等，民间为了避免直言，以此而名，合乎情理。

串珠连是语言修辞术语。顾名思义，它是用如同一根线把散乱的彩珠贯串在一起的联章形式，这种联章形式主要用于对唱题材的作品，即兴对唱或谋篇布局的创作都如此。条件一是珠，即个个都是长短句式一致的词调；二是线，即词调之间诗意相扣，或语音关联。这样词调相连的篇章如同一串彩珠，确实很精美。

白曲词调的数目以高低韵计，共有 15 个，句式均用“七（三）七七五、七七七五”，个个如同彩珠，不论用 15 个词调中的一种，或多种，这串珠的光泽不是素净雅致，便是五彩缤纷。珠与珠即词调与词调之间的关联，作为对唱的篇章，诗意本来依作者意图即兴相对，不可能松散，环环相扣，

① 白族歌手张明德先生整理创作的《piɛ^{55} ua^{42} xɛ^{44} ʦo^{44}》（《放鹰赶曲》）内容与该传统曲内容不同，只是爱情由姑娘吆雀护谷时相遇而起，与之相同。

跌宕起伏，这是一种联珠形式；另一种是前后词调之间加用关联词语，使之前后首尾有机衔接。常用的关联词语如 tɕhẽ^{55} tɯ^{44}（听见、听说）、dua^{44} tso^{42}（如此说、说的是），或重复前者全句、半句等。如对唱曲《月里桂花》① 中的串珠连（两个词调之间承上启下的关联词为粗体字）：

女　li^{55} lɛ^{31} tɕhõ^{55}，
也 是 好
话也真，

ts$ɿ^{55}$ tshu^{33} sõ^{33} no^{31} so^{31} tɕĩ^{55} fỵ^{55}。
那就 送 你 手帕一块
那就送你花手巾。

kɯ^{55} ɕy^{33} xo^{55} li^{55} ȵi^{21} ɕĩ^{55} ɕĩ^{55}，
冷水一口 也 人心一片
喝碗凉水也解渴，

li^{31} tɕɯ̃^{33} zɯ̃^{42} ji^{55} tso^{51}。
礼轻 人意 重
何必嫌礼轻。

tɕhɛ^{44} ts$ɿ^{31}$ nɯ^{55} no^{33} tso^{44} ts$ɿ^{33}$ tɯ^{21}，
绣 给 你 上 雀一只
绣上一只花孔雀，

xua^{44} ta^{42} mɯ^{22} no^{33} po^{42} tã^{55} xo^{55}。
画 加 它的 上 牡丹花
再绣牡丹伴雀身。

mi^{33} ŋɯ^{55} tua^{44} ts$ɿ^{55}$ ka^{44} mo^{31} xã^{55}，
想 你的 上 则 把 它 望
想我时就看一看，

______ ŋɯ^{55} ______。
见着 我的 花 影像
花样是手巾。

男　__ ẽ ______ nɯ^{55} ______，
听见 **见着** **你的** **花** **影像**
听说能见妹花样，

① 见段伶记译，杨应新转译《白曲精选》，云南民族出版社 1994 年版，第 189 - 190 页。

thã^{55}tɯ^{44}nɯ^{55} ṽ̩^{55} so^{31} tɕĩ^{55}fṽ̩^{55}。
接着　　你的 上　手帕一块
接过手巾放心上。

nɯ^{55}ko^{33}nɯ^{55} ṽ̩^{55} ja^{35} thã^{55} tsɿ^{55}，
你的哥 你的 上 不　接　则
要是阿哥不接收，

no^{31} lɛ^{31} ɕĩ^{55}a^{31}khṽ̩^{55}。
你　又　心不甘
两情都失望。

mi^{33}nɯ^{55} tua^{44} tsɿ^{55} ka^{44}mo^{31} ã^{33}，
想 你的　上　则 把　它　看
想妹时刻瞧瞧它，

kɛ^{42}ɕy^{42} jɯ^{44}tɯ^{44}kɛ^{21}ȵi^{55} ṽ̩^{55}。
就像　　吃着　肉 和 鱼
吃鱼吃肉一个样。

jo^{42} mo^{31} kua^{44}ke^{21}ŋɯ^{55} tshɛ̃^{33} tshv̩^{31}，
把　它　挂　在 我的　睡　处
把它挂在床头边，

tsu^{55} ŋɯ^{55} tɕo^{42}uẽ^{33}xo^{55}。
做 我的　　哄眼花
渴眼常相望。

前后两个词调相同，押乌［u］韵高调（5），后一个词调的首句 tɕhɛ̃^{55}tɯ^{44}kẽ^{42}tɯ^{44}nɯ^{55}xo^{55} phiõ^{55}，（听见能见你花样），明显是前一个词调末句 kẽ^{42}tɯ^{44}ŋɯ^{55} xo^{55} phiõ^{55}（能见我花样）的衍生。一个又一个句式相同，内容各异的词调，首尾相衔，诗意连贯，果真如同彩珠连串之效。

用这样关联词语的连接，前后词调的高低律相同，也可以用别的关联词语使前后为不同的词调，视情而用。

在串珠联章形式中还有各个词调的首句相同的形式。词调的首句，诗意上一般起比兴作用，音韵上首句的末字起限韵限调的作用，决定该词调所押的韵类和律调。因此，首句尤其是三字句，一般称之为曲头，为词调名。为了达到串珠联章的艺术效果，有的作品或创作者即兴约定，对唱双方均以某一个曲头安排词调，使各个词调句式、音韵如一，加之诗意连贯，这也是别出心裁的对唱词章。

五　综合联章

综合联章，是指多种联章形式同时使用于一个词章的结构形式。

在论述综合联章之前需要说明两个问题：

一是词章的长短大小。关于白曲的长短大小，白语称 tsõ^{21} khy̩^{44}（长曲）、tshɯ^{44} khy̩^{44}（短曲）、to^{42} khy̩^{44}（大曲）、se^{31} khy̩^{44}（小曲）等，都是普通名词，非专有术语，难以表述白曲词章的实际状况。即使参照汉语词学术语“曲子”“小令”“大曲”等，也不好区分，如唐代曲子词定格联章的“五更曲”之类，即称“大曲”，而白曲还有数百行、上千行各种体式的词章。鉴于此，只能根据白曲词章的章法结构，做个大致的划分，可分为 3 种。

短曲：词调、基本词体，一般为双段八句体，为一个乐曲之词。

中曲：叠段联章、第序联章等体式，句数一般在 12 行至 96 行之间，其乐曲为同一乐曲的下段反复或 3 种变体。

长曲：综合联章，句数有几十行至上千行，其乐曲为同一乐曲的下段反复 3 种变体。

二是兼式联章和综合联章的区别。有的联章形式往往一式双兼，比如第序联章中的“五更曲”，每更以一个词调为正体，但有的言之未尽，在某更的词调上增加段数为某更的叠段联章。又如“十二属曲”的对唱曲，每个生肖为一个词调，牛、虎、兔、龙、猪等，每个词的首句有关联词 tɕhɛ̃^{55} tɯ^{44}（听说），这样的“十二属曲”也兼有串珠联章形式。这样兼式，不能当综合联章而论。

鉴于上述说明，综合联章是使用于叙事和抒情的中曲、长曲。

中、长的叙事或抒情曲，一般称为“本子曲”，有社会生活故事、鬼怪故事及人格化的动植物故事等。构思这样人物和情节错综复杂的故事曲，综合联章的运用不是可有可无，而是必需，其原因不只是受限于词语的调用，更重要的是白族富有民族特色的创作习惯和传播形式的需要。

“本子曲”的传播方式是，歌唱者一人用三弦自弹自唱，歌唱中没有故事人物动作、表情、腔调的表演，几乎如同平铺直叙一般。曲本中也没有第三人称交待情景的表述，均由故事中的不同人物第一人称直接表达。这样的曲本及其传播方式，在常人看来似乎是没有感染力的，但恰恰相反，有综合联章的作用，使听众如临其境，如见其人，可触可摸，悲欢离合之间，与故事人物同乐同忧，备感亲切。综合联章的用法主要是：人物在特定情节中，各用一个词调或一个联章形式自我表述情景和相互关系的内容。由于词调和联章形式具有鲜明的个性特征，又与内容、语调结合，形成情节分明的段落。以这样不同词调及其联章形式的交替并用，自然区分人物身份、人物关系及相关事物等。如此伴随故事情节的发展，人物关系清楚，故事层次分明，若加上表演，反而显得累赘；若加上第三人称的表述，也显得多余。由艺人利用词调及其联章形式代表不同人物，直接用第一人称表达思想，显得简练，使听众如临其境，更有艺术的韵味和魅力。

白曲“本子曲”（故事曲）就是这样，不用表演，不用旁叙，而是运用综合联合联章的结构形式，第一人称直叙的表达方式，是“本子曲”作品创作和传播的基本特点。下面且举《三十六换》的探病情节，看看综合联章的形式和效果。

男	pɛ^{44} sã^{44} kɛ^{44} piɛ^{44} ŋɯ^{55} a^{31}tɕi^{33}， 拜上　隔壁　我的　大姐	拜上知心阿大姐，
	kho^{44}to^{55} nɯ^{55} no^{33} sɛ^{31} vv̩^{33}tɕhi^{33}。 依靠　你的 上　事一件	有件事情求求你。
	kho^{44}to^{55} nɯ^{55} no^{33} sɛ^{31} vv̩^{3} pi^{55}， 依靠　你的 上　一件事	求你帮忙一件事，
	tɕhɛ̃^{33} ȵi^{55} ȵo^{31} ka^{44}ue^{44}。 请　您　要 为一为	千万莫嫌弃。
	a^{31}ji^{55} a^{31}ji^{55} tɛ̃^{44}ka^{44}ji^{55}， 不依　不依 定 依一依	不求不求也得求，
	ji^{55}la^{42} ji^{55}la^{42} tɛ̃^{44}ka^{44}ue^{44}。 依了　依了　定 为一为	不依不依也得依。

a^{55}ta^{44}vv̩^{33}tã^{42} nɯ^{55} ka^{35}tɕi^{31}，　　这些东西能补身，
这里　礼物　这　几件

thi^{55} ŋo^{31} a^{33}mo^{31} tsue^{44}。　　代送她那里。
替　我　看她　一转

so^{55}to^{21} p̪iɯ^{55}tha^{55} tsɯ^{33}no^{31} p̪o^{55}，　　这包冰糖能补血，
砂糖　冰糖　有　这　包

mɯ^{55}tɕa^{42} nɯ^{31} p̪o^{55} tsɯ^{33}a^{55}ue^{44}。　　这包补药能补气。
其他　这　包　是（滋补药）

ȵo^{42} mo^{31} tsõ^{21} ȵi^{44}ji^{55}fv̩^{44}xɯ^{31}，　　请你藏紧内衣内，
把　它　藏　进　内衣　里

mia^{44}so^{33} ȵi^{21} kɛ^{55} sẽ^{33}。　　莫要露底细。
别　让　人　知道

a^{31}tɕhi^{44}me^{55}ȵi^{44}tuẽ^{44}jɯ^{44}ke^{55}，　　让她明天炖鸡吃，
一时　明天　炖吃　鸡

tɕhĩ^{55}tɕi^{55} ȵo^{33} ka^{44}kɯ^{55} ɕy^{33}tɕi^{44}。　　请她还把冷水忌。
切忌　要　把　冷水　忌

ɕi^{55}ɣo^{42} sua^{44}sɯ^{44}nɯ^{55} tshɛ̃^{55} no^{33}，　　长话短说到这里，
话语　说到　这句　上

mi^{42}ji^{42} tsʅ^{55} xua^{44}tɕhi^{44}。　　再说泪难息。
眼泪　则　沸腾

姐　ȵv̩^{33} ŋo^{31} sɯ^{55}sɛ^{44} tshu^{33}ȵo^{33} p̪e^{44}，　　受人之托我就走，
女　我　收拾　就要　走

se^{31}p̪u^{31} tɕhi^{33}la^{35} to^{42}p̪u^{31} p̪e^{44}。　　大步小步不停留。
小步　起　又　大步　走

p̪e^{44}p̪ia^{44}ȵv̩^{33}thi^{33}mɯ^{55} me^{21}ṽ^{55}，　　一步走到妹家门，
走　到　阿妹　她的　门　处

ȵo^{31} tsɿ^{55} kɛ^{21} pe^{44} ȵi^{44}？
要　怎么　走进
我该怎么走？

ȵv̩^{33} ŋa^{55} y^{31} tshɛ̃^{21} tɯ^{21} ka^{44} tɕhɛ̃^{55}，
女　咱　转朝前　听听
上前一步听一听，

lo^{31} tã^{42} kõ^{33} pu^{31} la^{31} ka^{44} mi^{33}。
退　回　两　步　又　想想
退后一步想开口。

ʔɯ^{55} tso^{42} ta^{55} mo^{33} xɛ^{44} khuã^{33} ɣɯ^{35}，
叫声　大妈　撵狗　来
叫声大妈撵撵狗，

ŋo^{31} ã^{33} ŋɯ^{55} ȵv̩^{33} thi^{33}。
我　看　我的　阿妹
我来看小妹。

母　ta^{55} mo^{33} tɕa^{44} kua^{42} tshu^{33} xɛ^{44} khuã^{33}，
大妈　抓棍　就　撵狗
大妈我拿棍撵狗，

na^{55} ue^{55} tɕi^{42} ȵv̩^{33} tɕhõ^{55} tshu^{33} phia^{44}，
难为　侄女　好　就　到
难为阿侄来看望，

ŋɯ^{55} ȵv̩^{33} na^{55} li^{55} sã^{55} ko^{21} tsha^{55}，
我的女　你们　也　相爱　一场
我女同你好一场，

no^{31} ɣɯ^{35} ka^{44} mo^{31} ã^{33}。
你　来　把　她　看
让你多操心。

tɕi^{21} ɕɛ^{44} tɕhi^{33} ȵi^{44} ɣɛ^{33} kɛ^{55} xɯ^{31}，
昨天　迁　进　厢房　里
小女昨天迁厢房，

nɯ^{55} na^{42} ɣɛ̃^{21} thɯ^{55} ka^{44} ɕy^{44} xua^{44}。
那里　下去　叙叙话
过去陪她说几句。

ke^{55} ȵi^{44} mɯ^{55} tshã^{55} mo^{31} ja^{35} jɯ^{44}，
今天　她的　早饭　她　不　吃
今天早饭也不吃，

phe^{55} mo^{31} jɯ^{44} ka^{53} xa^{44}。
陪　她　吃　几口
陪她吃两口。

姐　se^{31} pu^{31} tɕhi^{33} la^{35} to^{42} pu^{31} pe^{44}，
小步　起　又　大步　走
三步且当两步走，

tshu^{33} phia^{44} ȵy̩^{33} thi^{33} tɕhɛ̃^{55} mɯ^{21} jy^{33}。
就　到　阿妹　闺房　口
一步走到妹门口。

tshu^{33} phia^{44} ȵy̩^{33} thi^{33} tɕhɛ̃^{55} mɯ^{21} ṽ^{55}，
就　到　阿妹　闺房　处
一步走到妹床边，

ɕɛ̃^{55} ɕɛ̃^{55} tso^{42} tshɛ̃^{33} sue^{33}？
醒着　或　睡着
妹是醒是睡？

kõ^{33} thi^{33} ja^{35} kẽ^{42} kõ^{33} ɕɛ^{44} tsɿ^{55}，
姊妹　不见　两天　则
姐妹不见才几天，

tɕy^{33} uẽ^{33} tshɯ^{44} tshu^{33} tɕhɛ̃^{31} tshɯ^{31} se^{44}。
面容　就　青菜叶
脸色就像青菜叶。

tsu^{55} ȵy̩^{33} tsɿ^{33} ȵi^{21} mɯ^{55} na^{21} tshy̩^{31}，
做　姑娘　它的　难处
做个姑娘有多难，

xẽ^{55} sẽ^{33} tso^{42} tɕi^{31} sẽ^{33}？
天知　或　地知
只有问天地。

女　zɛ^{21} lɛ^{21} kɛ^{33} lɛ^{33} kɛ̃^{55} ɕɛ̃^{55} ɕɛ̃^{55}，
迷迷糊糊　惊　醒来
迷迷糊糊梦里醒，

tɕy^{33} ṽ̩^{55} ʔɯ^{55} tso^{42} a^{31} ta^{55} tɕhɛ̃^{55}。
嘴里　叫　着　大姐　听
叫声姐姐听我讲。

ʔɯ^{55} tso^{42} a^{31} ta^{55} lɛ^{55} lo^{42} la^{42}，
叫　着　大姐　（语气词）
倒霉倒霉真倒霉，

ɕu^{33} tsa^{35} kho^{44} mo^{31} tɕhɛ̃^{55}。
只有　哭　它　一声
真想哭一场。

（后省录四段）

该情节有四个人物不同的内容的对话，唱段以不同音韵的词调和叠段联章相配合结构而成：

男：衣韵中调的三叠段联章 A ‖: B：‖$_{3}$

姐：衣韵中调的词调 AB

母：阿韵中调的词调 AB

女：艾韵高调的四叠段联章 A ‖: B：‖$_{4}$

各个唱段的内容和形式各异，以联章形式进行，没有第三人称交代，人物关系和情节层次客观上已显示得清清楚楚。各种中、长曲的容量不同，所使用联章情况也不同，一般多用不同词调的叠段联章。较短的如《秧鸡曲》《母鸡孵鸭》等只用不同词调的叠段联章结构进行。有的长曲以一种为主，加用一两种联章形式，如串珠联章齐整的《放鹰赶雀》《月里桂花》等长曲因个别唱段言之不尽，也有加一个叠段的。综合联章交替使用最多的可算是两千多行的《黄氏女对金刚经》了，人物、情节错综复杂，不同词调的叠段联章、串珠联章、第序联章等都用上了，成为综合联章的典范。

第六章　白语戏曲唱词

白曲词律又如白族诵唱文学之母，白族戏剧虽有自己的板腔套曲，也运用白曲词律创作唱词。

白族戏曲主要有吹吹腔、白剧、大本曲。吹吹腔和白剧属戏剧，大本曲属曲艺，而白剧是在吹吹腔基础上发展而成的新剧种。这3种戏曲的音乐曲调、语言种类、表演形式各自有各自的体系，又互相交错，情况较为复杂。但是，唱词体式却有一个共同性，即都是运用白曲词律造就的，有的跟白曲体式完全相同，有的不同，但仍遵循白曲词律。除这3种戏曲外，具有独立音乐体系的民间专题表演《青姑娘》的唱词也同戏曲词的体式。本章即论述戏曲唱词的共同体式。

一　戏曲语言

白族戏曲的语言比较特殊，在分析唱词的语言体式时需要加以认识。

白族的形成发展过程，与汉民族关系密切，既融合了部分汉民族，又吸收了汉文化。作为伴随着民族社会发展而发展的白语，其中也吸收了相当数量的汉语成分。有的为汉语借词，约占白语词汇总量的百分之六十，乃至老白文也以借用汉字或仿汉字为形体的“白字”。汉语借词主要是两个时期进入白语的，一是唐代，二是明清至今。宋元时期由于社会的特殊情况，汉语借词较少。同时，因白、汉交往密切，在交通便利、社会经济发达的坝区，从古至今，兼通汉语汉文的阶层及群众较多，当今全民族几乎成为双语民族。白族戏曲主要流行于早期的双语地区，戏目、曲目又多为汉语历史题材的移植、改编。① 由此而来，戏曲移植创作、传抄、表演所使用的语言文字情况有别于白语应用的常规，即戏曲唱词大量使用白、汉双语双文相杂的特殊语言。双语双文杂用成分不等，有的唱段字面上全用汉语汉字，有的杂几个汉语汉字，其他为白文汉字，解读时或用汉语（方音），或用白语，或用汉字白读。如吹吹腔《窦仪下科》戏本中黄雀精捧玉帝圣旨前来诱惑窦仪，窦仪坐怀不乱，推她出去时的唱段：

叫声娘子快出来，
免得人家说言语，
是非不入春风耳，
各人要干纪。（白语 ka^{44} tɕi^{44}，忌避之意）

又如大本曲《上关花》曲本中县官看见丁桂生妻子刘玉珍时的唱段：

正在此时把花看，（白语 ka^{44}xuo^{35} a^{33}，同汉字词组意）
那边来了一姑娘，
早得保眉清目秀，（白语 xa^{55} tɯ^{44} pɔ^{31}，看到她）
人才一朵花。

再如《上关花》曲本中丁桂生听到妻子被县官抢走时的唱段：

黑利狗尼一齐黑，（xɛ^{55} li^{55} kɔ^{33}ȵi^{21}ji^{35} tɕhi^{31} xɛ^{55}）
西利狗尼一齐西，（ɕi^{33}li^{55} kɔ^{33}ȵi^{21}ji^{35} tɕhi^{31} ɕi^{33}）
一心要把贪官杀，
干我菜更妻。[ka^{44}ŋɯ^{55} tshe^{55} kɯ^{42} tɕhi^{44}（“菜”，意为妻；“妻”，趋向动词，意思是出）]
（活也两个一齐活，死也两个一齐死，一心要把贪官杀，把

① 戏目、曲目参见中国民间文艺出版社 1984 年版李缵绪著《白族文学史略》。该书载目录表，言：吹吹腔“仅云龙县和鹤庆县的剧目，就有 219 个（包括重复的）之多”，“俗传大本曲有三十六大本，七十二小本，实际上，曲目比这个数字多得多”。

我的爱妻救出来。）

白族戏曲的这种语言文字现象实属罕见，就现象而言，是一种比较典型的混合语，但从语言功能和词律音韵规律上看，它从属于白语，这一性质是必须肯定的。以上3例表明，用白语和当地汉语方音读，音韵和谐优美，用纯汉语方音读拗口顶耳，不能入乐。

白族戏曲的这种语言文字主要服务对象是这一领域的白族双语双文群体，只有这个群体才能解读它的音义。如前例中“把花看”三字，纯属汉语词组，按汉语读，白族双语者也可理解，但作为唱词，按汉语读，词不入律不入乐，只能训读为 ka^{44} xuo^{53} a^{33}，这样才能与第二句韵字“娘”（白读 ȵa^{33}）、第四句韵字“花”（白读 xua^{44}）阿（a）韵的律词中调（33、44）和谐。如果“看”读作汉语 kha^{51}、“娘”读作汉语 ȵiɛŋ^{35}，它们与“花”的声调，两种语言都不和谐。由于这种语言文字的功能和音韵所致，白族戏曲中的汉语、汉字成分再多，也只能当白语中汉语借词借字的引申形式理解，属于白语的一个组成部分，它的唱词音韵是白语的音韵格律，而非汉语诗词格律。其中有些唱段字面上有相同的地方，是两种语言词律交融、偶合的个别现象，个别不能代替体系。因此，研究白族戏曲唱词音韵，只能从白语出发，不能被表面现象所惑，误当汉语，这是应当遵循的基本原则。

当今，吹吹腔、大本曲及白剧还有一种语言文字形式，即纯汉语汉文形式。纯汉语汉文形式的白族戏曲的功能主要是服务于各民族汉语文化群体（包括白族双语群体）。唱词的音韵属于汉语云南话或普通话，只是以大理一带民间汉语方音变其腔调而已。所谓腔调主要指语调和部分相互对应的声调，它与“汉字白读”的白语汉字是性质不同的两个概念。由于声调及语调变读，可入白族戏曲音乐的曲牌，仍不失为白族戏曲这一特定的性质。至于变读语调和声调的云南话或普通唱词音韵格律，韵类当然从属于汉语，声调仍以白曲律化调类，这样的唱词，可入白族戏曲音乐，成为当今社会别开生面，汉、白共赏的一种戏曲。对于白族戏曲汉语唱词的声调和谐律，参看第九章“汉语山花词”，本章不再赘言。

二　曲牌和词调

白族戏曲吹吹腔、大本曲各自有唱腔体系，它们的名称一般用汉语。

吹吹腔的唱腔据说有十多种[①]，一般分为两类：一类以角色的行当划分，如生角唱的是生腔，下分小生腔和须生腔；旦角唱旦腔，下分小旦腔和摇旦腔；净角唱净腔，下分英雄腔；丑角唱丑角腔，等等。另一类以唱腔的情绪、情调、风格划分，如一字生腔、一字旦腔、一字丑腔、二黄腔、大哭腔、小哭腔、苦腔、哭皇天、风绞雪等等。大本曲由一人三弦伴奏一人演唱，曲本前有诗，中有插白，唱腔一般称有“九板三腔十八调”。这个数据是由“三”或其倍数组成，明显是言其极多的俗称，不是确数。所谓“三腔”一般指地区派别（大理城区为中心的南腔、北腔和海东腔），其他的“板”“调”各派使用有多有少、有同有异。如“板”有平板、高腔、黑净板、路路板、大哭板、边板、提水板、小哭板、阴阳板、脆板、正板、一字、二流等，“调”有祭奠调、螃蟹调、老麻雀调、新麻雀调、花谱调、家谱调、琵琶调、道情调、放羊调、花子调、上坟调、拜佛调、神调、大会调、思乡调、阴阳调、玉河调（血湖池）、采蜂调、结缘调、反调、验伤调、翠莲调、钓鱼调、莲花调、问魂调、对经调、大白曲、数花名等等。

白族戏曲这些诸多唱腔，即是不同旋律、风格、情调的乐曲，在特定的思想内容的戏曲中表达特定人物的思想感情、性格特征及环境气氛等。这些名称实际上是曲牌名称。从许多名称中还可看出，它们是由原来的特定歌曲脱胎而来，吸收其表达某种情绪、风格的曲式和旋律，填上新词，保留其原来的歌曲名称。这些曲牌对于唱词来说，又是一种词调（或词牌），原词的体式已经失传，新词只能根据所保留的曲牌而填写。新词能入曲牌的关键在于：新词的句、段、章法及音韵格律符合曲牌的曲式和旋律，句、段、章法与曲式的结构相应，音韵格律与旋律的节奏、音高相

① 曲六艺编著：《中国少数民族戏剧》，作家出版社1964年版，第51页。

吻合。

白族戏曲曲牌名目繁多，来源复杂，所能记录者是经过艺人根据特定思想内容、人物角色的要求及自己的习惯、技艺而成的具体乐曲，要清理本来面目是音乐学的任务，这里从唱词的角度考察，其间有明显的共同点，不论曲牌的旋律如何不同，唱词体式是遵循白曲的基本句式和基本音韵格律的：句式以长短句“七七七五”的单位为基础，音韵格律以五部韵类的高低律为主导，进行保持或变异。其间，对句式而言，高低律尤为重要，句式还可以灵活，而高低律始终如一，除非艺人技艺高下而异。艺人们为了追求高低律的和谐，一般使用唱腔曲牌名称，既表示角色身份及情绪，也表示了相应唱词的体式，其中也包含了音韵格律的内容，只是未知其规律而已。有的艺人为了探求其中的规律，根据传统和经验，整理了一套音韵及相关术语，专供自己使用。艺人所整理的音韵即大本曲“四大韵”，很有意思，常为各种论著引用，这里照录如下：

> 四大韵：“花上花”“油勒油”“老利老”“翠茵茵”。各韵之下又分出若干小韵，如“花”韵下有“他”、“拉”、“家”（大韵)、“英”、“真”、“听”、“天”、“潘”（小韵)；“油”韵下有“胡”、“术”、“油”、“头”（大韵)、“而”、“明”、“塔”、“拿”（小韵)；“老”韵下有“交”、“跑”、“摇”、“饶”（大韵)、“习”、“杰”、“狼”、“忙”、“娘”（小韵)；“茵”韵下有“去”、“贵”、“迹”（大韵)、“周”、“秋”、“幽”（小韵)。

乍看这个“四大韵”，不论按白语或汉语都难以理解，它犹如天书一般，最早不知出自何人之手。“四大韵”之名是白语汉字，读白语音。它们是大本曲平板音乐体系中起着区别不同平板唱腔乐曲的别名，实际是不同平板唱腔的曲牌名称。平板，按艺人的传统，分为四个乐曲：“花上花”曲、“油勒油”曲、“老利老”曲、“翠茵茵”曲。这种以曲头命名法与白曲词调名称完全一致（参见第四章“词韵名称”），第三个字的音韵具有起韵起调（律化声调）的作用，从音韵格律上讲，表示该词韵类、调类及其押韵、押韵的格局；从音乐乐曲上讲，表示该词入相应的曲牌。所谓四大韵下有“大韵”“小韵”之别，所表示的是同一曲牌可以歌唱韵类不同而律调同类的唱词，如“花上花”曲的“花”（xua^{33}）与“翠茵茵”曲的“茵”（jɯ^{33}），律调均为中平调（33、44），凡中平调的唱词，可用“花上花”曲歌唱，也可以用“翠茵茵”曲歌唱。这一规律在有的大本曲音乐资料中已经显示，如北腔平板的四大韵乐曲标注“花上花”韵的平板唱词，按曲牌名应是中平阿韵的唱词，但实际唱词是用“翠茵茵”韵的中平衣韵唱词。① 依此规律，可解“四大韵”表中的“花上花”韵下为何有大韵“他”“家”及小韵“真”“英”“听”韵类矛盾相交的问题。（白读“他”“家”属阿韵；“真”“英”“听”属衣韵）。现把“四大韵”的韵类、律调整后，列表如下：

表 6－1　“四大韵”的韵类、律调

韵名	花上花（ua）	翠茵茵（ɯ）	油勒油（io）	老利老（ɔ）
韵类	阿韵（a）	厄韵（ɯ）	乌韵（u）	
律调	中调（3）		低调（1）	

从表 6－1 中看出，所谓的“四大韵”所含只有 3 个韵类、2 个律调，显然与大本曲所用的韵调相差甚远。大本曲虽属艺人个人表演的曲种，有习惯用韵因素，但由于思想内容错综复杂，几乎把白曲所有的词调都用上，有的当地白曲不用或很少用的词调也用了。之所以有“四大韵”之说，很可能是作为常用的曲调名称而用的，犹如汉语诗歌（依声填词）的词调名，诸如“菩萨蛮”“忆江南”之类。

大本曲“四大韵”是艺人经验之谈，尤为难得，但经验不等于科学，并只限平板中的部分曲牌，未能概括平板及其他板、调的曲牌及曲词体式。其下“大韵”“小韵”的分目及其例字用白文解读，仍有不完全和谐之处，疑例字是拘泥于特定唱段的实录，未进行科学的综合分析、归纳，所用汉字是艺人汉字白读的习用字，或演唱时再作补救字音的。

① 大理市文联、文化局、文化馆编：《白族大本曲音乐》，云南民族出版社 1986 年版，第 78 页。

总之，从戏曲音乐名称体系中，尤其大本曲“四大韵”中可以看出，名称和四大韵既是曲牌名，也是词调名，表明各个曲牌有相应的唱词句式和音韵格律，音韵格律仍以高低律为主干。

三　基本体式

白族戏曲吹吹腔和大本曲属于民间戏曲，其乐曲和唱词属于民间音乐和民间文学性质。虽有基本稳定的音乐体系和戏曲唱本，但作为民间性质，既有因时、因地、因人而异的口耳相传和特定思想内容的处理，常常出现变异现象。又因乐曲和唱词还受限于忠实记录的原始材料，其唱词的基本体式往往湮于众多变异之中。因此，要探讨其唱词的基本体式，必须力排变体。要力排变体，应必须使用传统本子的唱词，以心理审美定式的白曲词律来衡量，以相应曲牌进行实验，只有这样，才能求得唱词格律完整、简洁的基本体式。

传统戏曲本子显示的唱词句式基本倾向为长短句“七七七五”。但从音韵结构及相关的曲牌曲式和旋律看，不只就此一种，尚有“七七七五、七七七五”及相关的章法体式。而两种戏曲因表演形式不同，唱词体式的使用也呈不一致之处，吹吹腔是许多人物角色戏剧性的表演，唱词一般短小，以“七七七五”单段体为主；大本曲是单人扮演多角色的说唱，唱词一般较长，以“七七七五、七七七五”双段体为主。从音韵规律及相应的曲牌曲式结构和旋律上看，这两种体式既有独立而成之体，二者又互相交错。有的曲牌只能歌唱一种体式，有的曲牌可以伸缩，单段式的可以加工成为双段式，双段式的也可以缩减为单段式，音韵格局也相应地进行伸缩。有的白族戏曲音乐研究者根据记录说，音乐上显示有三段曲式结构的，但从音韵格局上看，规范的唱词仅此两种音韵结构的体式，至于其他的多段现象是基本体式基础上的章法结构的体式。

这两种音韵格律的体式，如同白曲，第一句的末字起韵起调之后，每双句末字押韵押调，即单段四句体第一、二、四句押韵押调，双段八句体第一、二、四、六、八押韵押调；除第一句外每单句末字的律调与韵字律调不同，形成不同音高的对立相协。

律韵仍为白曲的五大韵类，律调仍为高、中、低三个调类。两种句式、五大韵类、三种律调，按数据推论，戏曲基本体式应为 $2\times5\times3=30$ 种。但也如同白曲，由于与韵、调的词汇有多有少，艺人习惯的差异，30 种使用的频率也不一样。在同一种句、段体式中韵类、调类与曲牌的关系，韵类如前节所言，可以互换，而调类与曲牌关系密切，所以这里仅举大本曲韵同调不同的 3 种调体作例①，其中韵字的韵母、声调及白语词语用白文注录。

（一）乌韵高调体式·《柳阴记》黑净板唱段

ε^{55}zɯ^{42} tse^{55} tshi^{31} pa^{31} to^{42} kho^{55}，		二人在此把头叩，
tɕɯ^{33}zɿ^{35} tɕi^{35}pe^{55} ue^{42} so^{31} tsu^{35}。		今日结拜为手足。
ε^{55}zɯ^{42} xue^{55}na^{55} jɔ^{55} ɕa^{33}pa^{33}，	a^{33}	二人患难要相帮，
sɯ^{33}sɿ^{31} jɔ^{55} ɕa^{33}ku^{55}。		生死要相顾。
jɯ^{33}the^{42} ŋɯ^{55} nɔ^{33}ȵi^{44}sua^{44}se^{31}，	i^{31}	英台我的年纪小，
ni^{31} ue^{42} tsa^{31} le^{42} ŋɔ^{31} ue^{42} jo^{55}。		你为长来我为幼。
zu^{53} fa^{42} sɿ^{55} ε^{55}ji^{55} sa^{33}ɕɯ^{33}，	ɯ^{33}	若凡是二意三心，
ȵɔ^{33}xe^{55}thε^{44}xue^{33}su^{55}。		要雷打火烧。

按白语读，该段曲词押乌韵（u）和高调（5），非韵句以不同的律调中调（3）和低调（1）与之对立。（白语声调在大理方言中的 55 和 35 同属白曲高低律的高调）。

（二）乌韵中调体式·《南季子会大哥》边板唱段

khe^{55} tɕy^{33}ʔɯ^{55} tso^{42} a^{31}ta^{55}ko^{33}，	开言叫声阿大哥，
ɕi^{55}ɣɔ^{42} a^{31} tshε^{55} tsɿ^{55} sua^{44}la^{21}tuɔ^{32}。	一句话来没法说。

① 三首唱段均录自《白族大本曲音乐》，云南民族出版社 1986 年版。

tsɿ^{55} kue^{35} jo^{42}ji^{55} tɕhi^{42} tɕa^{33} na^{42}， a^{42} 治国容易齐家难，

sv̩^{31} tɕi^{31} phia^{44} ɕɿ^{55} nɔ^{33}。 疼在我心窝。

ȵɔ^{31} ta^{44} a^{31} ti^{33} pɔ^{31} sɯ^{55} tsu^{55}， u^{55} 我跟阿爹收租去，

xɔ^{31} tv̩^{55} mɔ^{35} ɕi^{35} tɕɔ^{42} sɿ^{55} mɔ^{33}。 家留没心乔氏嫫，

tɛ^{44} fɛ^{44} ŋɯ^{55} tshu^{33} pɔ^{31} ŋɛ^{21} ue^{42}， i^{42} 打发我嫂去磨面，

tshu^{33} ka^{55} mo^{55} fa^{42} sɔ^{33}。 就把磨房烧。

按白语读，押乌韵（o、uo、u）和中调（3），非韵句以不同的律调高调（5）和低调（1）与之对立。

（三）乌韵低调体式·《柳阴记》平板唱段

me^{42} ɕa^{33} pe^{44} thu^{33} jo^{42} li^{55} jo^{42}， 梅香走路油利油，

tso^{33} dɯ^{33} sa^{55} ɕa^{55} sua^{31} sɿ^{55} tsho^{42}。 周身上下要丝绸。

zɯ^{55} tshe^{55} pi^{31} ŋɯ^{55} ku^{55} phiɔ^{55} nia^{55}， a^{55} 人才比我姑漂亮，

pɯ^{42} pɛ^{42} fv̩^{33} li^{55} tso^{42}。 不用擦白粉。

su^{44} sɯ^{55} mo^{55} fv̩^{55} nv̩^{31} ji^{53} tɕa^{33}， a^{33} 说什么妇女一家，

kho^{31} lɯ^{42} zɯ^{42} jy^{33} zɯ^{42} pu^{35} tho^{42}。 可怜人与人不同。

xa^{42} tɕu^{35} xua^{33} li^{55} mu^{31} ta^{33} xua^{3}， a^{33} 寒菊花和牡丹花，

xua^{33} khe^{33} sɿ^{35} ja^{55} xo^{42}。 花开十样红。

按白语读，押乌韵和低调（1），非韵句以不同律调中调（3）与之对立。

以上这些体式的唱段，句式工整，音韵和谐，与相应的曲牌融为一体，歌唱流畅自然。其他阿韵、艾韵、衣韵、厄韵，均有 3 种不同律调的体式，例词不再赘举。

从戏曲唱词音韵体式看出，它们与白曲完全相同，不同者仅是曲牌而已。因此，白曲唱词音韵相应的体式，也可入戏曲相应的曲牌可唱。但

是，白曲和戏曲本是两种不同的艺术门类，白曲曲词体式和曲调具有全民性（地方全民性），异口同声，只歌唱不表演，而戏曲体式和曲牌是艺人表演特定题材，多有变异，因此，有的戏曲唱词不一定入白曲曲调。

四　章法及变体

白族戏曲唱词的基本体式的句式虽然有两种，但从词章的章法意义上讲，实际只有一种：或单段四句式或双段八句式。因为，一是两种音乐曲牌的乐曲伸缩性很大，单段式对双段式而言，是相应的单二部段曲式、音乐旋律的压缩；双段式对单段式而言，是相应的单二部曲式、音乐旋律的伸展。二是戏曲唱词的章法中一般很少用叠调联章的形式，即一个基本体式的音韵格律没有完整重复叠用，所见多段结构的唱段中，第一段的第一句末字起韵、起调后，第二段及其后段落的第一句均不用韵、用调，实际是叠段联章结构的体式，即为 A‖：B：‖n 式，其相应的乐曲也是第二段的重复。

叠段联章是大本曲的基本联章体式，五六十行乃至近上百行的唱词基本上用这种联章结构形式，体式同白曲，可参见白曲叠段联章。这里需要说的是戏曲的一种特殊联章体式，即转调联章，或称转板联章。

戏曲唱词往往根据内容和情感的变化，词调及其相应的曲牌也随之变化，用另一个词调和曲牌。这种变化，音乐上称之为转板，或转腔，相应的词调也转了调，而转的词调与前面的词调结合，所构成转调联章的结构形式，称之为转调联章，或称为转板联章。

转调联章的结构形式一般视情景而定，一般双段式为基础的联章。如大本曲《梁山伯与祝英台》结尾①：先是乌韵高调叠段联章，之后转阿韵中调唱段为：

① 凡《梁山伯与祝英台》的词例均引自大本曲艺人赵丕鼎唱本。

……

tɕhe^{42}jo^{31} to^{42} tsɿ^{31} le^{42} tɕɛ^{35}jɯ^{31}，　　ɯ^{31}　　前有童子来接引，

thua^{42}jyi^{42} ta^{42} xe^{55}khv̩^{55}。　　团圆回天上。

（转板）

nɯ^{31}pɯ^{31} tsha^{55} xɯ^{55} phia^{44}a^{44}ta^{44}，　　此本说唱到这里，

ko^{35}ue^{55} ɕa^{33} tɕhɯ^{33}na^{55} tɕhɯ^{33}a^{33}，　　且向各位请个安，

ɕa^{55}pɯ^{31} sa^{33} tɕhi^{33}nia^{31} tsua^{55} jyi^{42}，　　i^{42}　　下本三妻两状元，

pɯ^{55} ɣɯ^{35} tse^{44}ɕy^{44}xua^{44}。　　待后又再唱。

……

这个唱段与前面唱段分属于两个体式，相应的曲牌也不同。二者之间以长过门伸展转调，把不同的曲牌联成一体。所转的词调是阿韵中调单段体，其联章结构为 A‖: B : ‖ n + A。（加号前为双段体的叠段联章，加号后为单段体的一个词调。）这种转板的结构形式实际上也就是白曲的叠调联章的一种结构形式，只是乐曲不同于白曲而已。

关于变体，戏曲唱词主要表现在句式上，基本上没有定式变体。在第一章中所列的种种句式，除白曲基本体式及定句定字变体外，基本上都是戏曲句式变体。按句式统计，除那些以外还有多种多样，如有的“七七七五”的唱段之中个别的五字句改作七字句的，或插进四字句的；有的三、四、五、六、七字句交错使用，句数有四、五句乃至十几句的等等，莫衷一是。其原因是由戏曲的特性而导致如此的。

戏曲是行业性个人演唱特定思想内容的戏曲本子，作者或演唱者对词调和曲牌的安排都要服从于多变的故事情节，其中又有个人行为的成分。它不同于群众性共同遵循的白曲体式和曲调，因此，单纯从句式变体上难以找出固定规律的，只要曲牌的曲式和旋律可以伸展和压缩，可以歌唱，唱词的句式可以根据内容再进行变化。如大本曲《梁山伯与祝英台》中祝英台探望梁山伯病情唱段：

jɯ^{33}the^{42} thi^{31} tɕhi^{31} pi^{35}，　　i^{35}　　英台提起笔，

nia^{31} je^{31} lue^{44} ua^{31} ua^{31},　　　　两眼泪汪汪。

pe^{44} sa^{55} nia^{42} ɕo^{33} mo^{53} pe^{33} sa^{33}。　　　　拜上梁兄弟莫悲伤。

tɕhɛ^{55} tɯ^{44} a^{31} kɔ^{33} ȵi^{55} tɯ^{44} pɛ^{21},　　ɛ^{21}　　听见阿哥得了病，

tɕo^{55} ŋɔ^{31} ɕɯ^{33} pu^{35} a^{33}。　　　　叫我心不安。

ɕa^{31} ȵo^{33} ŋɛ^{21} a^{33} ȵi^{55},　　i^{55}　　要想去探病，

ti^{31} kɛ^{35} ɕa^{53} ȵi^{21} sua^{44}。　　　　又怕人闲话。

jɯ^{33} the^{42} ŋɔ^{31} tsɿ^{55} se^{44} tsɔ^{35} tɕi^{35},　　i^{35}　　英台我在很着急，

khɯ^{55} zɿ^{31} a^{31} kɔ^{33} ji^{35} ju^{35} ta^{33},　　　　开给阿哥一药单，

sɿ^{35} tse^{55} xɯ^{55} na^{31} a^{33}。　　　　实在不好找。

ti^{55} ji^{35} to^{33} xe^{31} no^{42} ua^{42} tɕu^{35},　　u^{35}　　第一东海龙王角，

ti^{55} ɛ^{55} pha^{33} tho^{42} tɕo^{31} ji^{35} ka^{33},　　　　第二蟠桃酒一缸，

ti^{55} sa^{33} tɕhi^{33} ni^{42} uɛ^{31} nɔ^{33} so^{55},　　o^{55}　　第三千年瓦上霜，

sɿ^{55} ȵo^{33} tɕi^{21} li^{55} ta^{33}。　　　　四要麒麟胆。

……

该词如果离开乐曲，其句式、词调、联章结构是难以判断的。前面二段的句式与后面不同，句式均为“五五七七五”，而且它们首句韵的调与基本词体不同，很乱，似乎无从分析。但结合乐曲和内容的变化，句、韵、调、章的规律是很明显的。

前面两段开头的两个五字句，是一个乐句的扩展，两个五字句实为一句，即为一个七字句的扩展，只不过文学意义上的需要，以两个不同内容的句子安排而已。以乐曲的如此判断，前面两段实际上都是四句。韵脚的韵调格局一样，首句起韵起调之后，逢双押韵押调，如果不看乐曲，可视为两个单段体。但是，结合乐曲，实际上，它们韵调格局是双段体上段的重复。它们后面一段四句的韵调格局是双段体的下段格局。例词后面省略了同样格局的数段，如果一并列上，整个词章的转调联章的结构为A‖: B : ‖ n。由此可见，大本曲的转调联章是很复杂，但不论怎样，万变不离其宗，都离不开白曲词律这个基础的。

这里还需要说明的是：大本曲的创作和演唱中，像这样根据内容和情景变化发展，相应的词调及转调联章情况很自由，给大本曲的创作和演唱带来广阔的空间，让作者和表演者任意驰骋。但也不可否认，其中尚有不入律的字句。这种错综复杂的现象，作为戏曲特定的唱词，它的出现和处理有三种情况：

一是首段两个三、四字短句者，音乐上往往当一句处理，即扩展乐句，两句唱词之间作非乐句落音，乐句实为一句，曲词格律也当一句，如前所举。

二是有些曲牌本身允许如此。戏曲音乐中不同程度地吸收了汉族乐曲，尤其是大本曲的各种“腔”“调”较多，唱词受汉语诗律的影响，可诵可唱。

三是受艺人创作、表演习惯和技艺的影响。按理说白族独有的曲牌应该有相应标准的词律体式，但由于创作、表演者一般为民间艺人，词律体式仅靠经验，只是自觉不自觉地使用，出现这样首句或词段中不入律的地方，他们自己也知道，力所不及，因此，只能在表演时作唱腔上的补救。

戏曲唱词的章法以叠段联章为主。词调和章法因思想内容的需要，尚有多种多样文学意义自由变化，有转板、转调的联章的变体，字、句或多或少的变体，体式不定。

总之，音韵格律仍遵循基本体式，即第一句起韵起调后，不论句子的长短、句数的多少，逢双押韵押调，非韵句以不同律调对立相协，相应的曲牌按基本曲式和旋律进行压缩或扩展。叠调联章和叠段联章形式也与白曲联章形式相同。

第七章　白语礼俗词

白族礼俗词，是指社会生活仪礼、习俗中所使用的诗歌。这种礼俗词门类众多，有各种祝贺场合中的祝词，祈求神灵保佑的祈祷词、祭词，拜佛的佛曲，传授经验的民谣、谚语、谜语，表达情趣的对联，等等。从语言形式看，它们是由白曲词律造就的，有的本身跟白曲曲词无异，有的是白曲曲词的变体或派生，可用白曲曲调来演唱。它们与白曲曲词的不同，主要是使用场合的不同，即使格律与白曲完全相同，也不用白曲曲调歌唱，而只吟、诵、说，或以其他特殊的曲调诵唱。本章主要论述 6 种礼俗词的格律体式。

一　祝　词

祝词类的内容一般为颂词和贺词。视仪礼、习俗的不同，如有节日耍狮和耍龙、建房安土和上梁、建坟、竖碑、婚娶安床、新婚闹房、得子取名等情况下，所运用的词体。表达形式为诵唱，有的近乎说话。对这类祝词的称谓，白语一般称 ʔɯ^{55} tɕɯ^{55} li^{33}。ʔɯ^{55} 为诵唱之意；tɕɯ^{55} li^{33}，是汉语“吉利”借词转音，即为诵吉利。有的称 to^{44} sɿ^{44} jy^{44}，疑是汉语“道四句”的转音。前者以内容而名，后者以句式而言。从这些名称可知其内容和形式，这种颂祝之词均是以四句式的音韵格律为基础造就的，有的场合只需四句，有的场合以四句的音韵格律构成联章的体式。这里举两种体式：

一种是四句式祝词，如耍狮祝词：

sɿ^{55} ko^{33} lv̩^{21} ko^{33} tã^{42} lv̩^{21} ko^{33}， 狮舞虎舞又龙舞，
phɯ^{55} phɯ^{55} tã^{21} tã^{21} ɣɯ^{53} tɕhɯ̃^{44} xu^{44}。 吹吹弹弹来庆祝。
ke^{55} ȵi^{44} tɕhɯ̃^{44} la^{42} ɣɯ^{33} tsɿ^{55}， ɿ^{55} 今日歌舞庆祝后，
ȵi^{44} ɕɛ^{44} tiɯ^{31} ã^{55} lo^{33}。 日子更红火。

这首祝词为四句，长短句式为“七七七五”；音韵格律押乌韵中调（3），非韵句以高平相协。它与白曲单段四句体完全相同。

一种为四句体的第序联章结构。这种联章往往以时序、物序或方位作为第序，如建房上梁祝词，由木匠大师傅主持奠祭，上中梁之后，在房架上，向东、南、西、北各方丢夹有钱币的蒸馍，凡丢一方高诵一段祝词。这类祝词的联章结构稳定，均以四方、五方为一首祝词，但也常常根据当时的实际情境，即兴加上一些词段。如有这样一首上梁祝词：

ma^{55} thv̩^{31} a^{31} khue^{55} piɛ^{55} tsɛ^{21} tv̩^{55}， 一个馍馍丢朝东，
ku^{33} no^{33} kõ^{33} ȵi^{21} tse^{21} tsv̩^{31} sṽ̩^{55}。 两位老人健如松。
tɯ^{21} pɛ^{42} ɕa^{44} pɛ^{42} tiɯ^{31} ã^{55} lo^{44}， o^{44} 白头偕老情深厚，
ɣɯ^{33} pe^{42} ɣɯ^{42} na^{55} ṽ̩^{55}。 后辈学心中。

ma^{55} thv̩^{31} a^{31} khue^{55} piɛ^{55} tsɛ^{21} na^{21}， 一个馍馍丢朝南，
na^{21} ȵv̩^{33} suã^{55} li^{55} ʔue^{55} ȵi^{44} la^{42}。 好人好家子孙旺。
xa^{31} tsɿ^{33} ȵi^{21} tsɿ^{33} thu^{55} tɯ^{44} tse^{21}， e^{21} 家人个个有本事，
fv̩^{55} kue^{55} ɕi^{31} jã^{42} jã^{42}。 富贵喜洋洋。

ma^{55} thv̩^{31} a^{31} khue^{55} piɛ^{55} tsɛ^{21} sẽ^{55}， 一个馍馍丢朝西，
tsɿ^{33} suã^{55} ɣɯ^{42} sv̩^{55} no^{33} li^{55} tɕi^{55}。 主人家中多学生。
xa^{31} tsɿ^{33} ȵi^{21} tsɿ^{33} ȵo^{42} ɕɯ̃^{55} ɣɯ^{42}， ɯ^{42} 个个都在用心学。
tsɯ̃^{55} tɯ^{44} ko^{33} ɕu^{35} ue^{51}。 争做优秀生。

ma^{55}thỵ^{31} a^{31}khue^{55} piɛ^{55} tsɛ^{21}pɯ^{44}。　　一个馍馍丢朝北，
tso^{33}uã^{21}y^{44}tɯ^{44} tshe^{42}pɯ^{35}ɕɯ̃^{33}，　　上梁遇着财帛星。
tshe^{42}pɯ^{35}ɕɯ̃^{33} tsʅ^{33}ka^{55} ȵa^{55} thu^{33}，　u^{33}　　财帛星照前进路，
ko^{42}ɕõ^{31} tse^{44} tsɯ^{33}ɣɯ^{33}。　　幸福好前程。

sʅ^{55}fã^{33}piɛ^{55} la^{42} piɛ^{55} u^{31}fã^{33}，　　四方丢了丢中央，
tsỵ^{31}zɯ^{42} kue^{51} fã^{42} tsõ^{33}jã^{33}。　　主人跪在房中央。
to^{42} ma^{55}thỵ^{31} khue^{55} piɛ^{55} zʅ^{31} mo^{31}，　o^{31}　　最大一个丢给你，
po^{31}jo^{44}no^{31} piɯ^{42}ã^{33}。　　保佑你平安。

sua^{44} tsʅ^{31} ta^{44} tɕa^{55}ȵi^{21} tɕhɛ̃^{55} khɯ^{33}，　　说给大家听一听，
ma^{55}thỵ^{31} no^{31} khue^{55} ŋo^{31} tã^{55} khɯ^{33}。　　这个馍馍我的份。
ȵo^{31} mo^{31} lio^{55}pi^{55} ŋɯ^{55} duã^{55}ȵi^{21}，　i^{21}　　回去给我小孙孙，
sõ mo^{31} xuã^{55} thio^{33}khɯ^{33}。　　让他也高兴。

tse^{44} tsɯ^{33}a^{31} khue^{55} a^{13} to^{31} jɯ^{44}？　　还有一个属于谁，
khɛ^{44} tsɯ^{33}ȵi^{21} tsʅ^{33}ɕĩ^{55} no^{33} tsɯ^{33}。　　主人有数在心里。
sỵ^{55} tsỵ^{33}ka^{35}ȵi^{21}khu^{31} tshɯ^{55} tsha^{55}，　a^{55}　　几位师傅苦一场，
no^{31} khue^{55} ka^{44}mạ^{55} tɕɯ̃^{44}。　　敬上一片心。

这是一首与传统格式稍有不同的祝词。传统格式一般只有五方五段，而该词加了师傅本人两段，共七段。这是为增添喜庆气氛打趣内容即兴加上的。各段都用单段四句式的“七七七五”，前五段所用韵、调为传统的五方方位词的韵、调，后两段用韵为师傅即兴词的韵、调。全篇为方位加主宾的第序联章结构，其联章结构均为单段体的重复，即‖：A：‖7。韵类用了4种，律调高调、中调、低调3种均已用上。（第四、五两段的第三句末律调与所押律调不该相同，但不是唱词，并处于次要位置，基本和谐。）

二 祭文

白族丧葬习俗中对家中死者的哀悼，除流行“打歌”的地区采用集体“打歌”的方式外，广大地区采用融汉文化和本民族文化为一体的诵唱祭文的仪式，表达对死者的哀思。

祭文，是白语 tɕi^{44} vũ^{55} phĩ^{55} 的音译词。白语的这个词实际上是汉语借词白语语法的新组装，直译为“祭文篇”，“篇”是量词，作为后加成分，专指一个单位。祭文的内容一般是死者的子女辈对死者的哀悼之词，其体式与白曲词律完全一致，只是诵唱方式和章法因各地的习俗不同而有所区别。

祭文一般请村中主持葬礼的掌坛（佛教阿者梨派的主事）或村里有名望者为孝子孝女代笔、代言（或代诵代唱）。一般分堂祭和路祭两种，堂祭在家中的灵堂前进行，时间一般为出殡前夜，在诵唱经文、点主之后的子时，孝男孝女及至亲跪拜，由代言者或诵或唱，诵唱毕，全堂举哀。路祭主要由出嫁的女儿和女婿在送葬经过村巷临时设置祭坛，代言祭文内容主要是表达女儿、女婿的哀思。

祭文的内容和结构各地基本一致，一般为一序、三段、一尾。序为汉语，交待家祭时日及哀奠人等；三段为白语，第一段叙述死者病情，第二段叙述死者为人恩德，第三段抒发孝子哀情；一尾为“呜呼哀哉，尚飨!”书写为老白文，即以汉字为基本形体的音读、训读的白族文字。

祭文的体式完全用白曲曲词体式，可诵可唱。诵用特殊的腔调诵；唱用特殊的曲调唱，如剑川有的地方用胡琴伴奏的《ti^{55} tɛ^{44} khv̩^{44}》（喇叭调）唱正文。正文音韵，普遍采用阿韵（a）中调。这种普遍性现象，究其主要原因，一是白语中阿韵中调的词多，频率高，尤其祭文往往从阿韵中调的“年岁”词（sua）起首，由此即限韵限调；二是约定俗成，似乎用其他的韵调或换韵换调不足以表达这种庄重的情景。其联章结构各地使用有些不一，有的地方，如大理、云龙等地，其内容的三段以叠段联章的方式一韵一调到底成篇；有的地方，如剑川等地，其内容的三段，体式分为三章，每章内部以叠段联章结构形式，每章之间又以事序结构“一献”“亚献”“三献”连缀成全篇。叠段联章的结构形式比较好理解，事序联章结构因前后韵调似乎一致，表面上看，很像叠段联章为篇。实际上，这两种联章结构有着明显的区别。叠段联章不论有几段，从第三段起的各段音韵格局均是第二段的重复，而时序、物序、数序等的联章，不论有几章，各章即使同调同韵，但每章第一段的第一句末字必须重新起调。下面以新白文转写剑川狮河村张金奎先生代某撰唱的祭文作例。（原文为白文，今用注音白语；为了突出正文的联章结构，于此加了三个序号。）

维

公元一九九一年。岁次辛未，农历十二月初十日。家祭日己丑。孝男某某，孝孙某某、某某及合家眷人等，谨以家常汤饭不腆之仪，乃哀奠于——

新故慈母某氏 某某春秋六十八寿老孺人之灵席

曰：

（一）一　献

ji^{35} tɕo^{31} tɕo^{31}ji^{35} nĩ^{42} nɯ^{31} sua^{44}，
一九　九一　年　这　年
岁在一九九一年，

ȵa^{55} ṽ̩^{55} nɯ^{31} sua^{44} tsṽ̩^{42} jõ^{21}sua^{44}。
咱们 处 这　年　属　羊　年
正是咱们属羊年。

sã^{33}jã^{42} kɛ^{33}thɛ^{55} xu^{33}ni^{42} tɕɯ̃^{31}，　ɯ^{31}
三阳　开泰　好　年景
三阳开泰好年景，

ma^{33}kv̩^{31} li^{55} ma^{33}ka^{44}。
满　柜　和　满 仓
粮仓粮柜满。

sṽ^{42}tɯ^{21} no^{33} tsʅ^{33} sui^{33} to^{42} pɛ^{42}，　ɛ^{42}
山头　上　是　雪　遍白
山头都是白雪头，

ta^{31} xɯ^{31} ṽ̩^{55} tso^{44}li^{55} xuã^{55} xa^{44}。
田坝里　鸟雀　也 高兴 极
田野鸟雀叫得欢。

fũ^{33} so^{33} tse^{54} uã^{54} tsɛ^{21} kɛ̃^{33} tɕhõ^{55}， 丰收 在望 时光 好	o^{55}	丰收在望好年景，
çĩ^{55} ṽ̩^{55} li^{55} khv̩^{55} khuã^{44}。 心里 也 宽敞		谁都很心宽。
sua^{44} no^{31} sua^{44} tsɿ^{33} tɯ^{31} ko^{42} ço^{31}， 年 这 年 是 很 过 好	o^{31}	岁次这年很好过，
xa^{31} tsɿ^{33} ja^{42} tsɿ^{33} ja^{35} tɕɯ̃^{31} tsã^{33}。 凡东西 是 不 紧张		什么东西不紧张。
sɯ^{33} ṽ̩^{55} tsẽ^{21} li^{55} tã^{44} tshv̩^{44} tsɿ^{33}， 手头 钱文 拿 处 有	ɿ^{33}	手头开销不用愁，
ʔa^{55} ça^{31} li^{55} mɛ^{42} phia^{44}。 什么 也 买 到		什么都买到。
ʔa^{31} ko^{42}ko^{42} ȵi^{44} tṽ̩^{55} ua^{44} xɯ^{31}， 不 想 过 进 冬月 里	ɯ^{31}	不想时光到冬月，
ʔa^{31} to^{31} ko^{55} sua^{44} tshv̩^{44} nɯ^{31} tsha^{44}。 谁 想到 说 出 这 岔		谁想出了这岔子。
pɛ^{42} sv̩^{42} mo^{33} no^{33} sui^{44} ɣo^{42} pɛ^{42}， 白山母 上 雪 下 白	ɛ^{42}	白山母奴雪下白，
sue^{44} ɣo^{42} çĩ^{55} kã^{55} phia^{44}。 雪 下 心肝肺		下到我心肝。
ni^{35} tɕɯ^{33} ȵi^{44} nɔ^{33} pe^{44} jɯ^{44} la^{42}， 二十九 日 上 晚饭 吃 了	a^{42}	二十九日晚饭后，
tsẽ^{21} tsɿ^{33} khv̩^{33} xɯ^{31} tɕhẽ^{55} pi^{55} phia^{44}。 一时之间 清风 到		一时清风刮过来。
mo^{55} su^{55} po^{21} nɔ^{33} kɯ^{55} pi^{55} sɿ^{55}， 阴间坡 上 清 风一丝	ɿ^{55}	阴 间 山 上 一 丝 寒风，
ʔa^{31} mo^{33} ȵi^{55} tshẽ^{33} pa^{44}。 阿妈 您 睡 倒		阿妈您睡倒。

tɕhĩ55 tɕɛ̃31 jõ55thi33 li55 tɕhɛ̃55 ɣɯ35， 亲戚　兄弟姐妹　也　请　来	ɯ35	三亲六戚来探望，
sɯ̃42ji33 mio55ju35 li55 ʔã33 phia44。 神医　妙药　也　寻　到		神医妙药都找齐。
tɛ̃44 tsɿ55 ʔɯ̃33jo44kua42 ȵi55 sɛ31， 打针　喝药　管　您　事	ɛ31	打针吃药样样做，
ɕã31 ȵi55 ṽ̩55 tɕɛ̃55khã33。 想　您　上　健康		只想您安康。
piɛ44 ȵi55 ȵi55 tõ21ja35 tã42 la42， 问　您　您　话　不　答　了	a42	谁想一病不言语，
uẽ33ṽ̩55 me55khɯ33 tsɛ̃21ve42 jã44。 眼　闭起　成　佛　样		佛像一般闭上眼。
tɕi21li55ṽ31tɯ21mɯ55 uẽ55 tɛ̃55， 阎王　他　眼　瞎	ɛ55	那个阎王眼睛瞎，
ȵo44ȵi55 ṽ55 tã42 ja44。 要　您　上　折　回		招您回阴间。
ʔa31 tsɛ̃21kɛ44 tsɿ55 kõ33 se42kɛ42， 一时　隔　成　两　世界	ɛ42	一时隔着两世界，
xɛ̃55 ȵi21 uẽ33 xɯ31 tsɿ55 kɯ21 sua44。 活人　眼　里　则　流血		活人血泪流不断。
ʔa31mo33 ʔa31mo33 ʔɯ55 ɕɛ̃55 tua42， 阿妈　阿妈　喊　醒　不得	a42	“阿妈阿妈”喊不醒，
nɯ31 pɯ55 ɣɛ̃35 na44ʔã33？ 这回　去　哪里　寻		往后哪里喊？
sɯ̃33li42 sɿ31pi35 tshɯ̃42 ku31xɯ51， 生离　死别　成　古恨	ɯ51	生离死别成古恨，
sɿ54te54 ɣɛ42sɯ̃33 le54ua33ua33。 四代　儿孙　泪汪汪		四代儿孙泪汪汪。

ʔa^{31} mo^{33} tsu^{55} ȵi^{21} ũi^{33} tɯ^{21} ṽ̩^{55}，
阿妈　做人　眼面前
v̩^{55}　阿妈为人眼面前，

lɯ^{31} tsɛ̃^{21} tshv̩^{44} lɯ^{31} jã^{44}。
这时　出　这样
这时成这样。

xuã^{42} tɕũ^{33} lu^{51} sa^{51} vv̩^{42} lo^{31} jo^{51}，
黄金　路　上　无　老幼
o^{51}　黄金路上无老小，

se^{42} tõ^{33} na^{31} jo^{31} pu^{35} sɿ^{31} fã^{33}。
世　上　哪有　不　死　方
世上哪有不死方。

lɯ^{31} pɯ^{55} tse^{44} ʔa^{33} ʔa^{31} mo^{33} tsɿ^{55}，
这回　再　看　阿妈　则
ɿ^{55}　这回再去看阿妈，

mɯ^{31} ṽ̩^{42} xɯ^{31} sã^{55} ʔã^{33}。
睡梦　里　相见
在梦里相见。

（二）亚　献

ji^{35} ɕĩ^{54} ko^{42} la^{42} ja^{55} ɕĩ^{54} phia^{44}，
一献　过了　亚献　到
一献过了亚献到，

tse^{44} ka^{44} ŋɯ^{55} mɔ^{31} khu^{31} tɕhũ^{42} sua^{44}。
再　把　我妈　苦情　说
再把阿妈苦情说。

tsu^{55} tsɿ^{33} ȵv̩^{33} kɯ^{55} li^{55} ȵi^{55} ku^{21}，
做　子女　时　也　穷苦
u^{21}　从小家境很贫穷，

tsɛ^{55} sõ^{55} sue^{44} ṽ̩^{55} ŋa^{44}。
任　霜雪　上　咬
任霜雪打整。

tsɛ^{42} pia^{44} sua^{44} tsɿ^{55} mo^{33} ja^{44} kɯ^{55}，
十八　岁　则　妈　回来
ɯ^{55}　十八岁时妈到家，

tɛ^{44} tɕa^{44} khɯ^{31} la^{35} tɛ^{44} tɕa^{44} ua^{44}。
收拾　里　又　收拾　外
操里操外忙不停。

tɕi^{31} ṽ̩^{55} tsuã^{55} tɕa^{55} tsu^{55} tsɿ^{55} xo^{55}，
田里 庄稼 做 成 花
xa^{31} tṽ̩^{55} ke^{55} te^{42} uã^{44}。
家里 猪鸡 旺

o^{55} 田里庄稼花一样，
猪鸡也发旺。

se^{31} ku^{55} xo^{33} no^{33} vv̩^{21} zɿ^{21} tɕhõ^{55}，
姑姑 们 上 服侍 好
ti^{33} mo^{33} xo^{33} no^{33} tiɯ^{31} ɕa^{44} jã^{44}。
爹妈 们 上 很 孝养

o^{55} 小姑小叔相待好，
爹妈二老孝养勤。

ua^{44} no^{33} xo^{33} no^{33} tã^{44} tsɿ^{55} tɕhĩ^{55}，
外面人 上 当 成 亲
xa^{31} kẽ^{42} n̩i^{21} tshɯ̃^{55} tsã^{44}。
凡 见 人 称赞

ĩ^{55} 村中邻里当亲待，
谁都称赞您。

u^{31} ɛ^{54} ni^{42} tsɿ^{55} ti^{33} ja^{44} khv̩^{31}，
五二 年 则 爹 回家
nɯ^{31} tsɛ̃^{21} ʔa^{31} mo^{33} sã^{55} tsɛ^{42} p̩ia^{44}。
这时 阿妈 三十 八

v̩^{31} 五二年时爹去世，
阿妈那时三十八。

ɲa^{55} tsɛ̃^{21} ɕi^{33} mo^{33} no^{33} ke^{55} ma^{21}，
咱们 成 死母 的 鸡毛
uẽ^{33} xɯ^{31} li^{55} tshv̩^{44} sua^{44}。
眼 里 也 出 血

a^{21} 咱们成死母鸡上的毛，
眼里也出血。

ʔa^{31} mo^{33} ue^{44} ŋa^{55} no^{33} tsu^{55} n̩i^{21}，
阿妈 为 我们 上 持家
kuɛ^{33} lɯ^{31} mɯ^{33} tshɯ^{55} sã^{55} tsɛ̃^{42} p̩ia^{44}。
寡妇 掉 三十 八

i^{21} 阿妈为我们持家，
孤身三十八年整。

tɕhɛ̃^{55} ne^{31} tsṽ̩^{33} ne^{31} li^{55} no^{31} tã^{55}，
轻的物 重的物 也 你 担
ku^{31} kã^{55} ɕĩ^{55} no^{33} sua^{44}。
苦 干 心 上 血

a^{55} 轻轻重重一人担，
苦干心头血。

tɛ^{44} ȵo^{44} jõ^{42} ŋa^{55} pe^{55} tsɿ^{55} tshɯ^{55}，
定要　把 我们　培植　　掉
ɯ^{55}　如今儿已成家业，

xo^{31} li^{55} tshv̩^{31} khɯ^{33} kõ^{33} to^{42} kha^{44}。
房　也　建　起　两　大　幢
新房建了两大幢。

na^{21} ȵv̩^{33} suã^{55} li^{55} tsɯ^{33} ka^{35} tsue^{55}，
孙子孙女　也　有　几　尊
e^{55}　您的孙孙也有样，

xa^{31} tv̩^{55} li^{55} fa^{55} uã^{44}。
家里　也　发旺
家里好发旺。

ʔa^{31} mo^{33} ȵi^{55} ku^{21} tshɯ^{55} ʔa^{31} ji^{31}，
阿妈　　可怜　　掉　一生
i^{31}　阿妈苦熬一辈子，

nɯ^{31} pɯ^{55} ɕo^{31} lɯ^{44} ko^{42} ka^{35} sua^{44}。
这回　　好的　过　几　年
该当欢乐过几年。

pu^{35} ɕã^{31} mo^{33} ỹ^{55} ʔɯ^{55} ja^{35} sɿ^{55}，
不　想　妈 上　喊 不　醒
ɿ^{55}　不想再喊喊不醒，

ȵi^{55} no^{33} ɣɛ̃^{35} na^{44} ʔã^{33}？
您 上　去哪里 找
哪里再找您？

xɯ^{44} ʔỹ^{55} li^{55} tsɯ^{33} fɛ^{31} pu^{31} ji^{55}，
乌鸦　　也　有　反 哺 义
i^{55}　乌鸦也有反哺义，

kuɛ^{33} tsɿ^{33} kuɛ^{33} ȵv̩^{33} mi^{33} ȵi^{55} tua^{44}。
孤儿　　孤女　　想　你　上
孤儿孤女想念您。

mi^{33} khɯ^{33} ʔa^{31} mo^{33} ȵi^{55} ji^{31} ji^{31}，
想　起　　阿妈　您　一生
i^{31}　回想阿妈一生苦，

tsɿ^{33} ȵv̩^{33} mi^{42} ji^{42} xua^{44}。
儿女　　眼泪　沸腾
眼泪如水涨。

（三）三　献

ja^{54} ɕĩ^{55} ko^{42} la^{42} sã^{55} ɕĩ^{55} pia^{44}，
亚　献　过 了 三　献　到
亚献过后到三献，

tsɿ^{55} kɛ^{21} ʔɯ^{55} ta^{42} ʔa^{31} mo^{33} ja^{44} ?
怎能 喊 折转 阿妈 回
怎能把妈喊回来？

sɯ̃^{33} li^{42} sɿ^{31} p̩i^{35} no^{33} khu^{31} tɕɛ̃^{21} ,
生离 死别 的 苦 情
ɛ^{21} 生离死别这苦情，

nɯ^{31} ja^{42} ʔa^{55} na^{44} sua^{44} ?
这些 哪里 说
到哪里申诉？

xẽ^{55} ɣɛ^{33} tsɿ^{33} li^{55} tue^{42} tue^{42} fṿ^{55} ,
燕子 也 对对 飞
ṿ^{55} 燕子对对飞远方，

tshṽ̩^{55} tã^{42} ɣɯ^{35} tsɿ^{55} mo^{31} tã^{42} ja^{44} 。
春 折来 则 它 折 回
春天来了又返回。

ʔa^{31} mo^{33} ɣɛ̃^{21} la^{42} ja^{35} ja^{44} kɯ^{55} ,
阿妈 去 了 不 回家
ɯ^{55} 阿妈去了不回来，

kẽ^{42} tsa^{35} ɕã^{44} nɯ^{31} ɕã^{44} 。
见 只 像 这 像
只留一张影。

tɕhĩ^{55} tɕɛ̃^{21} jõ^{55} thi^{33} kho^{44} sɯ^{44} tua^{42} ,
亲戚 兄弟姐妹 哭 停 不得
a^{42} 一堂亲戚哭不停，

ɕo^{54} tsɿ^{31} ɕo^{55} ȵṿ^{33} kṿ^{31} ʔa^{55} ta^{44} 。
孝子 孝女 跪 这里
孝子孝女跪这里。

ʔɯ^{55} tso^{42} ʔa^{31} mo^{33} tue^{55} khɯ^{33} ɣɯ^{35} ,
喊 着 阿妈 立 起 来
ɯ^{35} 叫声阿妈您起来，

tue^{55} khɯ^{33} jɯ^{44} mo^{31} xa^{44} 。
立 起 吃 它 一口
起来吃一口。

tso^{21} tɯ^{21} tsṽ̩^{33} tɕhi^{44} tsɯ^{33} kõ^{33} tsṽ̩^{55} ,
（茶酒祭品） 有 两 盅
ṿ^{55} 清茶淡酒有两盅，

tshɯ^{31} sṿ^{55} p̩e^{31} thɯ^{55} tɯ^{44} p̩ia^{44} p̩a^{44} 。
菜蔬 摆 下 得 八 大碗
家常菜肴有八碗。

ʔɯ^{33} thɯ^{55} tua^{42} li^{55} ʔɯ^{33} mo^{31} tsṽ̩^{55} ,
喝 下 不得 也 喝 它 一盅
ṿ^{55} 喝不下也喝一盅，

jɯ^{44} thɯ^{55} tua^{42} li^{55} jɯ^{44}mo^{31} xa^{44}。
吃　下不得也　吃　它　一口
　　　　吃不下也吃一口。

me^{54}ȵi^{44}khɛ^{55}tɯ^{31} sõ^{33} tɕhi^{44}ȵi^{55}，
明天　早上　送　出　您
i^{55}　明天早上送您去，

pɛ^{35}xo^{35} tɕhi^{42}li^{42} po^{31} nɯ^{55} tɕa^{44}。
白鹤　麒麟　保　你　驾
　　　　白鹤麒麟保您驾。

thõ^{42} tsɿ^{31} ʔa^{31} tsue^{55} vv̩^{21} zɿ^{21} ȵi^{55}，
童子　一尊　服侍　您
i^{55}　一尊童子服侍您，

tse^{21} tsɯ^{31} ʔuẽ^{55} nɯ^{55} khuã^{44}。
钱树　暖　你的　圹
　　　　钱树暖您圹。

sue^{55} ȵi^{55} jĩ^{33}xue^{42} ɣɛ̃^{21} tsõ^{33} se^{55}，
虽　您　阴魂　去　上　山
e^{55}　您的阴魂去归山，

ʔa^{31} mia^{44}ɣɯ^{33}no^{33} tɕɛ̃^{55} ŋa^{55} tua^{44}。
不要　后　上　牵　我们　上
　　　　身后别牵挂我们。

to^{55}po^{55} ɕi^{55}ṽ̩^{33}po^{33}tɯ^{21} tɕĩ^{55}，
（祖宗）　肩膀尖
i^{55}　祖宗肩膀后人梯，

po^{31}jo^{44}ŋa^{55} pĩ^{21}ʔã^{33}。
保佑　我们　平安
　　　　保佑我们平安。

u^{33}xu^{55} ɛ^{33} tse^{33} sã^{54} ɕã^{33}！
呜呼　哀哉　尚飨
　　　　呜呼哀哉！尚飨！

上举祭文，表面上看，正文句式全篇由单段体“七七七五”四个长短句组合成，一韵到底。实际上不是这样，这是由三个双段体联章结构构成的。

这篇祭文的基本句式为双段八句式“七七七五、七七七五”，韵类押阿（a）韵，律调押中调（3）。其格律的联章结构三章相同，各章均为八句式双段体的叠段联章，即每章第一段的第一句末字起韵起调，后面各段的韵调格律均与第二段相同。所用的韵类和律调各章都相同，均为双段八句式的单调联章，即

第一章 6 段，第二段起音韵格局重复的有 5 个，结构为叠段联章A‖: B : ‖$_5$。

第二章 8 段，第二段起音韵格局重复的有 7 个，结构为叠段联章A‖: B : ‖$_7$。

第三章 6 段，第二段起音韵格局重复的有 5 个，结构为叠段联章A‖: B : ‖$_5$。

这样的单调联章之后，又以“一献”“亚献”“三献”的次第把三章联成全篇，因此，虽然三段联章结构相同，但就全篇而言，联章结构为综合联章。

内容的结构分段与格律的结构联章一致，虽然押韵押调相同，但不单调，稳中有变，变中有稳，与各章的内容和全篇的思想内容相应，平波荡漾，情调起伏，增添凄婉哀悼之情的表达力和感染力，使思想内容和艺术形式达到完美统一的艺术境地。

三　经　词

经词是白族老年妇女宗教信仰组织诵唱的一类诗歌。这类诗歌的内容、语言和体式十分复杂，白语统称之为 tɕɛ̃^{55}（“经”）。

白族老年妇女有自己的宗教信仰组织，汉语称“莲池会”，俗称“妈妈会”。这种组织几乎遍及白族所有的村寨，几乎所有的老年妇女都是信女。它是一种传统的自发组织，由自然产生的 tɕɛ̃^{55} mo^{33}（经母）主持，有固定的会期和约定俗成的教义、教规、经词。经词由世代经母口耳相传，约有百余种。

这种组织唱诵的经词与白族称佛经的“经”相同，唱诵经词称之为 pɛ^{42} tɕɛ̃^{55}（拜经），唱诵的内容、乐曲、板腔一般也跟“佛曲”相同，经词源远流长。佛教传入白族地区历史久远，历史上几乎全民信教。史载：“（白人）家无贫富，皆有佛堂，旦夕击鼓参礼，少长不释念珠。”① 佛寺

① （元）李京：《云南志》。

遍及村村寨寨，明代有“伽蓝殿阁三千堂”① 之说，后人称大理一带为“妙香古国”“佛国”。佛教对白族文化影响深远，“莲池会”即是历史上全民信佛的一种遗存，经词也是古代佛曲的遗存和变异。

然而，由于白族宗教信仰复杂，除佛教外，还有道教、本民族的“本主”崇拜及其他多神教，经词内容也杂糅其他多种宗教及习俗内容。经词语言也复杂，有汉语经、白语经、白汉混合语经。经词内容除佛教信仰的佛曲外的其他各种信仰的口头创作，也流为历史上的新经词。经词均靠世代口耳相传，格律也很复杂，传统的汉语经，句式一般为七字四句为基础的多种联章结构，也有三四字的散句，但由于白族妇女不懂汉语，不知所云，语音都讹化为白语韵调，都属于白曲词律的变体。其中的白语经是地道的白语白义，其音韵格律有的纯属白曲曲词体式，有的是白曲词律的变体。白汉混合语经，实际上从属于白语，也是白曲词律的体式。这里举汉语《接佛经》（tɕa^{44} ve^{42} tɕɛ̃^{55}）选段为例，看其格律形式：

茶树开花圆又圆，

茶树修行五百年，

大杯小杯不容易，　　i^{55}

桂花长久供四贤，

初一十五敬菩萨，　　a^{31}

有缘敬佛前。

该段经词共 6 句，全用汉语汉字，汉、白皆通。其音韵，汉读为“言前”韵，音韵和谐；白读属艾韵（i），韵脚律调为低调（42、31、21）。非韵句有两句，虽只有一句的末字与韵脚律调对仗，似不甚理想，但句式、音韵符合白曲词律变式规则，为非民歌类的曲词所允许，不论唱或诵，仍然很和谐。

白语经和混合语经，因语音全属白语，经词格律同白曲曲词体式和非民歌类诗歌的句式、韵式的正体或变体，如《十月怀胎经》第一段：

① （明）杨黼：《山花碑》。

十月怀胎九月生，		十月怀胎九月生，
nɯ^{55} mo^{33} tɯ^{35} no^{31}得黄金。		阿妈得你如黄金。
ɕy^{33} tsɿ^{33} pã^{21} po^{55} tɕhi^{44} jɯ^{35}，	ɯ^{35}	水盆里面波出来，
po^{55} phia^{44} pa^{42} tɕi^{44} ɣɯ^{33}。		波到奶头前。

该段经词押韵押调齐整，所押律调均为中调（3），押厄韵（ɯ），非韵句35调为高调（5）与之对仗，句式为“七七七五”的长短句，完全是白曲单段四句体式。该经词后面各段的音韵由此一韵到底，也符合白曲联章体式。只是各段的句子多少不一，每段的结句尚有七字句的，但仍属于非民歌体式的诗歌变体。

经词中白曲的15种音词调均有，只是句子的多少和长短的变异。联章结构多为时序“五更”，“十二月”，序数一、二、三……方位东、南、西、北等，有的是专用的联章结构，如“十八罗汉”“十王”等。这种联章结构，拜经音乐上是叠调联章，但由于各段句式不一，乐曲多有变异。

四　童　谣

白族童谣很多，内容大多是启迪情智、音韵优美的趣语。白族儿童在襁褓中开始接受音韵美学教育，渐长，熟知本民族的诗歌音韵，也由于白语的诗歌音韵与汉语诗歌音韵同类，有无师自通之便，加上刻苦学习汉文的耕读传家，难怪，白族历史上诗人作家较多，当今村里耆老也能几首汉语古诗词。

童谣由白曲词律造就而成，仍有15种词调。因一般不是民歌唱词，只作诗歌吟诵旋律的吟诵，其句式长长短短比较活泼，其音韵格律一般按照白曲词律变体进行。有的与白曲句式相同。下面简要分析几首。

（一）白曲曲词体式的童谣《过新年》：

tsɛ̃^{55} uã^{44} phia^{44} tsɿ^{55} ŋo^{31} ɕi^{31} xuã^{55}，
正月　到　则　我　喜欢
新年到来真喜欢，

ɕy^{55} li^{55} sɿ^{55} tsɿ^{44} xua^{55} tɕji^{31} thã^{55}。
雪梨　狮子　米花团
雪梨、狮子、米花团。

zɿ^{31} khue^{55} tsɛ̃^{55} mi^{42} jɯ^{44} fv̩^{44} xɯ^{31}，　ɯ^{31}
饵块　糍粑　吃 肚 里
吃了饵块吃糍粑，

thio^{33} tɕhi^{44} me^{21} uã^{44} ɕã^{55}。
挑　出　门 外　闲
蹦出门外闲

tsɛ̃^{55} uã^{44} phia^{44} tsɿ^{55} ŋo^{31} o^{44} tɕhi^{44}，
正月　到　则　我　怄气
新年到来我怄气，

kõ^{42} ji^{55} te^{44} ne^{31} tɛ̃^{44} tɛ̃^{44} se^{33}。
破烂衣裳　捶捶　洗
破衣烂裳捶打洗。

tɕhu^{55} tɯ^{44} kɛ^{44} piɛ^{44} tsɛ̃^{55} kã^{55} ɕõ^{55}，　o^{55}
闻　着　隔壁　煎炒香
闻着隔壁煎炒香，

ŋo^{31} tsɿ^{33} phe^{55} xã^{55} ɕi^{44}。
我 则　翻找　虱子
我忙捉虱子。

这首旧社会普遍流传的童谣，描述了富人家的孩子和穷人家的孩子过年时的情景，对比强烈。

两段各为单段体“七七七五”的句式和韵式。前者押阿韵（a）高调（5），后者押衣韵（i）中调（3），不同的音韵对比，更增添了对比的强烈色彩。

（二）云龙一带流传的七言童谣《十二属》①：

sv̩^{33} tsɿ^{33}kou^{33}tou^{21}çy^{35} xou^{35}khɛ^{44}，
鼠　两　个　掀　箱子
两只老鼠翻箱子，

ŋɯ^{21} tsɿ^{33}kou^{33}tou^{21}fɛ^{33}xe^{55}ɣɛ^{33}，
牛　两　个　翻　天地
两条耕牛翻天地，

lou^{21}ɣɛ^{21} tshv̩^{33} tsou^{33}su^{55} tɕy^{31} tɕy^{31}，
虎　去　处　起　灰土飞扬
y^{31}　老虎走处扬灰尘，

tou^{55}lou^{44} tsou^{33}xɯ^{55} kue^{42}xuo^{53} ɣɛ^{33}，
兔　藏　在　桂花　下
兔藏桂树下，

lv̩^{21}kv̩^{42} tshv̩^{31} tsou^{33}çy^{33}phio^{51} pou^{21}，
龙　在　处　有　水波　漂
ɯ^{21}　龙在起水波，

to^{42} khv̩^{33} tsou^{21}xou^{55} tshu^{33}te^{44}ɣɛ^{33}，
大　蛇　藏　在　草棵　下
蛇躲草棵里，

tɕha^{55}mɛ^{33}xou^{44} tsɿ^{33} tsɯ^{42} xou^{44}tou^{21}，
驮马　们　是　驮　黑豆
u^{21}　驮马驮黑豆，

sv̩^{42} no^{33} tsɿ^{35}jo^{21} pɛ^{42}khuɛ^{33}khuɛ^{33}，
山　上　绵羊　白白的
绵羊披白皮，

tɕhɛ^{55}u^{21}sua^{35} nou^{35} se^{35}zɿ^{21}khu^{55}，
青猴　扳到　山神庙
u^{55}　猴子扳倒山神庙，

sv̩^{42} no^{33} tɕi^{53} ke^{53} mɛ^{21} tsa^{55}pɛ^{44}，
山　上　金鸡　鸣遍
金鸡打鸣遍山野，

sɿ^{44}ue^{44}khua^{44}tou^{21}pia^{42} a^{31}to^{31}，
四外　狗　吠　谁
o^{31}　客家的狗在叫谁，

ka^{44}ŋou^{55} te^{42}tou^{21}khɛ^{33}xou^{55} khɛ^{33}。
把　我　猪　惊　了　惊
吓跑我的猪。

民间为了给儿童记住十二属相，根据十二属动物特性编成这样的趣

① 据周祜老师口述记录。

语。它之所以让人难忘，是因为它借助于和谐优美的音韵格律。这首童谣押艾（ε）韵中调（3），音韵格局齐整，朗朗上口。

（三）不定字句的童谣

这种童谣很多，虽然字句不定，但音韵上押韵、押调格局遵循白曲格律的变式，律调的吟诵旋律性强，优美动听。如流传很广的《白月亮》：

a^{55} ua^{44} ua^{44}，	阿哇哇，
pε^{42} mi^{55} uã^{44}，	白月亮，
nɯ^{55} xo^{31} tsɯ^{33} a^{55} na^{44}？	你家在哪方？
kuã^{33} tsɿ^{33} kõ^{33} tɯ^{21} ʧhuε^{44} tɕε^{21} tɕhɯ^{55}，　ɯ^{55}	两只小狗打秋千，
ka^{44} nɯ^{55} co^{31} ma^{55} pa^{44}，	把你家推倒，
xa^{55} no^{31} kv̩^{42} a^{55} na^{44}？	看你住哪方？

这是婴儿谣。在婴儿咿咿呀呀时，大人拍着婴儿的小嘴，面对高天朗月，让“哇哇”声带着想象，在天上地上飞腾。韵和调从婴儿的“哇哇”声而来，押阿韵（a）中调（3）。押韵格局虽与白曲稍异，但都在押韵、押调齐整，律调的旋律高低错落，长短有致，仍然和谐优美。

白族童谣寄优美的音韵给儿童以社会知识的启蒙，同时，白族人儿时就得到白语诗歌音韵的熏陶。儿童在这样优美音韵中成长，犹如天成一般，自幼造就了白曲音韵的审美习惯和审美标准，伴随着生活经验的积累，都能创作和歌唱白曲。

五　谜　语

白族谜语犹如诗歌，不论几句，都押韵押调，音韵优美，加上扑朔迷离的寓意，意味深长。谜语的音韵格律，仍然用白曲词律，只是句式与白曲体式多有不同而已，谜语的句式有二句、三句、四句等几种，两句体谜语的音韵格局与对联相同，三句、四句体谜语的音韵格局与白曲体式或其变体相同。韵类仍用 5 种，律调仍有 3 调。这里且举 3 种律调的 3 个谜语。

（一）高调谜语

tɕhɛ^{44}ke^{55}po^{55}，　　红公鸡，

lv̩^{44}ṽ̩^{33}tv̩^{55}，　　绿尾巴，

tɯ^{21}po^{21}vv̩^{42}ȵi^{44} tɕi^{31} ɣɛ̃^{33}ṽ̩^{55}。　　一头栽到地底下。

（谜底：胡萝卜）

这个谜语押乌（u）韵高调（1）。三句虽句句用韵，尤其第一句起韵、限调，与白曲一致，与语音旋律相吻合，音韵仍然和谐优美。

（二）中调谜语

tsɯ^{33} tsɛ̃^{55}ne^{31}ȵi^{21}xɯ^{33}ȵɯ^{42}mo^{33}，　　有针的人没有线，

tsɯ^{33}xɯ^{33}ȵɯ^{42} mo^{33} tsɛ̃^{55}ne$^{31\ 5}$ mo^{33}；　　有线的人没有针；

tsɯ^{33}xue^{33}ne^{31}ȵi^{21}mo^{33}ɕĩ^{55} xu^{55}，　u^{55}　有火的人没有柴，

tsɯ^{33}ɕĩ^{55}kua^{44}ȵi^{21}xue^{33}ne$^{31\ 5}$ mo^{33}。　　有柴的人没有火。

（谜底：蜜蜂、蜘蛛、萤火虫、螳螂）

［在第一、二、四句的 mo^{33}（没有）的前面音节声调都滑向 5，这是省略 55 调音节的残留。］

这个谜语押乌（o）韵中调（3），格局与白曲单段体相同。韵字的韵母相同，但作为语义、语法的排比句式，不但不感到单调，相反让人感到别有韵味。

（三）低调谜语

tshɛ^{44}ti^{55}tio^{42}，　　红条条，

lv̩^{44}ti^{55}tio^{42}，　　绿条条，

pi^{55} sɿ^{55} tsho^{44} tsɿ^{55} ti^{55}tio^{42} tɛ̃^{44}ti^{55}tio^{42}。　　风一吹来一条打一条。

（谜底：辣子）

这个谜语押乌（u）韵低调（1），格局与白曲单段体相同。韵字的韵母虽然相同，但由于采用该量词带有象声特性，几次重复叠用，诙谐有趣，不显单调，反显奇趣。

六 对 联

对联是白族诗歌艺术中别有风格的一类，人们常用它斗智竞技，以求其乐其趣。过去常以口语的形式进行表达，当今，除此之外，有些地方用老白文或新白文的书面形式作对，并用于新春或婚嫁时贴于门上的楹联，给习用汉语楹联的传统中注入了新品种。这样的楹联，由于使用本民族语言表达人们自己的情感，妇孺皆晓，贴近生活，有亲切感，更增喜庆气氛。白语对联要求上下联句中和句间的句义、词义、词性、构词形式、音韵位置相互工整对仗。音韵仍然使用白曲词律，但是，由于对联不论长短，均为两句，因此，无须要求韵类的和谐律，而独钟于高低律及吟诵旋律、语义结构的和谐。同时为了追求意味情趣，还采取谐音谐义、双声叠韵等的对仗形式。

对联高低律的和谐优美也如同白曲曲词及相关的诗歌体式一样，体现在句中和句间相对词语高低对立。由于律调有高、中、低3类，语言中的字词往往自然生成高低对立，句中和句间的高低律调主观上一般不要求，而刻意注重的是上下句末的高低对仗，上句末字的律调必须高于下句末字的律调。如下句末字为低调，上句末字必为高调或中调；同理，下句为中调，则上句为高调。但是，中调和低调可以互换调用。这个规律表明，白族对联的下句末字一般不用高调。对联由于主观的追求和客观自成的高低对立，与语言的语音及语法结构的长短旋律相互交融，造成丰富多彩的对联。下面举几个传统对联作例。

例一：

tsɯ^{42} ta^{31} xã^{55} u^{55} po^{55}，　　　　贼偷守夜公
贼　偷　守田公

kv̩^{33} kɛ̃^{44} sɛ̃^{31} jo^{42} mo^{33}。

鬼 捉 巫师婆

鬼捉巫师婆

此联寓意深刻，词意、词性、复合词式对仗工整。句末字以高调（5）对中调（3），高低和谐。按词语的语法关系及句中和句间字词的节奏、律调对仗旋律为：

1 1／5 5 5／

3 3／1 1 3／

例二：

ke^{55} ma^{21} zɯ^{21} sɛ^{44} ku^{55}，

鸡毛 蝇帚

鸡毛蝇帚

ŋɯ^{21} kv̩^{44} mɛ^{33} tɕy^{55} ku^{31}。

牛角 马辔

牛角马辔

此联实际上是两个合成词的对仗，词式结构对仗工整，而且修饰成分为一种奇对，蝇帚本用牛尾，马辔本用金属，这里却反其义，用“鸡毛”和“牛角”，不仅词素对仗极工整，且反义对仗别出心裁。句末字以低调（1）对高调（5），高低和谐。按词语的语法关系及句中和句间律调对仗的旋律为：

5 1／1 3 5／

1 3／3 5 1／

例三：

kã^{55} ne^{31} xɛ^{55}，

缸（量）湿

缸湿（干的湿）

tshẽ^{55} phi^{13} tsv̩^{33}。

锅 （量）重

锅重（轻的重）

此联为谐音谐意对。白语水缸的“缸”与干湿的“干”同音，铁锅的“锅”与轻重的“轻”同音。其中的量词亦有二意，与可计量物结合为定指计量单位，与形容词结合为形容词物化词尾。如此物类、词性、语义、语法对仗精巧，回味无穷。句末字以中调（3）对高调（5）。按词语的语法关系及句中和句间律调对仗的旋律为：

5　1/ 5 /

5　1/ 3 /

例四：

ɣɯ^{33} jɛ^{21} tsɿ^{33} tã^{55} tɕhi^{55}，tṽ^{55} ɣɛ^{21}、se^{55} ɣɛ^{21}；

<u>后营</u>汉子　挑粪　东晃　西晃

后营汉子挑粪，东晃、西晃；

ɕy^{33} tshuɛ^{44} mo^{33} tshuɛ^{44} ji^{55}，na^{21} tshuɛ^{44}、pɯ^{44} tshuɛ^{44}。

<u>水寨</u>婆娘　涮衣　南涮　<u>北</u>涮

<u>水寨</u>婆娘涮衣，南涮、北涮。

这是地名谐音谐意联，下划线者为村名。因为jɛ^{21}（营）与“晃”同音谐意、tshuɛ^{44}（寨）与洗衣服的“漂、涮”同音谐意，此联语义又有：

<u>后营</u>汉子挑粪，<u>东营</u>、<u>西营</u>；

<u>水寨</u>婆娘涮衣，<u>南寨</u>、<u>北寨</u>。

此联巧取谐音，付诸农家生活常事，节律有长有短，律调有高有低，结构有长有短，高低长短错落别致，构成富有动态形象的生活画。句末字以中调（3）对低调（1）。按词语的语法关系及句中和句间律调对仗旋律富有变化，如同一首优美的乐曲：

3　1　3/ 5　3 / 5　1 /　5　1 /

3　3　3/ 3　5 / 1　3 / 1　3 /

对联的词意、语意、词性、结构不仅对仗工巧，而且律调富有变化，如同富有优美的旋律一般，成为千姿百态短小的乐曲，为人们所钟爱。许多二句式的富有生活哲理的谚语和喻义神奇谜语也以这样的声律造就，朗朗上口，韵味深长。由此可见，白曲律调对于对联及其相关的艺术品类是极为重要的。其中刻意追求和无意自成相辅相成，互为一体。当然，如果无意自成不符合对仗的规律，必然受到刻意追求的制约，比如上下句中的字词均为一个律调就显得单调枯燥，实际上这样的对联不成其为联，也不存在。由于律调与音乐的音高具有同类性质，上乐句处于同一音高时（如《解放军进行曲》的第一句），下乐句以不同音高与之相对，也能成立。对联也如此，上句若为同一律调，下句以不同律调与之相对，也能构成别有风格的对联，如有这样一个地名谐音对：

kã^{55} tɯ^{55} xu^{55} xɛ̃^{55} ɕĩ^{55}　（旱登：地名，与干地同音。）
旱登　烧　湿柴
ʔuẽ^{55} kʏ̩^{42} ʔɯ^{33} kɯ^{55} ɕy^{33}（温古：地名，与温箐同音。）
温古　喝　冷水

此联按词语的语法关系及句中和句间律调对仗旋律为：

5　5 ／ 5 ／ 5　5 ／
5　1 ／ 3 ／ 5　3 ／

此联上句字词律调均为高调（5），下句中以变化的低调（1）、中调（3）相对，这也算是律调旋律音谱和谐的名联。

第八章　白语山花词和山花诗

白曲词律是雅俗共赏共用的一种诗歌格律。从古至今，文人雅士也靠老白文之便，运用白曲词律进行创作，创作了许多久传不衰的白曲、大本曲、吹吹腔及礼俗词中的名篇佳作。原先多出自民间文人之手的作品，后才流为民间文学。在这个文人群体创作的作品中，有一类思想内容、语言风格、表达方式充满浓厚文人情调，并有作者姓名的作品，咏唱反而失色，吟诵，诗味浓烈，是一种运用白曲词律创作的格律诗。其名，民间沿袭古称“山花”，称之为山花诗、山花词。对句式同白曲长短句者，因能入白曲乐曲歌唱，称之为山花词；对句式为齐整句者，因不能入乐，只能以变体入乐，称之为山花诗。历史尚有山花词和山花诗的遗文，它是用老白文刻写的，有其特殊的价值和意义，许多文史学科对其甚为关注。但老白文难读，诸家注译尚有一些异议，于此仅就音韵方面的需要，录几首山花诗词，进行音韵格律分析。

一　《山花一韵》

《山花一韵》是一块古碑。此碑刻于明成化十七年（1418 年），原为大理喜洲弘圭山《故处士杨公同室李氏寿藏》碑阴，白文竖行。原题《山花一韵》，疑墓主人自撰，今已不存，录文系 1942 年石钟健拓后所录，传于有关论著之中。现按公认断句横排，抄录于下：

原文		汉译文①
原是欢喜帝子孙		我原是欢喜帝子孙，
曾做白王摩曩番		先人曾在白王驾下做过官。
后成神明叭居则	ε^{21}	后来成了神明到京城，
威势提是若		威势一下上了天。
恩泽重跳山河重	o^{55}	神的恩泽如山重，
灵感高列乾坤高	a^{35}	神的灵感比天高。
阿居容陪更立石	ɿ^{35}	不需铺张再立石，
传与后代看		传给后代看。

该词记述墓主显赫家世及墓主简葬之意。白文字词的音、义至今难考，但结合断句，有的句末字音、义还同现代白语：“孙”，汉语借词变读sua^{33}；“番”音读 fa^{33}；“高”读 ka^{35}；“看”白语有两读两义，近观读a^{33}，远观或虚观读 xa^{55}，此处应作后代效仿的近观虚“看”，当读 xa^{33}。非韵句末字“则”“重”“石”，不论白语音读、训读或汉读，均与韵句末字的韵调不同，分别拟为 21 调、55 调、42 调。全词句末字律韵和律调显示出一个整齐的格局，即第一、二、四、六、八句押韵、押调，押阿（a）韵；调类押高调（33 调），其中“高”字虽为中升调（35 调），但大理方言中升调（35 调），在大理方言白曲调律中有时归高调，有时归中调，这里归中调。非韵句末字的调类与韵句末字调类不同，形成高低对仗的和谐音韵。

从以上句末韵类和律调分析中可以看出，《山花一韵》与当今白曲的基本词体一致，为双段八句体，押阿韵高调。所谓“双段”的理由是，上段首句末字起韵起调，其后逢双相押，而下段首句末字不用相同律调，显然是同一词调的两段。由此即可解题，其名《山花一韵》的“山花”，是双段八句体，“山花”为词调的专名，“一韵”是一曲或一个词调的雅称，

① 原碑录文及汉译引自周祜《大理历史文化论集》，中国社科出版社 1993 年版。白语韵、调注音参考周祜先生面授记录。

即“一首”之意。当今，人们书面上称白语及汉语的白曲、戏曲、影视剧、诗词中同一体式之词为“山花体”，即缘于这种类似的词体。

二 《山花碑》

《山花碑》原题《词记山花·咏苍洱境》，研究者简称为此名。此碑刻于明景泰元年（1450年）[①]，在《重理圣源西山碑记》碑阴，立于大理喜洲圣元寺，今存大理市博物馆。作者为大理名士杨黼，《明史·隐逸传》载有其人其事。碑石为大理石，高1.20米，宽0.55米，厚0.18米，白文14行，楷书，竖行，周边云水纹饰。对该碑的记、译和研究众多，如成稿于20世纪40年代的《大理古代文化史稿》做了有关论述，1958年的《白族文学史》也做了有关论述，1980年《民族语文》第3期发表了徐琳、赵衍荪《白文〈山花碑〉释读》，1988年杨宪典著《喜洲志》也载了译文，1988年云南民族出版社出版了赵橹专著《白文〈山花碑〉译释》，1989年地方出版了周祜译《山花碑》单行本，1992年日本福冈大学综合研究所报发表了甲斐胜二《“山花词”简论》译注中选录的三种译文，1995年杨应新、奚寿鼎编《白文作品选》选载了三种注音和一种译文，尚有多种读音和译文流传。

原题“词记山花”为调寄“山花”之意，即以“山花”之曲调咏唱苍山洱海美景之意。今将选录该碑原老白文及国际音标注音、译文对照抄[②]，为了充分显示其音韵格律和章法，另列音韵表于译文之后（见表8－1）。

① 赵橹:《白文〈山花碑〉译释》，云南民族出版社1988年版，第4页。

② 译文引自徐琳、赵衍荪《白文〈山花碑〉释读》，新白文引自《白文作品选》中据徐、赵《白文〈山花碑〉释读》国际音标转写文。

表 8－1　《山花碑》拟音表

词段		原文	句末字拟音	译文
第 1 段	上段（A）	苍洱境锵翫不饱，	pu^{33}	苍洱景致观不足，
		造化工迹在阿物。	vṿ^{33}	造化工迹万千处，
		南北金锁把天关，	kuɛ^{35}	南北金锁据天险，
		镇青龙白虎。	xu^{33}	镇青龙白虎。
第 2 段	下段（B）	山侵河处河镜倾，	khuɛ^{55}	山影倒映海面倾，
		河侵山处山岭绕。	zou^{33}	海水荡漾山回环，
		屏面西 澪十八溪，	tɕhi^{55}	十八溪水从西来，
		补东洱九曲。	khṿ^{44}	注东海九湾。
第 3 段	下段（B）	伽蓝殿阁三千堂，	tha^{55}	僧院佛殿三千堂，
		兰若宫室八百谷。	xu^{33}	寺庙宫室八百谷，
		雪染点苍冬头白，	pɛ^{42}	冬雪染白苍山头，
		洱河秋面皱。	ku^{33}	海面风吹皱。
第 4 段	下段（B）	五华侣你剾霄充，	tshṿ^{31}	五华楼高入晴空，
		三塔侣你穿天腹。	fṿ^{44}	三座塔尖穿天腹，
		凤羽戕山高凤凰栖，	tshe^{55}	凤羽山高凤凰栖，
		龙关龙王宿。	sṿ^{44}	龙关龙王宿。
第 5 段	下段（B）	夏云佉玉局山腰，	jɔ^{35}	夏云绕玉局山腰，
		春柳垂锦江道途。	thu^{33}	春柳垂锦江大道，
		四季色花阿园园，	sua^{35}	四季山花满园放，
		风与阿触触。	tsṿ^{44}	风雨中逞娇。
第 6 段	下段（B）	跳仙人出充游遨，	kuɛ^{35}	离洞府神仙遨游，
		胜姮娥入宫伽舞。	u^{33}	胜姮娥入宫起舞
		薮压蜀锦出名香，	ɕou^{35}	向来蜀锦扬名远，
		呗哏无价宝。	pu^{33}	号称无价宝。
第 7 段	下段（B）	夺西天南国趣陶，	tɯ^{21}	夺西天南国美景，
		占东土北阙称谱。	phu^{33}	据东土北阙风物，
		秀雀翫景鸣�嚧嚧，	xu^{35}	华雀赏景叫喳喳，
		蝉吟声嗽嗽。	tsu^{33}	蝉吟声餲餲。

续 表

词段		原文	句末字拟音	译文
第 8 段	下段（B）	金鸟駆散天上星，	ɕɛ^{35}	朝阳驱散天上星，
		玉兔打开霄面雾。	thu^{33}	新月冲破空中雾，
		黄鸳白鹤阿双双，	sv̩^{35}	黄鸳白鹤一双双，
		对飞喀啄啄。	tv̩^{44}	齐飞叫啄啄。
第 9 段	下段（B）	钟山川俊秀贤才，	tshe^{55}	山川秀丽英豪出，
		涵乾坤灵胎圣种。	tsv̩^{33}	灵胎圣种天地包，
		曾登位守道结庵，	a^{35}	登坛守道结茅屋，
		度生死病老。	ku^{33}	度生死病老。
第 10 段	下段（B）	尽日勤功把节操，	tɕhɔ^{55}	整日勤苦守节操，
		连夜观参修求好。	xu^{33}	连夜参禅修善福，
		大夫在处栽松柏，	pɛ^{44}	大夫居处栽松柏，
		君子种梅竹。	tsv̩^{44}	君子种梅竹。
第 11 段	下段（B）	方丈丘烧三戒香，	ɕou^{35}	方丈里烧三炷香，
		觉苑中点五更烛。	tsv̩^{44}	禅院内点五更烛，
		云窗下拱大乘经，	tɕɛ^{35}	云窗下诵大乘经，
		看公案语录。	lu^{35}	看公案语录。
第 12 段	下段（B）	煴煊茶水岁呼嗐，	tsv̩^{35}	煨好热茶相对饮，
		直指心宗岁付嘱。	tsu^{44}	直把心意相嘱咐，
		菩提达磨做知音，	jɯ^{33}	菩提达摩做知音，
		迦叶做师主。	tsv̩^{33}	迦叶做师主。
第 13 段	下段（B）	盛国家覆世功名，	miɛ^{35}	盖世功名立国古，
		食朝廷尊贵爵禄。	lu^{35}	亲贵朝廷受爵禄，
		慈悲治理众人民，	miɯ^{21}	仁慈治理众人民，
		才等周文武。	vv̩^{31}	才比周文武。
第 14 段	下段（B）	恭承敬当母天地，	tɕi^{31}	忠实敬天地父母，
		教养干子孙释儒。	zv̩^{33}	教育子孙尊释儒，
		念礼不绝钟磬声，	tɕhɛ^{35}	念礼不绝钟磬声，
		消灾难长福。	xu^{33}	消灾难添福。

续　表

词段		原文	句末字拟音	译文
第 15 段	下段（B）	行仁仪礼上不轻，	tshɛ^{55}	力行仁义讲礼仪，
		凶恶弊选上不重。	tsv̩^{33}	不逞凶恶和弊逆，
		三教经书接推习，	çi^{35}	三教经书代代传，
		漕溪水阿斛。	vv̩^{33}	漕溪水不息。
第 16 段	下段（B）	长寻细月白风清，	tɕhɛ^{55}	常寻四月和风清，
		不贪摘花红柳绿。	lv̩^{44}	不贪摘花红柳绿，
		用颜回道謔浮身，	se^{35}	用颜回高尚德行，
		得尧天法度。	tu^{44}	得尧天法度。
第 17 段	下段（B）	游翫在伪佉骨石，	tsou^{42}	游玩在深谷峭壁，
		有去在威仪模草。	tshu^{33}	又到茂密茅草间，
		风化经千古万代，	te^{55}	经千年万代风化，
		传万代千古。	ku^{33}	传万古千年。
第 18 段	下段（B）	阿部遇时宜心欢，	xua^{35}	一步遇上欢喜事，
		阿部逢劫催浪秃。	thu^{33}	一步走上坎坷路，
		天堂是荣华新鲜，	çe^{35}	纵然天堂有荣华。
		漂散地成狱。	ju^{33}	转瞬成地狱。
第 19 段	下段（B）	分数哽侔土成金，	tɕe^{35}	福分厚时土成金，
		时运车舛金成土。	thu^{33}	厄运来时金成土，
		聚散侣浮云空花，	xuo^{35}	聚散如浮云空花，
		实阿[illegible]不无。	mu^{33}	实一切皆无。
第 20 段	下段（B）	有之识景上头多，	tɕe^{35}	赏玩景色人虽多，
		但于知心上头少。	çu^{33}	推心置腹人倒缺，
		杨黼我拿空赞空，	khv̩^{55}	杨黼我以空赞空，
		寄天涯地角。	kv̩^{44}	寄天涯地角。

该词作者寄情于大理的壮丽风光和名胜古迹，追怀祖德，歌颂治化，表达欲醉还休之情，文辞典雅，诗意浓郁。该词世代传诵，当今尚有老人诵唱。词的句式严谨，音韵优美，全词共有 80 个长短句，分为 20 段，每段为“七七七五”的长短句。下面表列其字、句、韵、调、段、章的音韵

格局，见表8－2。（▲为韵句的韵脚音节，注音韵母和声调为粗体；△为非韵句的句末音节。）

表8－2　《山花碑》音韵格律简表

	第1、2段	上段（A）				下段（B）			
		字、句、末音节韵调				字、句、末音节韵调			
基本词调	句序	1	2	3	4	5	6	7	8
	字数	七	七	七	五	七	七	七	五
	韵母	p	v	kuε^{35}	x	khuε^{55}	ʦ	ʨhi^{55}	kh
	押韵格局	▲	▲	△	▲	△	▲	△	▲
	押调格局	中	中	随意	中	随意	中	随意	中
叠段联章	第3段					tha^{55}	x	pε^{42}	k
	第3段					ʦhy̩^{31}	f	ʦe^{55}	
	第5段					jɔ^{35}	th	sua^{35}	ʦ
	第6段					kuε^{35}		ɕou^{35}	p
	第7段					tɯ^{21}	phu^{33}	xu^{35}	ʦ
	第8段					ɕε^{35}	th	sy̩^{35}	t
	第9段					ʦhe^{55}	ʦ	a^{35}	ku^{33}
叠段联章	第10段					ʨhɔ^{55}	x	pε^{42}	ʦ
	第11段					ɕou^{35}	ʦ	ʨε^{35}	l
	第12段					ʦy̩^{35}	ʦ	jɯ^{44}	ʦ
	第13段					miε^{35}	l	miɯ^{21}	v
	第14段					ʨi^{31}	z	ʨε^{35}	x
	第15段					ʦhε^{55}	ʦ	ɕi^{35}	v
	第16段					ʨε^{55}	l	se^{35}	t
	第17段					ʦou^{42}	ʦh	te^{55}	k
	第18段					xua^{35}	th	ɕe^{35}	ju^{33}
	第19段					ʨε^{35}	th	xuɔ^{35}	mu^{33}
	第20段					ʨe^{35}	ɕ	khy̩^{55}	k

表 8－2 显示：横行第 1、2 段的第 1、2、4、6、8 句的句末音节押韵、押调。韵母为 u、v̩、ou，属乌韵；声调为 33 调和 44 调，属律调的中调。这两段的押韵、押调的格局是典型的双段八句体。后面 19 段的押韵、押调的格局与第 2 段相同，即第 1 句不用韵，不用调，只是逢双押韵、押调。这种多段体式的韵段格局与前面第四章中的《泥鳅调》完全相同，是双段八句体的叠段联章结构形式。由此，可以断定，《山花碑》是乌韵中调叠段联章之词，它的联章结构是：A‖: B : ‖ $_{19}$式。

这里需要说明的是：该词押韵是很齐整的，表 8－2 中显示，竖行所对▲的韵母都是乌韵所含的韵母。这个基本点，尽管所见多种转写转译的版本各有千秋，但是，韵母都是乌韵所含的韵母，可见是众所公认的。然而，该词应该押调的有 41 处，但各种版本稍有出入。今所录的版本也有不和谐的地方，表 8－2 中显示，竖行所对△的各行声调有 3 个地方不是该词所押的律调。按词所押的律调为中调，所含的声调是 33 调和 44 调，但第 11 段的第 4 行、第 13 段的第 2 行韵脚声调为 35 调，第 13 段第 4 行的韵脚声调为 31 调。属于低调，35 调在大本曲流传的大理一带属于高调，表中也显示它属于高调，与多个非韵句末音节同调。关于这个美中不足现象的存在，一是可能因为出现在汉语借词“语录”的“录”，“爵禄”的“禄”，“文武”的“武”上，读音可以灵活，尤其作为非白曲歌唱的古代文人词，可以更加灵活。另一个可能是白语中的汉语借词一般有两读的规律，如今所录第 10 段的第 4 句韵脚是“师主”的“主”，白语读音可以是 si^{55} $tsv̩^{31}$，也可以是 $sɿ^{55}$ $tsv̩^{33}$，视情景定音而念，这里当读为后者，符合该词所押律调中调的规则。

综合上述，该词除 3 处可这可那外，全词是押乌韵中调的双段体叠段联章之词。它押韵押调工整，加上句中和句间律调的高低相互呼应，高低律的诵读旋律完整、优美，是白族古代诗歌难得的遗篇。已往的研究者因受时代和材料等等的局限，尚未进行综合研究，在相关的论著中有种种说法，诸如，以每 4 个长短句为一首的“二十首”之说，以两段为一联的“十联”之说，以首段押 3 个韵位概其余的“诗三韵”为体之说，以高低对立认为“仄平相间”的“平仄律”之说，均因未明其真正的音韵格律所误。今用白曲律韵、律词、句式、章法的规律两相对照，综合研究，其音韵格律的实际情况已经明了。四百年前的音韵格律和当今的白曲、山花体的读音一致，不是偶然，说明白曲律韵、律调及其格律、章法成之久远，一脉相承。

三　《十哀词》

《十哀词》是明代《故善士赵公墓志》中的铭文部分，为当时“乡友杨安道撰”。该词因由“一哀”至“十哀”排列组成，前人故称《十哀词》。此碑刻于景泰六年（1455 年），立于大理喜洲弘圭山，今已不存，始拓始录者为石钟健，今大理州博物馆亦有拓片。原文楷书竖行。由于原碑剥蚀较多，又是老白文，殊难辨识，因之研究此碑者甚少，论及此碑较多者有杨宪典《喜洲志》及周祜《大理历史文化论集》等。石钟健录缺字较多，杨献典进行考证，补齐缺字，又译出全词，虽难说尽善尽美，但也可供参考。现夹注各句末音节的初拟语音，将杨文抄录如下，作为考察其音韵格律的参考底本。（韵脚的韵母及声调、非韵句末音节的声调用粗体，字迹剥蚀者标注□。碑序也用白文，顺便节录原文和译文于《十哀词》前。）

表 8－3　《山花碑》拟音表

原文	译文
加日你倡坚：波人生在蒙城喜赕。城南村中天水郡家丘，祖波名赵名，祖夜名吴夜。樨波名□，夜名□，父名生，母名秀，生五子，坚是大男矣。聪明秀气、年岁五十五春。在家归去于乡哀。我摩提词，说仙家知。	实讲与你是赵坚，此公生长在蒙城喜洲，城南村中赵姓家里面，曾祖叫赵名，曾祖母叫吴夜；祖父叫□，祖母叫□；父名生，母名秀；父母生下了五子，杨公坚就是长男。聪明秀气，年纪只活到五十五春。他在家里死去了，一乡人为他悲哀，我么来题首哀词，说与知音的诸君。

表 8－4　《十哀词》

标准词调			原文	句末字拟音	译文
第1个AB	上段A	第1段	一哀清洁师主坚，	tɕi^{33}	一哀清洁师主坚，
			寄生在洱河花溪。	tɕi^{33}	生长在洱河花溪。
			□福有天水家丘，	xɯ^{31}	投胎于天水郡里，
			是前世修□。	khe^{33}	前世所修来。
	下段B	第2段	□心出百样课起，	tɕhi^{31}	兴来时百事搁起，
			及□心□□□坤。	khui^{33}	指点那六合乾坤。
			迤濛在风流接操，	tsho^{55}	如此风流守节操，
			阿日是阿鲜。	se^{55}	学行日益鲜。
第2个AB	上段A	第3段	二哀清诘师主坚，	tɕi^{33}	二哀清洁师主坚，
			身上在六艺三端。	tui^{33}	身上有六艺三端。
			口丘罘百家诸子，	tsi^{31}	口里讲百家诸子，
			藏仁义方规。	kui^{33}	藏仁义方规。
	下段B	第4段	无阿却上不禾羡，	?	没有一步不合线，
			无阿人上不敬尊。	tsui^{33}	没有一人不敬尊。
			推让远近贤哲人，	zɯ^{21}	唯让远近贤哲人，
			阿居纪维仁。	ȵi^{55}	一切只维仁。
第3个AB	上段A	第5段	三哀清洁师主坚，	tɕi^{33}	三哀清洁师主坚，
			金丘娘是丽水金。	tɕi^{33}	金里咱们是丽水金。
			玉丘娘是昆山玉，	y^{55}	玉中咱们是昆山玉，
			人丘是人仙。	ɕi^{33}	人中算是仙。
	下段B	第6段	投接仁脸方荁子，	tsi^{31}	高节仁俭方直人，
			贫看娘□近六亲。	tɕhi^{33}	攀扯起咱们近六亲。
			阿居城南珠婆里，	sui^{31}	卜居城南珠婆里，
			埋庄螅弘圭。	khui^{33}	埋葬在弘圭。

续 表

标准词调			原文	句末字拟音	译文
第4个AB	上段A	第7段	四哀清洁师主坚，	tɕi^{33}	四哀清洁师主坚，
			阿夕回旦北邙山。	se^{33}	哪天回归北邙山。
			春叭梨凌□不秀，	ɕu^{33}	春到霜凌仍不少，
			冬景梅不开。	khe^{33}	冬季梅不开。
	下段B	第8段	诗书五经无人看，	a^{55}	诗书五经无人看，
			琴瑟八音无人磪。	ni^{55}	琴瑟八音无人拿。
			弹茨清筝缺人峰，	fu^{33}	弹过清音无人续，
			使□□□灰。	xui^{33}	使乐器蒙灰。
第5个AB	上段A	第9段	五哀清洁师主坚，	tɕi^{33}	五哀清洁师主坚，
			朦越光阴不伽多。	tɕi^{35}	好日子过得不多。
			生虎子楞庄涧丘，	xɯ^{31}	活老虎藏山箐里，
			大树掷山巅。	tɕi^{33}	大树掷山巅。
	下段B	第10段	粉蝶忧怨不伽舞。	vʏ̩^{31}	粉蝶幽怨不飞舞，
			黄□□□□不槛。	khe^{33}	黄莺鸣叫口不开。
			众人心不然那后，	ɣɯ^{33}	众人心不满那样，
			禾做干塔添。	thi^{33}	共作干塔添。
第6个AB	上段A	第11段	六哀求仁师主坚，	tɕi^{33}	六哀求仁师主坚，
			孙子语言丘精专。	tsui^{33}	孙子语言全精专。
			鲁班手段尽斯出，	tshʏ̩^{44}	鲁班手段尽使出，
			养生智根机。	tɕi^{33}	如此立根基。
	下段B	第12段	看真那储林户宅，	tsɯ^{21}	看着你营造房宅，
			饬理娘花开阶梯。	thi^{33}	修整花园与楼台。
			蔽回踞□□不得，	tɯ^{44}	如此新居住不得，
			□□后代川。	tshui^{33}	缺后代儿孙。

续　表

标准词调			原文	句末字拟音	译文
第7个AB	上段A	第13段	七哀求仁师主坚，	$tɕi^{33}$	七哀求仁师主坚，
			做上你在□□天。	xe^{33}	如今你已上青天。
			□□□居是实□，	?	这样伤心的事实，
			禾□松欲风。	pi^{35}	像羊角风吹！
	下段B	第14段	心中不散三冬云，	$vɣ^{31}$	心中不散三冬云，
			考上结凝九夏烟。	ji^{33}	马上结凝九夏烟。
			弥□那做不回才，	?	想起你活不回转，
			成心上禾块。	$khui^{33}$	成心上垒块。
第8个AB	上段A	第15段	八哀求仁师主坚，	$tɕi^{33}$	八哀求仁师主坚，
			□□□□□□□。	$tshui^{33}$	你将老父丢后边。
			□婆绝面泣那后，	$ɣɯ^{33}$	四乡亲友为你哭，
			味肠绝成屯。	$thui^{33}$	肝肠碎成堆。
	下段B	第16段	摩商掘井你治渴，	kha^{44}	没水挖井以止渴，
			用□□□□□饥。	$tɕi^{33}$	栽种三茬庄稼防。
			养子□你治老尾，	?	养子为的以防老，
			□小则清真。	ti^{33}	年壮正养亲。
第9个AB	上段A	第17段	九哀求仁师主坚，	$tɕi^{33}$	九哀求仁师主坚，
			生踞阿乡同阿村。	$jɯ^{44}$	生在一乡同一村。
			干我经书筝琵瑟，	?	教我经书弹琵瑟，
			阿人房阿心。	$çi^{35}$	两人同一心。
	下段B	第18段	不期奔隔做不迎，	?	不期那时来不及，
			可伸报无常可嚯。	?	申报无常替换你。
			使我□□等不得，	$tɯ^{44}$	是我怯懦没做到。
			做日做日昏。	xui^{33}	整日整日昏。

续 表

标准词调			原文	句末字拟音	译文
第10个AB	上段A	第19段	十哀求仁师主坚，	tɕi^{33}	十哀求仁师主坚，
			□赵史弟覆天毡。	tse^{33}	杨赵史弟在世间。
			娘是邑甸上光角，	?	咱是乡里头面人，
			阿人价阿千。	tɕhi^{55}	一人价值千。
	下段B	第20段	阿居我张不丘意，	ji^{44}	一旦我亦有不幸，
			刎集禾原□□哀。	ɛ^{33}	也愿有人书十哀。
			□送□□□上则，	tsi^{21}	殡送依依别新冢，
			雁后镇庄碑。	pe^{33}	日后树丰碑。

该词记述死者家世、为人及寄托哀思之情，语言凄婉，哀思绵绵。

要揭示该词的音韵格律，关键在于能通读该词，才能知道押什么韵，押什么调，但是考究有难。一是该词无人通读，无注音参考；二是碑文剥蚀难辨，虽然原始录文句末只缺一字，但句意往往靠猜读；三是白文汉字复杂，汉字白读、汉字借读、汉字训读、白字白读互相交错，莫衷一是；四是汉译词难免有出入，所见者不是直译，推断也难。就白语中汉语借词而言，一般使用汉字，但一般有两读，如该词中的“金”，读 tɕi^{35}、tɕɯ^{33}；“玉”，读 y^{55}、y^{44}；“仙”，读 se^{44}、ɕi^{33}；“开”，读 khe^{55}、khe^{44}；“灰”，读 xue^{55}、xue^{33}；“规”，读 kue^{55}、kue^{33}。这些汉读，一是跟借读、音读相混，如“弘圭”是借读字，山名，白语称 ɣo^{21} khue^{55}，汉字白读为 xo^{42}kue^{33}；二是跟训读相混，如“鲜”，白语指面貌状，读 se^{55}，汉字白读为 ɕi^{33}。即使首句起韵、起调关键之字“坚”，也有两读 tɕi^{55}、tɕi^{33}。

面对麻麻乱乱、莫衷一是的读音，要求得音韵的真谛，关键在于确定韵脚字的读音，尤其是每“哀”第1句限韵、限调之词“坚”。

以上这些所举的例字都是韵脚字，从它们的两种读音中表明，一是凡韵位上的汉字韵母白语读为 i、e、ue，这些韵母在白曲词律中归为衣韵，可以断定该词押衣韵无疑；二是这些韵字的声调在白曲词律中只属于两个律调，即高调（55 调、35 调）、中调（33 调、44 标），不出现低调（21、

31、42、32等），由此可以说，全词的律调不是押高调，就是押中调，二者必居其一。如何确定二者之一，可以考虑两点：一是“坚”字声调，二是多数韵字在特定语境中该读声调的倾向性。

“坚”字虽有两读，但它是人名专有词。白族一般使用汉名，名“坚”的死者，从碑序和铭文中看出，他是一位文士，该名是汉语，作为碑文，其读音应该是汉语汉字的白读，读为 $tɕi^{33}$，声调为中平调，属白曲律调的中调。既然从这样的社会背景及语境中推断“坚”字的声调和律调，即可以拟定《十哀词》所押的律调为中调。如此拟定也符合白文读音的规则，也符合世俗押中调为最多的普遍现象。

根据以上分析，尽管所拟的部分词的读音一时难定，但根据大部分的读音结合句式和联章结构上看，该词也是山花词，其句式如同白曲，每“哀”为“七七七五、七七七五”的双段八句体。其音韵格律按白曲体式的格局，每“哀”首句末字起韵、起调之后，逢双押韵、押调，所押的是衣韵，所押律调为中调（3），非韵句末字基本以不同律调对立。其结构全篇由“一哀”到“十哀”组成，每“哀”为独立的词调，其间加序数词连接，与白曲第序联章形式无异，是一曲富有特色的第序联章形式的山花词，即‖: AB :‖n式。

对于该词的音韵，尤其是声调和谐规律，属首次分析，鉴于语言文字情况复杂，只能说初拟，如果“坚”字读 $tɕi^{55}$，为高平调，律调则为高调，那该词为押高调之词，音韵仍然和谐优美。当然，作为非歌唱的白曲文人山花词，其中稍有不和谐的律调也有可能。这些设想有待于全面解读这首词的来者，进行深入研究。

四　山花诗

这里所指山花诗，是运用白曲词律音韵格律造就的文辞典雅的齐言诗和杂言诗。它与山花词的不同在于句式，山花词的句式与白曲相同，为“七七七五、七七七五”双段八句体，入乐可歌亦可诵；山花诗的句式与白曲不同，为四字句、五字句的齐言或杂有个别长句的诗，别具一格，这种诗只能诵而不能为白曲乐曲所歌唱。这种山花诗民间称之为 pɛ^{42} ṽ̩^{42} ʦɿ^{33} sɿ^{55}（白语诗），古代有称之为“白曲诗”，显然是因其音韵从属于白语的白曲词律而称，今冠之白曲古代文称“山花”，以体现文人之作。

山花诗流传的较少，其原因也许受限于民间崇尚白曲句式的影响。但少见并非不存在，古代碑刻犹存遗篇，民间亦有流行。这里举几首山花诗，看其音韵格律情况。

（一）故善土杨宗墓志·铭诗

此碑立于明景泰四年（1453 年），原在大理喜洲弘圭山，已毁。墓志全文均用白文记述，前署名“第杨安道书白文”。铭诗为四言，刻在记叙文之后“词昨”二字之下。“昨”为曰、云之意。

今按周祜《大理历史文化论集》所载的原文和译文，夹注句末字的白语拟音，一并抄录如下：

原文		译文
玉叶杨氏，	sɿ^{55}	玉洱杨氏，
贵名勺宗。	ʦ	名讳曰宗。
年初小则，	ʦɿ^{21}	年轻时节，
六艺全通。	t	六艺全通。
迎王家女，	ȵv̩^{31}	娶王家女，
梦敬在功。	k	克敬妇功。
二子一女，	ȵv̩^{31}	二子一女，
干教诗书。	s	教读诗书。
齐寸家道，	tɔ^{55}	整齐家道，
和六亲房。	x	和睦六亲。
夭生年寿，	so^{55}	夭生年寿，
五十四冬。	t	五十四冬。
不期间丘，	xɯ^{31}	不期倾刻，
遇天花瘗。	（?）	如花瘗卒。
立碑题名，	miɛ^{35}	立碑题名，
镇万代中。	ʦ	镇万代中。

该诗句末字按白文汉字的几种读法除“痿”字不明其音外，均可通读。从所注音中看出，该诗为乌韵中调的四言诗。所押韵类为白曲乌（u、ṿ、o）韵，所押律调为中平调（33、44），非韵句末字以高平调（55 调、35 调）和低平调（21 调、31 调）与之对立。其格律与白曲词律不同的是，首句末字不用韵调，但作为不歌而诵之诗，如此安排，亦上口优美。

（二）芜山道人冢记诗

该诗刻在《史城芜山道人健庵尹敬夫妇预为冢记》墓碑上，因之简称。原碑刻于清康熙癸未（康熙四十二年，1703 年），立于大理弘圭山，今无存。碑文记叙文部分亦为白文，引庄子、列子之语，论生死之理，胸襟旷达，文辞雅致。其后题“附白曲一诗”。该诗按周祜《大理历史文化论集》原文、译文，今夹注句末字白语拟音和句序，抄录如下：

原文		译文
天地吪当姥，	m	天地乃人的父母，
寄生有我功。	k	我能寄生在世是他的恩德。
要□恩情报，	pɔ^{55}	我想报答这种恩情，
做龙不得珠。	ts	可是要游龙一样探不到宝珠。
空度日吪月，	ua^{44}	我不能空度岁月，
读书心不亏。	kh	只有不甘心地苦读诗书。
喜得照镜心明时，	tsɿ^{21}	高兴的是偶尔心有所得，
惊醒五更钟。	ts	猛醒已是天亮五更。
看透豆身假，	tɕa^{31}	看透了前身是假，
天外会祖公。	k	到天外会见祖公。
幻化喔日了，	la^{42}	世事原如幻梦。
峨乾心伤。	s	大家枉自伤心。
做人□放旷，	khua^{55}	做人要旷达，
神仙只饮杯。	ts	杯中有神仙。
快活□要忍，	zɯ^{31}	快活时要忍，
吪脑喏莫脑。	n	人恼你莫防。
□毛气绝申，	sɯ^{55}	一朝气咽后，

世间事不知。	m	世事总茫然。
灵魂游处晓吒少，	ɕu^{33}	灵魂游处知多少，
黄泉路里藏身躯。	kh	黄泉路里藏身躯。
嗯头靠西北，	pɯ^{44}	头颅靠西北，
嘴眼斜看东。	t	嘴脸倾向东。
嗒苍山吒寂，	tɕi^{35}	同苍山寂静，
配河水朝宗。	ts	配洱海朝宗。
日光朗处照天理，	li^{31}	日光朗处照天理，
浮云尽处扫文章。	ts	浮云尽处起人文。
后皚子孙祭，	tɕi^{44}	后世子孙如祭我，
豆又耳□聋。	k	我也听不清。
清风□□□，	（?）	清风徐徐来，
时时吹嗯□。	ph	时时吹我身。
玉月豆轮白长长，	tsa^{21}	高空明月白生生，
照嗯□嘩吒。	n	照我阴宅间。
要□见鹊听鹊声，	sɯ^{33}	我只有鹊鸣听鹊声，
花开看花光。	kua^{33}	花开看花枝。
木男石女间，	（?）	长男少女们，
见曲自然通。	th	见曲自然通。
传与乡党后辈人，	zɯ^{42}	传与乡党后辈人，
看嘿咋锵吒不锵！	p	看后认为是什么就是什么！

此诗抒发作者对古稀人生的感悟。前面的记叙文引经据典，后面的此诗直抒胸臆，既独立为诗，又是记叙的补充。诗前“附白曲一诗”的题款，与前朝题款“山花一韵”“词记山花”不一样，表明与“山花”和白曲有所不同，而是运用白曲或“山花”音韵而作之诗，非全依白曲和“山花”。视其断句，不同在于句式，是以五言为本杂以少数长句的自由诗。结合内容和风格看，似乎只有这样不拘一格的句式，才能表达作者天上人间纵横驰骋之情。

诗句中的字词，除白文各种表音表意字外，白字较多，有些白字当今民间仍然使用。由于时过境迁，如今全诗难以通读，今注音除 3 个字外，根据白文表音方法和语境拟出本音。从句末字韵、调上看，押韵齐整，所押的是白曲韵类的乌（u、o、io）韵；高低律调基本齐整，所押的主要是白曲律调中的中调（33 调、44 调）；非韵句末字主要是高调（55 调、35 调）和低平调（21 调、31 调、42 调），与韵字律调对仗。这里所说“基本齐整”，是因为在律调相押和对仗上，存在不和谐之处，即第 26、28、30 句，按高低律的要求，应为中调，而实际不论白文的哪一种读法，只能读出高调，但相应的非韵末声第 25 句（31 调）、27 句（44 调）、29 句（疑非高平调）与之对应，形成这六句的律调押高调的和谐格律。另外，有的非韵末字的律调本不该与韵字同调，但个别地方（第 21 句、第 30 句）却与韵字同调，这也不够理想。为什么出现个别不同律调格律的段落和字词？这也许与作品的思想内容相关，作者抒发其超凡脱俗之情，突破句式，也突破音韵格律，平衡中的不平衡，稳中突起，更增强表达效果。

综合以上分析，可以说该诗是押乌韵中调五言杂句的山花诗。

（三）咏　春

广义地说，白语咏春诗很多，它们文辞典雅，文气很浓。形式多为白曲“七（三）七七五、七七七五”长短句式的山花词。其中也有的非白曲句式的齐言诗，人们称之为 pε^{42} ṽ̩^{42} tsɿ^{33} sɿ^{55}（白语诗）。这里举一首：

sue^{55} miɯ^{42}kku^{21} xo^{55} tshε^{42}，　　石榴花朵赤，
çy^{55} li^{55} phu^{55} ji^{31} sε^{44}。　　雪梨青果涩。
xẽ^{55} no^{33} ko^{55} tsɿ^{33} fv̩^{55}，　　v̩^{55}　　天上鸽子飞，
ta^{31} xɯ^{31} o^{21} mε^{55} tshuε^{44}。　　田间蛙儿戏。

此诗流传较广，作者难考，流为民间文学。句式为五言四句，如同汉语五言绝句，诗情画意浓郁，音韵优美别致。短短 20 字，让人如同置身于春景之中，春的色彩、春的味道、春的形态、春的声响，可见、可闻、可尝，意趣无穷。乡村石榴花所体现春之艳丽，也许谁都可以感受，而其他三句的意趣可不尽然。如，被译为“青果”的 phu^{55}，白语指花谢不久味道苦涩的小梨子，其味是天真烂漫的孩提时所尝到的，给人回味人生儿时滋味；鸽子，村民常养，多为哨鸽，群飞“呜呜”作响，体现春之喧

闹；被译为“戏”的 tshuε[44]，汉语无等值之词，白语意是物体在水中上下动作的拟声词，巧用这个词描绘田蛙水中活跃之状，既有声响，又有形态。如此短短的20个字，色、味、声、形样样俱全。

该诗格律严谨，句式精巧，音韵优美。押韵押调的格局与白曲和山花词相仿，首句起韵、起调，而后逢双押韵、押调。所押的韵是白曲的艾韵，所押的调是白曲律调的中调。相对的非韵句末音节的律调以高调与之对仗，还有句中和句间音节的高低对仗错落有致，朗诵旋律如同一首富于变化的乐曲。其句中和句间高低律调的朗诵旋律排列如下：

5　1　1/ 5　3 /
5　5　5/ 1　3 /
5　3/ 5　3 / 5 /
1　1/ 1　5 / 3 /

如此高高低低的音律，用五声制的音哼之，优美动听。用这样优美的旋律表达诗情画意，既是乡村风情动画，也是一首乡村春歌。

第九章　汉语山花词

在全面考察白曲词律时，不难看到一种特殊的新诗体：它的语言不是白语，而是汉语；它的句式是白曲长短句，而在汉语诗体泱泱长河中却不曾见过；它的音韵格律既可用汉语诵读，优美流畅，又能为白曲乐曲歌唱，使之插上腾飞的翅膀。这种诗体，具有双重文化性质，为汉白共赏。从汉语诗体的角度看，句式长短错落别致，音韵回环优美，是汉语诗坛上古无今有别具一格的一种新品种，尤其尚能歌唱，犹如古代曲子词的“活化石”；从白曲的角度看，它是白曲词体的另一种语言形式，是白族文学发展过程中衍生的一种诗体。双重文化性使它成为祖国艺苑中汉、白双语文化的一朵奇葩。白曲词体古称“山花”，对这种白曲词律造就的汉语诗，人们沿称为“山花词”。汉语山花词在诗坛上屡屡出现，显示它的存在，既然存在，研究它，是白族文学的需要，也是汉语文学的需要了。本章即对汉语山花词现象及其体式进行探讨分析。

一　汉语山花词的应用领域

白曲因在白族地区使用之广，影响之大，几乎成为白族所有诗歌艺术体裁的总称。在各民族的文化交流中，人们一谈白族诗歌的体式，一见“七七七五”就认定是白族诗歌的独特体式。这种文化认同的社会原因及其他语言文化的因素和作用，导致翻译白族诗歌和创作白族历史及当代社会题材时，似乎如果不用“七七七五”的山花体，就难以反映和表达白族的思想感情。因此，在文化交流的领域和汉、白共赏的领域，诗人作家们钟情于山花，广泛运用山花体进行翻译和创作。由于语言的拓宽，它的创作群体及题材不仅限于白族，凡热心于这种词体的诗人、作家、文学爱好者，不论是白族，或是汉族和其他民族，不论是白族题材，或是其他任何题材，有感即发，驰骋想象，进行翻译和创作，运用于广阔的社会生活，表达丰富多彩的思想感情。

由于山花体发源地和作者群体的关系，当今山花体应用领域主要在三个方面，即白曲作品的翻译和改编。白族题材的歌曲、曲艺、戏剧、影视作品唱词的创作，表现作者思想感情的抒情诗歌的创作。

白曲作品的翻译和改编，由于汉、白语言和文化关系密切之故，翻译白曲时，人们往往追求汉语保持白语的句式，音韵合乎汉语的音韵格律。在翻译领域中似乎不这样做，就不能尽情尽意，不能体现白族风格，也不能为汉语文化读者所接受。因此，白曲的翻译作品几乎都这样做。这里顺手举一首词例，试从汉语的角度吟诵欣赏：

为何一马备双鞍①

小心肝，
为何一马备双鞍？
为何一房有二主？
气痛我心肝！
你想一箭射两个，
你想一刀砍一双。
一碗饭上两双筷，
谁吃都不香！

实际上，这首山花词是一首白曲情歌，它接近于直译，与其原白语白曲曲词几乎无异。类似这样的译词，若不知其来源，依其句式和声律，谁能说不是汉语诗歌。尤其用云南话吟诵更有音韵的美感，韵味更浓。但

① 见《中国民间情歌·少数民族卷·白族》，上海文艺出版社1989年版。

是，在浩瀚的汉语诗词体式中都找不到这样的一例，查遍当代最大的《词律辞典》中三千多种正体、变体，都找不到相同的一体。有的论者看见这样的诗词时说："这是我国诗坛上山花词现象。"这话不假，你看：白族民歌几乎都用山花体翻译而成。如《白族民歌集》《白族叙事诗选》《白族情歌一百首》《中国民间情歌·白族》《石宝山情歌一百首》《白曲精选》《白族歌谣集成》《大理旅游歌》《白族歌谣集成》《白族长诗选》《白族文艺精粹》等图书。不仅如此，白族题材的影视剧、舞台戏剧、曲艺的唱词也用山花体而成。如，影视和舞台的《五朵金花》《五朵金花的儿女》《苍山会盟》《苍山红梅》《阿盖公主》《蝴泉儿女》《红色三弦》《试验田中一枝花》《白子兵抗日》等名篇佳作的唱词。有的散文、小说，为了塑造人物个性，显示民族生活气息，也要插上几首山花词。更有甚者，举凡盛世情怀的豪迈抒发，故国怀古的探幽寻访，南北风情的婉辞吟咏，国外观光的闲情拾趣，中外友人的友情酬唱、书法题赠等，这样的词屡屡出现各种报刊。最近又见《山花词钞》《词寄山花——咏剑川》两部汇集，有各民族的作者一百多位，其中有耄耋老将，有年轻新秀，还有女词人。词坛上有这么多的山花词和作者，即使是一个民族的古今生活题材，也已经不简单了，更何况题材包罗万象，作者天南海北，这确实是当代诗坛上一种奇特的文化现象。这里且举几例。

电影《五朵金花》唱段①

燕子衔泥为做窝，
有情无情口难说，
相交要学长流水，
朝露哥莫学。

① 季康、公浦：《五朵金花》，长春电影制片厂1958年出品。

歌曲词：迎宾曲[①]

翠茵茵来翠茵茵，
长叶荷塘水清清。
塘边喜鹊登梅树，
枝头报佳音。
采得松杉搭彩门，
唱起白曲迎嘉宾。
三道烤茶香扑鼻，
喜酒满满斟。
客来苍洱添喜色，
主欢客笑情谊深。
红莲白藕相依托，
本是同根生。

填词：谒高昌在古城遗址[②]

汉时丝路唐时天，
高昌兴盛在边关。
千年古垣千古事，
游客想联翩：
“高昌乐”舞唱盛世，
“菩萨蛮”歌颂新篇。
南北万国一彩台，
历千古——
不灭天地间。

① 见《白族乡音》第1集，云南音像出版社1986年版。

② 见《大理师专报》1994年5月31日，高昌古城遗址在新疆吐番。“高昌乐”“菩萨蛮”为唐代曲子曲词调，后者据考由云南一带传入中原。

白剧唱词：曲中藏深奥①

曲调如酒醉心房，
欢欢喜喜聚一堂。
难得知音来相会，
倾听表衷肠。
歌声传情表心意，
越唱柔情越更长。
唱到这里歇口气
贵客哟——
请你多包涵！

墓志铭：剑川一墓志铭

人生坎坷去无踪，
一阵清风成仙翁，
唯有松风最知情，
凭悼寄长空。
情洒泥瓦小屋外，
意在天下大事中。
乡情又失应答人，
悲哉“万事通”！

碑记：玉华水库铭文碑

千年理想千年梦，
几代努力几代空。
东方升起红太阳，
一代就成功。

① 引自白剧《红色三弦》，大理州白剧团1962年演出油印本。

以上所举为几个领域的几首汉语山花词，明确显示出自于白曲词律。

用汉语文化心理赏析这些山花词，读者并不陌生，类似这样的艺术歌曲中也有，古词牌《阳台梦》的下段就是七七七五，又如当今广为流传的台湾电影《妈妈再爱我一次》主题歌《世上只有妈妈好》，其歌词中除可有可无的“的”字外，也可算是由“七七七五”长短句的歌词：

世上只有妈妈好，
有妈的孩子是块宝。
投入妈妈的怀抱，
幸福享不了。

世上只有妈妈好，
没妈的孩子像棵草。
离开妈妈的怀抱，
幸福哪里找。

这首歌词的音乐曲式结构是单段四句式的反复，与白曲单段四句式的词调相同。还有如《草原上升起不落的太阳》的歌词也有“七七七五”长短句。这些表明，汉语山花体是能为汉语文化的读者所接受的、喜爱的，只不过汉语中的这些歌词很少见，这是不约而同的偶合现象。再说，文坛兴起依声填词三五七言为主长短句之风，从唐代以来，一直延续至今，文坛对长短句有赏析传统，今天汉语山花词的出现是有它深厚根基的。由于人们不约而同，习以为常，殊不觉，身边竟出现千千万万首这样只有带有特色的民族诗歌！

二　汉语山花词现象分析

汉语山花体出现在汉语诗坛，民族不同，语言不同，汉语何能以白语山花为体，何能为汉白共赏，在常人看来，这似乎是不可思议的一个奇异现象。然而，联系汉语诗歌发展史上各民族的文化交流，语言实际，音乐规律，并非不可思议，而是顺理成章、自然而然之事。

汉语诗歌是广采博收各种诗歌的养料、依照自身的内在规律而发展的，其中也包括对少数民族诗歌体式的吸收。一般意义上说，汉语诗歌多指文人书面形式的诗词，它的体裁形式源于古代民间和不同阶层的习俗歌谣。其后的汉魏乐府、民歌及隋唐民间“曲子”的许多养料对它的丰富和发展都起着重要的作用。体式上，从《诗经》的四言、杂言到古风五言，再到近体诗七言与“长短句”并存，可以看出它发展中受民歌影响的轨迹。尤其唐代，国力鼎盛，万国来朝，献歌献舞，是历史上各民族以至当时域外文化交流的黄金时代，汉语民歌、少数民族及邻国民歌的体式大量被汉语吸收，文人墨客热衷于“依曲填词”，争奇斗艳，成为当时的风行时尚。诗仙李白醉心于此道，亦擅长于此道，他采用“菩萨蛮”和“忆江南”的两个词调被后世称为“百代词曲之祖”。其中的“菩萨蛮”据考是从西南传到中原的，是当时少数民族的词调。此风南北朝时已兴，史载当时歌舞音乐“陈、梁尽吴楚之音，周齐皆胡虏之音”。吴楚之地不乏少数民族，胡虏尽少数民族，皆被吸收运用。至唐朝的“十部乐”“清平乐”“西凉乐”“龟兹乐”“康国乐”“疏勒乐”“安国乐”“高丽乐”“燕乐”“高昌乐”，十之八九为少数民族的民歌，由此可见朝廷颁布规范的音乐歌舞中大量使用少数民族音乐歌舞的盛况。被采用少数民族的词调为数不少，如在洋洋词谱中“胡渭州”“八拍蛮”“苏幕遮”“纥那曲”“胡捣练”“赞普子”“六国朝”“婆罗门”等等。由于广泛吸收各族民歌时尚的推波助澜，唐代即出现独具特色的新诗体——“词”，至宋代成为汪洋大海之势。从汉语诗歌发展历史的回顾中清楚地表明，汉语诗歌的内在有着一个积极的因素，即汉语诗坛具有开放性的特点，主动广收博采，丰富自己，发展自己。古代如此，代代相袭，今天考究汉语何能以山花为体的问题，实际是历史的再现，问题也就顺乎自然了。汉语诗坛具有开放性的特点，这是汉语山花词现象出现的原因之一。

这里需要说明的是，汉语诗坛开放性与社会政治、经济、文化密切相关。自宋之后，由于历史的原因，汉语诗词中各族民歌成分较少，几乎断代，连唐宋遗存的乐谱最后也成为“天书”。至清末民国期间，随着西方文化的引进，汉语诗坛开放性转向西方，所吸收的欧化诗风行一时，推进了汉语自由诗的发展。这与唐代相比，不免使人感到有些舍近求远。新中国成立之后，随着民族平等、团结，共同繁荣的实现，各民族民歌的搜集整理及文化交流展示了空前的崭新局面，给汉语诗坛提供了广采博收的广阔天地。这时几乎断代的历史又开始再现，许多少数民族的题材、风格、形式的新鲜养料被汉语诗坛吸收，其中自然也包括对白曲山花的采用了。

第二，汉语本身固有特点具有广采博收各族民歌的功能。作为一个民族民歌的体式，应该说是该民族的“专利品”一般，其他民族是难以转用的。然而，唐宋词已有先例，今汉语白曲山花词的现象也表明，汉语是能够加以消化、改造，为我所用的。这是由于汉语固有的特点导致的。汉语在这个方面的主要特点是：音节有声调。声调的性质从物理属性而言，是一个音高，与音乐的音高同一属性，一定的音高组织就是乐曲的旋律、曲式。歌词语言的音高、句段等要素是与乐曲相对应的。这一个对应规律，为汉语提供了用自己语言的音高（声调），通过乐曲，吸收其他民族语言民歌体式的方便。历史上汉语吸收的各民族以至当时域外的民歌体的“曲子词”，就是靠这个自身固有特点而实现的。尤其对于与汉语同类型有声调、音节单位清晰的其他民族语言的民歌体式而言，汉语吸收更是近水楼台。白语是与汉语关系亲密的语言，以其所造就的白曲山花体，为汉语吸收、改造更有便利条件。

第三，白族文化为汉语诗歌广采博收提供得天独厚的条件。白、汉文化交流历史久远，白族崇尚先进的汉文化，白语受汉语影响很大，在同源成分之上又复加了吸收汉语的许多成分，尤其是历代汉语的文化词语。这些文化词语在白曲中往往照搬或以各种变式应用于白曲，它们担载的诗歌音韵，两种语言往往同一或对应。同时，白族对自己的诗歌追求字、句的调（律调），旋律的韵、调和谐，与汉语诗歌格律有共通之处，属于同类型的诗歌体式。语言亲密又复加许多互通、相近、对应的文化因素，尽管语言和诗歌音韵体系有着本质的区别，但字、句、韵、调所体现的音乐美，使用两种语言的人们都有同感。事实表明，白曲可以咏唱音韵有对应关系的汉语绝句、七律，同样，以汉语的文化心理也可感知白语音韵的优美。由于白、汉语言和文化的共通和相近，白曲山花体对汉语来说，最为接近汉语诗歌词体，为汉语诗歌吸收提供了近水楼台之便，不需多加消化、改造的过程，既能保持原来的风骨，又轻轻拿来，为我所用。在这个各族文化大交流的新时代，白曲山花体以它得天独厚的条件，捷足先登汉语诗歌的大雅之堂，当是自然之事了。说到这里，不禁使人想到大诗人毛泽东关于诗的一句名言：“将来趋势，很可能从民歌中吸取养料和形式，发展成为一套吸引读者的新体诗歌。”① 这话是有道理的，是汉语诗坛开放性的体现，也是汉语善于广采博收各族民歌的·养料和形式的历史经验的总结。当今前程更加广阔，毛泽东的预示正在实现，各族民歌的养料和形式将给汉语诗歌百花园增添新的色彩。

三 汉语山花词格律

汉语山花词格律严谨，如同古代律词。然而，时下显示这样一个很有趣的现象：它一反当今填写古体词调的常态，即不拘泥于咬文嚼字，而是对身边事用口头语填写创作，语言纯朴自然，生活气息清新浓郁，贴近生活，给人没有填词神秘之奇，而有人人可为的亲切之感。当然，这种人人可为是建立在熟悉两种语言的山花词体格律之上的，这里就汉语山花词的格律进行分析。

（一）句 式

汉语和白语都是音节单位清晰、语法结构同类的语言，用汉语造就白曲山花词的句式是很容易的事。根据古碑刻所载，白曲山花体只有一种，即双段八句体“七七七五、七七七五”。后经流变，主要为两种，即：

双段八句体：七（三）七七五、七七七五

双段七句体：七七（三）五、七七七五

（括号表示该句可七可三）

依以上两种体式填词难以尽意时，则采用叠段联章，即重复下段的句式（包括音韵）。在白曲中，这些句式及其联章结构是由乐曲曲式决定的，而汉语山花词，往往由于脱离乐曲，只要依照这几种基本句式，也就是山花词的句式了。

山花词的句式还有定位变式和自由变式，是在乐曲旋律允许之下，尤其定位变式在词调中显得很活泼，更能适应文学上表现思想感情起伏的变

---

① 引自《毛主席给陈毅同志谈诗的一封信》，四川人民出版社1978年版。

化。在一定的位置上增添几个填充衬词的实词，往往起到意想不到的效果。（变式情况参见第一章）

（二）韵类和韵式

因是现代汉语的山花词，韵类用一般诗歌所用的“十三辙”。当然，山花体出自云南，作者、读者、听众多为云南人，用现代汉语的云南话韵类也可。现在所见的汉语山花词的韵类大多用云南话的韵类。

韵式即押韵格局。山花词和汉语诗歌的韵位基本相同，即押脚韵。所不同的是，汉语诗歌首句一般没有严格要求，可押也可不押，而山花体第一句末字，必须押韵。这一点，与汉语绝句或其他诗歌相同。至于其他韵位，因两种基本词体的句数有奇句和偶句之别，韵位分布有所不同。总的来说，汉语山花体的韵式是：首句起韵，偶句体逢双押韵；奇句体逢单押韵。偶句体指双段八句体，奇句体指双段七句体。

（三）调类和调式

调即律调，是语言自然声调艺术律化的特殊调类，汉语诗歌的平和仄，就是两个律调。汉语山花词对律调和谐的要求甚严，可以说，没有律调和谐律，难说是汉语山花体。这如同平仄对于汉语古体诗词一般，“没有平仄规则就没有诗词格律”①。

山花已改变了语言形式为汉语，韵类既从汉语韵类，调类亦应从汉语调类。考察汉语山花词，其调类显示有三大类型：一类是沿用汉语平调和仄调，即用现代汉语的平和仄，平声包括阴平（55 调）和阳平（35 调）；仄声包括上声（214 调）和去声（51 调）。一类是与白曲词律的律调相对应的汉语高调、中调、低调。去声为高调，阴平和阳平为中调，上声为低调。在后一类中需要说明的是白剧和大本曲的用调问题。这两种艺术门类是双语戏曲，是白语戏曲时，其中汉语成分再多，哪怕整段唱词都是汉语，也从属于白语，它的韵、调用汉字白读，音韵属于白语；是汉语戏曲时，它是白族地区特殊的汉语土语，腔调怎么与白语腔调相同，它还是汉

① 王力：《诗词格律十讲·诗韵的单仄》，北京出版社 1962 年版。

语，韵类属于汉语，律调及其和谐格局从属于白族汉语土语，用高、中、低三调及其高低律。

平仄也好，高、中、低也好，普通话与云南话、大理话有别，用何种话均可灵活，二者之间有对应关系，读者和听众置于一定的语境，自有转读的审美观。

调式即押调格局。汉语山花词不求句中的平仄相间或高低相间，也不求上下句间相应位置上的平仄或高低对仗，其声调和谐律主要体现在各句的句末字上，即韵句既押韵又押调，非韵句末字以不同调类与之相对仗。这种声调和谐律，若律调为平、仄，则称之为平仄律；若律调为高、中、低，则称之为高低律。至于句中和句间的平仄或高低，顺其自然，不强求，一般自然和谐。

两种调类及其和谐律的音韵效果有同有异。相同者，都在一定程度上反映汉语诗歌的音韵美感，平仄律在书面文学中历史悠久，积习已深，已成审美定势；高低律虽为现今根据实际新启用的术语，但可视平仄律的具体化，音韵的美感比平仄律有增无减。二者不同的是：调类和押调宽严不一。平仄律只能押平声，即每首都是平声的词，仄声只能作非韵句的对仗声调；高低律押高、中、低三调，即有高、中、低三种调类不同的调，非韵句以与之不同的调类对仗，押高调的词，非韵以中或低调对仗，押中或低调的词，非韵句一般以高一级的调类与之对仗。除这两种不同调类外，还有一种，即以自然语言的四声各自为类，各自押调，这是汉语山花词最理想的声律，汉语诗歌史上也有这样的押四声的诗歌。但这种四声律较窄，使用不方便。三种不同的调类比较，还是高低律为好，因为它可入白曲乐曲，可以给诗意增添腾飞的翅膀。

四　汉语山花词词谱

词谱，是沿用汉语词学术语，指的是某一个词调的字、句、段、韵（律韵）、调（律调）的格式。汉语最初作词是“依声制调”，即依据曲调而填写新词，这样的词叫“曲子词”。后因曲调亡佚，文人根据留下来的曲子词的字、句、段、韵、调的格式填写新词。这种格式从音乐曲谱演化而来，称为词谱，按原词的句式和音韵格式填词，即称按词谱填词。各族作者填写汉语山花词，虽有白曲曲调的乐谱可依，但因熟悉程度不同，不需要也不可能“依声制调”，而只需依从字、句、韵、调的格式的词填词。

汉语山花词的词谱与汉语古代曲子词的词谱是同一种类型，各个词调都有字、句、段、词、韵、调的固定格式。在分列词谱之前，需要把韵类和词类做个说明。

韵类：汉语山花词可用“十三辙”，也可用云南话韵类。但这里需要说明的是，云南话韵类不等于白族的“汉字白读”的韵类。汉字白读与汉语汉字性质不同，各自从属于不同的语言。汉字白读属于白语中的汉语借词，它在白曲中，尤其在白语大本曲中，即使有的唱段大部分，乃至全部是汉语词，仍然为白语中的汉语借用的词语，“白读”的韵类仍从属于白语系统，不能当作汉语山花词的汉语韵类。为了方便辨识，现将“十三辙”与云南话韵类和“汉字白读”韵类大致地区别统列如表 9－1。（韵母符号为汉语国际音标。）

表 9－1　韵类对此表

<table>
<tr><th colspan="2">汉语十三辙</th><th rowspan="2">云南话韵类</th><th rowspan="2">白语韵类</th></tr>
<tr><th>名称</th><th>所含韵母</th></tr>
<tr><td>发花</td><td>a　ia　ua</td><td>发花</td><td rowspan="2">阿韵</td></tr>
<tr><td>江洋</td><td>aŋ　iaŋ　uaŋ</td><td rowspan="2">言前
江洋</td></tr>
<tr><td>言前</td><td>an　iɛn　uɛn</td><td rowspan="2">艾韵</td></tr>
<tr><td>怀来</td><td>ai　uɛi</td><td>怀来</td></tr>
<tr><td>灰堆</td><td>ui　uei</td><td>灰堆</td><td rowspan="3">衣韵</td></tr>
<tr><td>一七</td><td>i　y</td><td>一七</td></tr>
<tr><td>也斜</td><td>ie　ye</td><td>也斜</td></tr>
<tr><td>姑苏</td><td>u</td><td>姑苏</td><td rowspan="5">乌韵</td></tr>
<tr><td>波梭</td><td>o　e（ə）　uo</td><td>波梭</td></tr>
<tr><td>由求</td><td>ou　iu</td><td>由求</td></tr>
<tr><td>遥条</td><td>au　iau</td><td>遥条</td></tr>
<tr><td rowspan="2">中东</td><td>uŋ　iuŋ</td><td>中东</td></tr>
<tr><td>əŋ　iŋ　ueŋ</td><td rowspan="2">人辰</td><td rowspan="2">厄韵</td></tr>
<tr><td>人辰</td><td>ən　in　un　yn</td></tr>
</table>

调类：汉语山花词的调类是一种律调，主要体现在律化声调类别上，调类有3种划分法。

以“四声”各自为类，分为阴、阳、上、去4类；

以传统平仄归类，分为平、仄2类；

以声调的音乐性归类，分为高、中、低3类。

填词时可任选一类，各有利弊。第1种比较理想，但过于烦琐，分得过细，选词不便。第2种虽然符合文人传统习惯，可以使用，但过于笼统，未必符合汉语声调造就诗歌音乐性的实质，诸如遇到唐宋词中押去声的词时，可能无确切之语解释。第3种名称从白曲词律引进，但也表达了汉语诗歌的声律实质，实际上是平仄及平仄律内涵的具体化。其原因这里只简单说一点：古人把去声和上声划归于仄声，只揭示了“不平”之义，而去声和上声之间存在着大的音高差别，只以“仄”笼统概之，未必符合汉语诗歌音高组织的朗诵旋律。通过3种划分法的简单比较，汉语山花词的律调使用高、中、低为好，从应用的角度讲，它既不烦琐，又避笼统，选词较为方便。

现将汉语普通话和云南话三种声调类型及山花词的律调对照如表9－2：

表9－2　律调对照表

<table>
<tr><th colspan="4">普通话</th><th colspan="2">云南话</th></tr>
<tr><th>调名</th><th>调值</th><th colspan="2">山花词律调</th><th>调值</th><th>山花词律调</th></tr>
<tr><td>阴平</td><td>55</td><td rowspan="2">平</td><td rowspan="2">中调</td><td>44</td><td>中调</td></tr>
<tr><td>阳平</td><td>35</td><td>212</td><td rowspan="2">低调</td></tr>
<tr><td>去声</td><td>51</td><td rowspan="2">仄</td><td>高调</td><td>31</td></tr>
<tr><td>上声</td><td>214</td><td>低调</td><td>53</td><td>高调</td></tr>
</table>

山花词的律调高、中、低所含自然声调表面上看似乎与普通话调值不一，但实际的音形、音势是与高、中、低律调的机理相一致的。如果把音高加缓加长，那么，可以看出去声的起始点大约为阴平点上，然后升高才降，制高点是关键之处，所以为高调；阳平中升致阳平高度，在去声之下，所以为中调；上声低降升，在阳平之下，所以为低调。低、中、高的音高如果按乐理定调，可为口语中的最低音和最高音及其中音，它们当中

存在着三度和旋的关系。如果以音乐符号表示，把 1（do）、3（mi）、5（so）转变为五声制的等级音阶哼，律调便是音符了。

汉语山花词要求这样三级音高，只要符合这三级音高，就具有山花词的主要特征，即使句数、字数有所变化，按三级音高的押调规律进行，也能入白曲歌唱。同理，即使是其他语言，不管声调调值如何，能归纳出 1、3、5 的调类，并按山花词押调规律排列，也可入白曲乐曲，也成另一种语言的山花词。

汉语山花词的词谱由于字、句、段、韵、调的不同，有不同类型和数目。若按双段八句“七七七五、七七七五”的句式，十三辙和高、中、低三调计，词谱为 13×3=39 个。双段七句式也应有 39 个。两种句式的词谱总共应有 78 个。如果以平仄两调计，则减半，应为 39 个；如果以四声四调计，则增加三分之一，应为 52 个。由于平仄过简，四声过繁，韵类又与词的特性——音乐旋律关系较远，因此，山花词的词镨，既不计四声和平仄，也不计韵类，只需用两种句式和三个高低律调计，总共只有 6 个。为了使词谱简明，根据山花词音韵和谐的关键在句末字上高中低对仗的特征，下面以七、五分别代表七字句和五字句，以 1、3、5 分别代表韵脚字低、中、高 3 个律调，以▲代表韵句末押韵字，△代表非韵句末字与韵句不同韵调，列山花词 2 种句式 6 个词调的词谱表，见表 9－3：

表 9－3　山花词词谱表

句的字数	双段八句三调				双段七句三调			
	句序	高调（5）	中调（3）	低调（1）	句序	高调（5）	中调（3）	低调（1）
七	1	▲5	▲3	1▲				
七	2	5	3	1	1	▲5	▲3	▲1
七	3	△	△	△	2	△	△	△
五	4	▲5	▲3	▲1	3	▲5	▲3	▲1
上下段分界					上下段分界			
七	5	△	△	△	4	△	△	△
七	6	▲5	▲3	▲1	5	▲5	▲3	▲1
七	7	△	△	△	6	△	△	△
五	8	▲5	▲3	▲1	7	▲5	▲3	▲1

注：① 八句体的第 1 句和七句体上段第 2 句的字数可七可三；

② 两种体的句中和句间的字调一般顺其自然。

时下所见汉语山花词 6 个律调的词谱使用频率不一样，就句式而言，翻译类两种都有，戏剧、影视节目唱词一般使用八句体及其变式，歌曲、曲艺、抒情诗等常用八句体。就律调而言，不论哪个领域，押中调的词多，押低调的词为次，押高低的词最少。下面举常用八句体词谱高、中、低 3 调例词：

（一）高调词 · 说话①

说说话，		发花韵去声	▲5
何必动气把人骂。		发花去声	▲5
就是打我几棍子，	tsɿ^{214}		△
厚脸皮招架。		发花去声	▲5
砍柴已到高山顶，	tiŋ^{35}		△
割草已到田埂下。		发花去声	▲
任你大骂我笑答，	ta^{35}		△
厚脸皮招架。		发花去声	▲5

该词押发花韵高调（去声），两个非韵句末字以低调（上声）、中调（阳平）与之对仗。

（二）中调词 · 题兰州石雕“黄河母亲”②

丰肌丰乳卧河边，		言前韵阴平	▲3
慈祥恬静天地间。	ɛ̃	言前韵阴平	▲3
怀中稚儿只顾饱，	pau^{35}		△
直往乳峰攀。		言前韵阴平	▲3
慈母笑搂亲宝贝，	pe^{51}		△
稚儿乐跃暖怀弯。		言前韵阴平	▲3
黄河岸边母子情，	tɕhiŋ^{35}		△
磊落对苍天。		言前韵阴平	▲3

① 见段伶记译，杨应新转译《白曲精选》，云南民族出版社 1994 年版，第 273 页。

② 见《大理师专报》，1994 年 5 月 31 日。

该词押言前韵中调（阳平），两个非韵句末字以低调（上声）与之对仗。

（三）低调词·没啥子①

没啥子，　　一七韵上声　　▲1
一路擦汗追妹子。　　一七韵上声　　▲1
蜜蜂盘旋花开处，　　$tshu^{51}$　　△
不必问啥子。　　一七韵上声　　▲1
爱你桃花好脸色，　　$sə^{51}$　　△
爱你柔嫩金身子。　　一七韵上声　　▲1
上前跟你说说话　　xua^{51}　　△
耽误一下子。　　一七韵上声　　▲1

该词押一七韵低调（上声），两个非韵句末字以高调（去声）与之对仗。

如果以四声各自为调类，以上3首可以说已用了3个调，它们分别是：阴平、上声、去声。还有阳平调未用。按该调的调值是35，其音势由3到5，5可以延长，应归中调，人们的审美习惯也如此。但如果以四声为调类，阳平调可以独用。下面举一首阳平调的词可供参考。

（四）苍山雪②

苍山雪，　　▲（阳平）
巍巍罗列耸天阙。　　▲（阳平）
千古圣洁尘不染，　　（上声）
亮世间高洁。　　▲（阳平）

① 见段伶记译，杨应新转译《白曲精选》，云南民族出版社1994年版，第251页。
② 见《大理师专报》，1993年11月30日。

"望夫云"霞遗情爱， （去声）

"苍山会盟"续谱牒。 ▲（阳平）

任随风云多变幻， （去声）

雪源永不绝。 ▲（阳平）

双段七句体的词谱都有押高、中、低三个律调的词，也很活泼优美。如：

（五）山路弯弯①

这条山路弯弯， ▲3

陡又陡， △

没人往上攀。 ▲3

春天路上草发绿， △

夏天路上花开鲜。 ▲3

只因山高路又陡， △

没有往上攀。 ▲3

该词押"言前"韵、中调，以高低和中调与之对仗，音韵和谐优美。

填词所填的词是一种律词，不仅要求句末字的音韵格局安排工整，还要求词语音节结构和语义结构的音韵相互呼应，尤其对其中的对句，也要安排对仗工整。以上所列词谱中下段的头两句都是对仗句，这也是山花词的重要特征，不可忽视。

这样要求，对山花词律氛围中成长的人是不足为过的，不要求，自己也是这样做的。但是，对于没有受过山花词律熏陶的人来说，不免有些过分。如果这样，作为视觉的文词，不一定受其格律束缚，不需过多强调声调的调类，只要押韵，符合汉语文化的欣赏习惯，皆可视为山花词。当然，如果为白曲写词，可歌是曲词的生命，非用律不可；另外，作为戏

① 见《大理文化》，1982 年第 4 期。

剧、影视节目唱词时，因受情景的制约，字、句、段常常出现变化，或增或减，押韵、押调随之也有变化，但还是遵从体式的变化规律为佳。如《望夫云》阿风的唱词①是这样写的：

漫漫夜静天将明，
阿龙就要转回程，
皑皑白雪且伫望，
等候夜归人。

该词摘取二段八句式的上段“七七七五”，押韵押调的格局从属于该段规律，即第一、二、四句押韵押调（云南话），非韵句末字以不同调与之对仗，音韵格局很工整。

山花词在戏剧、影视中因作品的思想内容复杂、情景变化多端，相应的唱词安排也需要有多种多样的变化。但万变不离其宗，还是遵循它的变化规律，从所见的这类唱词中可以看出，遵循它的基本体式和变化规律，是众之所求，众之所望。

总之，遵循山花词的汉语词谱所填写的长短句山花词，不需要在乐曲上进行处理，民间歌手任随套用各地流传的哪一种白曲乐曲都可以顺畅歌唱，且不如同汉语古词的复活吗?!

① 见《〈云南戏剧〉丛书·大理州优秀剧本选》，《云南戏剧》编辑部1986年出版，第45页。

第十章　白曲词律源流

白曲词律体式，句之多寡有定数，句之长短有定式，韵之高低有定格，调之高低有定律，是一种格律严谨、艺术成熟的合乐词体。它流行广，影响大，除少数地区流行“打歌”体式外，绝大多数的戏曲、诗歌体式出自白曲词律，即使是汉语白剧、大本曲、山花词也是由白曲词律创造的。白曲词律不仅盛行于民间广大群众之中，而且盛行于文人雅坛。如此应用之广，影响之深的词律体式，其来龙去脉也是“不可忽视”的。

一　历史的回溯

（一）明清时期

要探求白曲词律的来龙去脉，不妨先追根寻源，做历史的回溯。当今广为流行的白曲词律体式，清代尚有白文抄本可查，已广泛流行，不需赘述。

明代有白文《山花碑》《山花一韵》《十哀词》等碑刻，勒石垂史，可以推测当时已经存在。但是所见都是文人之作，民间情况如何？因为多为口传，时过境迁，需要考证。

明代民间情况在白族聚居区很难找到实例，但可以从方言土语资料中推知当时的盛况。如今盛行玉溪地区元江县因远镇的白曲就是一个实例。如元江白语《心人上》也与剑川今传《步步高》的内容、结构、手法、体式基本相同。这里不妨将两地的译文摘录几段做对比：

元江《心人上》[①]

男　心上人，你听着，
郎先唱来妹后合；
我愿变化圆月亮，
照在妹窗角。

女　心上人，你听着，
你莫照在我窗角；
妹要变成一朵云，
把你光锁住。

男　心上人，你听着，
你莫把我光锁住；
郎要变成一阵风，
吹散你云朵。
……

剑川《步步高》[②]

女　羞里羞，
你要走路你就走，
我要变成大月亮，
照你眼睛花。

男　羞里羞，
羞你月亮光不够，
我要变成朵朵云，
云遮月亮光。

女　羞里羞
乌云自有风对头，
我要变成阵风过，
巧手把云收。
……

这两首白曲，不看白语原曲看译文，谁都可以断定同出一源。

元江白族在滇中南，人口不足万人，杂居于汉族之中；剑川在滇西北，是白族聚居区，两地相隔千山万水，而这两首白曲何以如此相同？显然与民族迁徙相关。

元江白族迁居年代有多种传说，实据可查者有《王氏宗祠序谱》。该谱说，先祖“随国公沐英避乱，寄寓丽江府属剑川州山后坝（今剑川西兰坪东金顶一带），相传三代……明万历年间来元江居因远”[③]。

① 玉溪地区群艺馆编：《元江民间文学》。引文为元江李洁同志抄录寄赠。此曲元江白语称 tɕɛ^{55} ɕĩ^{55} so^{44}（牵心索）。

② 引自《白文作品选》，云南民族出版社 1995 年版。此曲流传有几种，结构相同，所比喻的事物绝大多数相同。此曲白语名不定，汉译名多种。

③ 见《元江白族简介》，《大理文化》1981 年第 1 期。

王家在剑川一带居住三代，当在明初迁往内地。作者于1996年12月到玉溪进行白语调查时得知他们的白语土语仍属剑川一带方言，对民歌的称谓仍称khv̩⁴⁴（曲）、ta⁴²khv̩⁴⁴（大曲）、se³¹khv̩⁴⁴（小曲），基本体式仍为长短句定式“七七五”和“七七七五”，句式虽有变异，但风格仍然是白曲。

这些历史事实和文化习俗，说明这两首白曲同出一地，本为一曲，历史悠久，是元江白族先民于明代初期带到元江的。同时说明，白族聚居的大理一带，明代的白曲体式不仅盛行于文人雅士之中，民间也广为流行，即使从军士兵也能随军歌唱，带到远方，普及后代，久传不衰。那些文人学士将白曲词付之于白文，刻碑存史，尤其作为文人学士的墓志铭，从中可以想象当时白曲的盛况及人们推崇的情景，似乎不用白曲词体，就难以表达生离死别之情，难以延续家族的香火。

（二）宋元时期

明代白曲盛况如此，当袭上代之风。根据有关老白文的文字记载，这种文字宋元时期很盛行，白文写刻的白曲不至于没有，但是，由于战乱和政治的需要，民族地方“在官之典册，在野之简编，全付之一烬”①，当时文字记载的白曲没有遗传，也是在情理之中。作为民间口耳相传，时过境迁，烟消云散，上代之见，似难捕捉。然而，如同元江一样，从远距离散杂居的白族中仍可见其踪影。

湖南桑植县有十几万人口的白族，他们的语言已转用当地汉语，白语只残留底层，如“狗”叫“诓得”，“妻子”叫“乌尼”，猴子叫“洪得”等，类似的基本词及词法仍是白语。他们的先祖是元灭大理国后随降将王叔段福东征的“寸白军”官兵。他们东征后于此解甲归田，生息发展，成为今天这里的白族。时为宋末元初（1268至1275年）之际。他们的民歌一般为七言四句，但老人仍记得“七七七五”的体式，如有这样一首民歌②：

① 师范《滇系·沐英传》载有此事。

② 见《湖南桑植县民家人（白族）考察》，《大理文化》1983年第4期。

头上梳朵乌云发，
龙须耳环两边挂，（白布柳子哥，白布柳子哥）
绣花手巾紧紧扎，
哪个不夸赞。（哪个不夸赞）

身上穿件白汗衣，
上面套个黑领挂，（白布柳子哥，白布柳子哥）
腰里骂（系）个花围裙，
惹死好后生。（惹死好后生）

手里拿把白粉扇，
脚上穿双白裹脚，（白布柳子哥，白布柳子哥）
脚上穿双绣花鞋，
哪个不喜爱。（哪个不喜爱）

这三段民歌词，语言虽是汉语，但句式仍然是白曲长短句“七七七五”。因土语语音的关系，它的韵类、声律及联章结构不明显，但从衬词衬句上看，它是单调叠调联章体。所言服饰、白汗衫、黑领褂、花手巾、绣花鞋等均沿袭大理地区白族青年男女传统。这些资料表明，宋末元初，白曲词律体式在在大理及云南的白族地区已广为流行，从军将士把家乡的白曲带到远方，尽管已演变为汉语，但在多元文化之中仍然可见其体式，可见它稳固而顽强的生命力。

再往上溯真可谓是扑朔迷离了。既然研究有关白族诗歌问题，也不得不提及典籍中记到的有关白族地区的两首歌谣。一首是汉武帝开辟西南夷道的《行人歌》①：

汉德广，开不宾。渡博南，越兰津；渡兰仓，为他人。

① 《华阳国志·南中志》。

“博南”，在今永平县境。此歌是当时筑路民工用以抒发愤慨之情。它是当地民族民歌的汉译或是直接用汉译咏唱之歌，不得而知，从内容和形式上也难以推断与白曲的关系。但是另一首民歌值得提一提。那是唐代“河赕贾客在寻传羁离未还者为之谣”①，后人称《高黎贡山谣》：

冬时欲归来，
高黎贡山雪；
秋时欲归来，
无那穹赕热；（无那，白语“云南”；穹赕，在怒江边。）
春时欲归来，
平中络赂绝。（平，疑手或囊之误，络赂，原注“财之名”。）

“河赕”，即今大理洱海一带地区；“河赕贾客”，即白族先民的生意人。史籍记载明确，此谣是白族先民的歌谣。“寻传”，即今保山、腾冲一带，该地民族众多，语言复杂，《蛮书》几处提到当时与“河赕”的交际是通过“三译四译乃与河赕相通”的。可见河赕语是族际语，既是河赕贾客“为之谣”，原语应是白族先民语言，史载只是译文，佐证者有：

一是符合当时社会用语习惯。此时及往后，白族于此出门做手艺者世代不绝，已成传统，常用白语作曲，“囊中绝”“瘴厉苦”等白语词语出门调仍用，与该“谣”思想内容和词语一脉相承；此间的古地名仍存今白语之中，如腾冲称 tɯ^{21} ua^{21}（腾越），保山称 tɕĩ^{55} tsɦɿ^{33}（金齿）。该“谣”中“无那”“穹赕”疑是白语古地名，其中的“赕”，从唐代至今，白语仍然广泛使用，是地名的通名词，称 ta^{31} 或 tã^{31}，意为有人烟的地方区域。

二是以四季时序为结构形式，历代白语白曲常用，古今如一。

三是尚存翻译痕迹。如果是用汉语直接吟咏的歌谣，词语通达是最基本的要求。然而，这首歌谣有些词语不通。如，时序少了“夏时”，以季节为序，何以少一季？“穹赕热”不是秋时，该地五六月尤其干热，何以说成“秋时”？显然是半通不通的双语者翻译所为，若非，岂有这种不合

① 《蛮书·云南界内途程第一》。

逻辑及背离天文现象之理：这样的翻译，不仅有损于思想内容，原词格律也有损害的可能。今虽见译文是五言诗，仍有白曲体式印迹：结构严谨，时序为体，虽说是谣，实际是出门调之曲，很可能是白曲长短句。若非，即是白族“打歌”体。既出自河赕人之口，二者只能必居其一。

以上这些，只能推测，是与否有待研究。白曲词律体式的历史回溯，至此，已经断线。虽如此，但参考有关研究成果及历史资料，也许眼前还有柳暗花明的境界。

二　唐曲遗风

关于白曲历史渊源问题，是文史学家热心的话题。20 世纪 40 年代，徐嘉瑞在《大理古代文化史稿》中说：

> 《山花碑》共二十首，是以二十联为一长篇，即《五代会要》所言“共二十联”之联也。
>
> 《山花一韵》共二联，至第二联即转韵，即《五代会要》所云“转韵诗”也，又此种诗体甚为通俗，与口语吻合，有类弹词，即《五代会要》所云“有类击筑词也”。

徐先生所引为唐庄宗时白族地区的地方政权大长和国上“大唐皇帝书”事，其诗不存。当今赵橹先生曾有《“山花体”源于“转韵诗”辩》①。20 世纪 70 年代饶宗颐在《长安词山花子及其他》一文中设“山花子——兼论云南白族民间之山花体”，认为唐词“山花子”以变格传为白族的“山花体”。对饶先生之说，任半塘先生又进行了长篇辩驳。

这些争论是很有意义的。白曲曲词的句式、声韵布局及联章结构与唐曲很相像，唐曲与白曲的比较研究，对白曲和唐曲都有益处。然而，这样研究涉及面很广，如古今白语、汉语、音乐、文学以及民族历史、宗教、

① 见《山茶》1987 年第 2 期。

风习等等，只进行一对一地孤立探索确有难处。尽管如此，这些争论给人许多启示，其中有一点是耐人寻味的，不论唐曲或白曲研究，都把白曲之源推到唐代。

唐代是我国历史上各民族文化大交流、大融合、大发展的光辉时代，开创了音乐文化划时代的新纪元。尤其在盛唐时期，唐王朝在继承和发展上世音乐歌舞的同时，广泛吸收周边属国、邻国的民族歌舞，文人雅士也在其中争相谱新曲，填新词，成为一种文坛时尚。盛唐时崛起的南诏，正是白族先民地区出现的统一地方政权，又是民族歌舞之乡，自是唐朝音乐文化交流和外交瞩目之地。在长期的音乐文化交流和外交的促进下，南诏音乐变化也得到空前的发展，唐曲之风也十分盛行。要说白曲之源在于唐代是有一定道理的，此时有着特殊的大气候和丰厚的土壤。

南诏的音乐文化情况史书有所记载。早在政权建立之初，唐朝即关注南诏，意图通过音乐文化的交流加强联盟。唐朝与南诏重归于好后，在册封南诏的庆典上使者见到“伎乐中有人吹笛，妇人歌唱，各年近七十余”。异牟寻指之曰：“先人归蕃来国，开元皇帝赐胡部及龟兹音声各两部，今死亡零落，只此二人在国。”① 唐朝以音乐文化作为外交手段，对南诏影响是很大的。开元至贞元五十几年间，两部音乐歌舞团扎根南诏，传授唐朝国乐文化，弟子当有不少。南诏已不满足于自己的古朴民族歌舞，效法唐制，也建立各级皇家伎乐队，作为皇家享乐、迎宾、外交的礼仪工具。如史载唐朝册封南诏使团进入南诏疆土时，沿途各站城使均举行军马夹道迎送的隆重仪式，其中就有伎乐队。使团进入都城这天，国礼更加隆重宏伟，“出阳苴咩五里迎，先饰象一十二头引前，以次军马队，此次伎乐队”，后才是君主及步兵等，庆典上又有伎乐演出，君臣也手舞足蹈。由此可见，音乐歌舞在南诏宫廷的地位。南诏的音乐歌舞有唐王朝胡部和龟兹乐，有本土的“夷中歌曲”及缅甸等邻国的歌舞，形式多种多样。这样的歌舞和建制已不是“以笙推盏劝酒”之类的民间传统歌舞状况，而是高层次的艺术了。其中，值得一提的是向唐王朝进献的《南诏奉圣乐》。

南诏与唐重归于好，继“苍山会盟”后，贞元十七年（801 年），南

① 见《蛮书·南蛮疆界接连蕃夷国名第十》。

诏组成了规模宏大的歌舞团，进京演出大型歌舞《南诏奉圣乐》。此举《新唐书·礼乐志》记载较详，据所记统计，伴奏乐器有30多种，演奏人员有196人，歌舞表演者有100多人。节目主题突出，构思新颖，歌、舞、乐穿插得体。演出效果轰动京城，后将它列入唐朝宫廷乐舞之林。这台大型歌舞，是南诏六十余年音乐文化高度发展的集中体现，其歌舞乐的水平与唐朝相差无几。

南诏音乐文化如此发达，也离不了唐朝的时尚，效法唐制，广泛吸收民间歌舞，旧曲翻新，依曲填词之风也相当盛行。这在唐朝吸收南诏的“曲子”中可以得到反证。这里根据史载，略说几例。

《盖罗缝》 唐教坊曲名。唐崔令钦《教坊曲》载有《合罗缝》《阁罗缝》《阁罗缝》诸名。另有史籍称《罗风曲》。史家考证，此曲是以南诏王阁罗凤之名为曲名，吸收年代为开元、天宝年间。[①] 今存王昌龄《出塞》曲：

秦时明月汉时关，万里长征人未还。
但使龙城飞将在，不教胡马度阴山。

该词语面体式为汉语七言诗，但所依歌曲为《盖罗缝》而填歌。其曲无考，依今白曲而论，为中调韵曲，入乐可歌。另外，李白《清平调》词似与该词相关。李词：

云想衣裳花想容，春风拂槛露华浓。
若非群玉山头见，会向瑶台月下逢。

按该词的词调名称诠释，似与南诏无涉，但其句式和韵调与《盖罗缝》同类，若以白曲词律解，为低调曲，仍可入乐可歌。依此，不妨从另一方面思辨，“盖罗缝”以南诏王而名，那同一体式的“清平”也有可能

① 潘慎：《词律辞典》，山西人民出版社1991年版，第301页；《盖罗缝》见《春城晚报》，1990年6月7日。

以南诏清平官（相当于宰相）而名。因南诏君臣均能歌善舞，如唐使册封南诏时，“南诏及清平官以下稽颡再拜，手舞足蹈”①。看来，南诏王室君臣同台歌舞是常事，如果是同一歌曲，外人可以君而名，也可以臣位而称，这也是合乎情理的。若是，李词“清平”为南诏清平官之“清平”。王、李同为天宝时人，文位不分上下，都关注南诏事，以同曲异名而称亦属自然。另外，李词中“云想衣裳花想容”一句与当今还流行的传统白曲中 fv̩^{55} li^{55} ɕã^{31} xo^{55} xo^{55} ɕã^{31} mi^{44}（蜂也想花花想蜜）一语构词构句如出一辙，可能是古代汉白文化交流中的的遗留，由此也可反证，李词与白曲或白曲与李词有一定的关系，李词“清平”很有可能是以南诏清平官而名。

《菩萨蛮》　唐教坊曲名。唐苏鹏《杜阳杂编》载：“大中初，女蛮国入贡，危髻金冠，缨络被体，号菩萨蛮队，当时倡优遂制《菩萨蛮》曲，文士亦往往声其词。”据有关考证，《菩萨蛮》是由南诏进献中原的。关于进献的时代，不会是大中初，而应是大中前。因为该词在敦煌文书中所连写抄本的研究资料证实，该词是在唐宣宗大中之前即已出现，当在开元天宝之际。这时正是唐和南诏又战又和、人口流动、文化交流极盛时期，南诏在这个时期中的友好时进献是有可能的。

关于“女蛮国”，或为南诏属地或邻国，演员服饰当是“女蛮”服饰无疑，但作为歌曲词，不一定是“女蛮”语，演员也不一定是“女蛮国”的“女蛮”。这里颇有意味的是《宋史・乐志》的一条记载：释《菩萨蛮》为“女弟子舞队名”。“女弟子”是唐语，当时已传入白语之中，至今白语仍然广泛使用，白语转音为 ȵv̩^{33} thi^{33} tsɿ^{33}，语音对应，词义相同。这个词在白曲中常作情歌起韵起调的曲头。宋人按唐语实录，那“女弟子”与白族也有关系，推想，白族妹子的菩萨蛮舞是白族先民“女弟子”带到中原的。该词有八九种体式，句数、段数及段的五字结句结构与今白曲句式基本相同，只是句的字数及韵位、调位与白曲有些出入。

从以上几个词调的考证中可以略知南诏音乐盛况一二，同时，也可以略知中原文坛对南诏音乐文化的关注。唐风如此热心于南诏的艺术歌曲或旧曲翻新的填写新曲，一贯效法唐制的南诏风应是更盛。在汉文化的影响

---

①　见《蛮书・南蛮疆界接连诸蕃夷国名第十》。

下，行使双语制的南诏[①]，出现了许多文人学士，他们处于各族音乐和词体大交流、大融合之中，依唐曲填词或本土乐曲素材创作、填词，既可以用汉语，也可以用白族先民语言——河赕语，左右逢源，纵横驰骋。文人以这样方式创作和填词的体式自然是一种成熟的艺术歌曲体式，非同一般。要说白曲之源，应在此间应运而生。当今，众人之所以认为白曲词律体式如同汉语"曲子词"，其原因应在这里。实际也如此，试验表明，许多"曲子词"用白曲词律对应方式可解，用白曲乐曲可歌。如果，推测白曲词律体式产生的具体年代和方式，从史料上看应是《南诏奉圣东》产生的前后。

根据《新唐书·礼乐志》记载，当初推举这台节目为"夷中歌曲"，当是民族风格的民族歌舞，后经剑南节度使"韦皋复谱次其声，以其舞容，乐器异常，乃图画以献"，经过如此复谱、配词等加工、整理，民族风格可能有所减少，但仍有《滇南越俗歌》四章。这些富有浓厚民族色彩的歌曲，其素材来自民间或南诏传统节目，又经过反复加工锤炼修改，在艺术形式上享有一定权威性。尤其作为小国筹办如此宏大团体进京献乐，意义重大，乃需举全国之力，在全民中影响深远。歌曲既有艺术威望，又有全民的关注，尤其在都城大理地区，其中有些歌曲如同流行歌曲一样广为传播不是不可能的。这样的歌曲流行开去，不论其词是汉语或河赕语，白族先民以河赕语周而复始歌唱，沿袭其体式，复以新词，自然逐渐形成一种词律体式，便成可能。按白曲词律体式回溯的探索，这种体式即是白语白曲词律之始。如果不是先经过艺术加工，那宋元之时即有如此成熟的艺术体那是不可想象的；如果不是受到艺术歌曲的影响，那么白曲作为纯歌唱艺术及主要流行于南诏故地的坝区也似难于解释。因此可以说，白曲及其词律体式产生于唐代曲风之中，一直延续至今，是一种唐曲遗风。

① 段伶：《试析南诏的语言》，《云南民族学院报》1995 年第 1 期。

三　唐风白化

唐王朝音乐文化的大交流，南诏音乐文化的大发展，唐曲唐词之风盛行于南北，为白曲词律体式的孕育和产生创造了良好的气候和机遇。然而，白曲词律体式是定字、定句、定段、定韵、定调（律化声调）艺术上很成熟的律词，只有气候和机遇，未必能够全民遵循，千古不衰。就以汉语文坛诗词为例，千余年间，历经唐诗、宋词、元曲，直到近现代的欧化诗、自由诗，屡加更迭，而白曲词律体式千古如一，其中必有决定性的因素。这种决定性的因素，从白族这个特定的共同体文化上看，主要有两个方面。

一是心理取向方面的因素。汉文化是中华民族先进文化的代表，白族崇尚汉文化、吸收汉文化源远流长，对白族文化的形成和发展起着重要的作用。早在战国时庄蹻入滇，其部大多“变服从其俗”，融入白族先民之中；秦汉时在白族先民地区置郡县，已有大理人张叔、盛览从学司马相如；三国定南中，置“夷汉部曲”，当有白族先民和汉民族的广泛交往。至唐贞观二十二年（648 年）唐将梁建芳到达白族先民之地洱海地区时所见：“言语虽小讹舛，大略与中夏同，有文字，颇解阴阳历数。”① 由此可见，汉文化对白族的影响之深。

唐开元之际，南诏崛起，建都大理，白族地区原来“互不投属”的众多部落政权统一，与汉文化的交流和吸收进入了鼎盛时代。政权臣属唐朝，治国安邦效法唐制，君主阁罗凤“不读非圣之书，尝学字人之术”②；以“修文习武”的考核制度，选拔人才。③ 两国和平时，彼此互派使臣，交往不断，南诏为传播汉文化有功的唐使建庙祭祀，以颂其德；曾选派子弟留学成都，历时五十余年，学成数千。南诏对汉文化的追求，可谓是求

---

① （唐）梁建芳：《西洱河风土记》，《通典》《新唐书》《太平御览》等史籍均有记载。

② 见《南诏德化碑》。

③ 见《蛮书》。

贤若渴，有胆有识，不论和时或战时，始终不渝。尤其是战时，不止消灭对方的武装力量，还要劫持大批“巧儿女工”和文人学士。如对“不得已而叛”的天宝战争中俘获的郑回，委以重任，称为后世美谈。《新唐书·南蛮传》载此人时说：“西泸县令郑回者，唐官也。往嶲州破，为所虏，阁罗凤重其惇儒，号蛮利，俾教子弟，得箠榜，故国中无不惮，后以为清平官（相当于宰相）。”有郑回严教筹谋，才有异牟寻卓越才干，寻阁劝之吟咏诗才；有多年受汉文化的影响，才有南诏的文坛诗风。

白族的古代先民中融合了汉族成分，尤其南诏初期，中原“二十万”将士败于大理一带，当有不少融入白族之中，民族成分中直接有汉文化的因子，加之对汉文化求之若渴，既促进了白族共同体文化的形成和发展，也奠定了对唐曲唐词赏识、追求的心理基础和群众基础。有这个基础，在时尚之风中极易吸收新鲜事物，也极易产生新的曲种。

二是语言功能方面的因素。民族成分的融合，文化的交流，对语言的影响极大。南诏政权使用双语制，外交、国内文书、教育使用汉语，内部政务、族际交往等使用白蛮语（白语）。白语和汉语远属同一“祖语”的分支，又加语言影响，双语现象普遍，白语与汉语相同相近的成分和与汉语相通的文化因素不断增多。增多的成分主要是白语吸收了大量的唐语，如“兜收”、“包弹”、“干休”、“礲”（磨）、“容”（兄）、“女郎”、“女弟子”等等；增多的文化因素主要是运用汉字形体形成白族文字，运用汉语诗律创作汉语诗词等。这时的白族，有唐词的白语、汉字的白文、汉语诗词的文人等。这些因素，既能用汉语吟诗作赋，也能用白文创作诗歌，也可以汉诗中夹白，白诗中夹汉，史籍中留下的一些名篇中就有夹白的诗作。

如此的双语功能，既是桥梁，易于双语词律体式的转换，也是“追风”特长，在唐曲唐词之风中可以一迎而上。

由于白族文化中有如上内在因素，在大气候中碰到机遇时，可以把唐曲之体、之法白语化，产生新的词律体式，新的艺术品种。对这种应运而生的艺术新品产生的过程和结果，可以称之为唐风白化。它与南诏文化、白族共同体文化的形成发展是相一致的，南诏王异牟寻致韦皋书说：“人知礼乐，本唐风化”[①]，这是汉文化对南诏文化、白族文化影响的真实描述。白族词律体式的产生过程当在其中，那个机遇也在异牟寻进献《南诏奉圣乐》前后的可能性最大。

从外因和内因两个方面分析，白曲词律体式的产生是唐风白化的结果，这个历史事实，虽无史籍记载，但还可以从多方面的迹象中得到证明。如白曲主要流行于文化较为先进的坝区，这是当年唐化浓厚的地区；白曲创作一直有文人的参与，许多民间名曲中还留下文人培植的印迹，明清并有付诸白文的“山花”词，其体、其法、其名，尚袭唐曲文风，与唐风相应；今传白曲的曲头 n̥v̩^{33} thi^{33} tsɿ^{33} 为唐语“女弟子”，曲词 fṽ̩^{55} li^{55} ɕã^{31} xo^{55} xo^{55} ɕã^{31} mi^{44}（蜂也想花花想蜜）与唐词“云想衣裳花想容”的结构如出一辙；等等。而最能使人信服的也许是“白曲”这一名称本源于唐语。

白曲，白语称之为 pε^{42}khv̩^{44}。pε^{42}为白族自称名；khv̩^{44}是曲之意，源于唐语。为何说它源于唐语？唐语的“曲”，《广韵》注“丘玉切”，王力先生注其音为［khiuk］[②]，与白语音虽稍异，但符合白语读汉字的音变规律。二者声母完全相同，异在韵母，唐音 iuk，白语变读为［u］的唇齿化的［v̩］，韵尾［k］是入声标志，音出舌后，音短，白语读时变入声为元音的紧喉音（以声调 44 表示）。由此证明白语的［kv̩^{55}］就是唐语的“曲”，音、义相同。这是其一。其二，宋代是汉语发展史上语言激变时代，从此时及后，唐音［k］、［kh］、［x］分化出［tɕ］、［tɕh］、［ɕ］一套，汉语“曲”的语音随之变化，读为今音［tɕhy］。然而，由于此间白族地区处于大理国时期，宋王朝力主西北，放手南方，彼此交往不如前朝，致使白语中的唐语借词不跟中原音变而沉积在白语底层，“曲”词也在其中，仍保留唐音唐义。同时，还保存了相关的沿称、衍称，诸如 to^{42} khv̩^{44}（大曲）、se^{31}khv̩^{44}（小曲）、khv̩^{44} tshε̃^{55}（曲子）、ṽ̩^{33}kε̃^{55}khv̩^{44}（五更曲）等等。语言是“历史的活化石”，这个历史语言事实，能够作为白曲词律体式源于唐风白化的佐证，白语不仅吸取了唐曲之体、之法，连同

① 见《新唐书·南诏传》。

② 王力：《汉语语音史》，中国社科出版社 1985 年版，第 176 页。

名称也“化”了过去，冠之以“白”，标明其“化”后的族属和性质已属于白族了。

当今，白曲词律体式——

之所以如同民族族徽千古不变，是因为它伴随着民族的发展而发展，凝固着人民大众深厚的感情；

之所以雅俗共用，汉白共赏，是因为它在特殊的双语文化社会中形成和发展，白语和汉语都赋予它自己美好的精华；

之所以是严谨成熟的艺术，是因为它渗透着人民大众的心血，历代文人学士的辛劳；

之所以引起海内外词学界的关注，是因为它透视出一缕缕湮于历史的唐曲唐词风气，开阔人民的视野；

之所以在祖国民族艺苑中闪耀着独特的风采，是因为它植根于民族文化的沃土，完美地承载着人民大众、文人学士丰富的诗情，腾飞的想象。

附录：论“打歌”

“打歌”一名是白语称谓的音译，意思指的是民间集体歌舞。

白族“打歌”与只歌不舞的白曲并存，同为白族群众性歌唱艺术的两大门类之一。从它的歌舞风格、歌唱内容、流传地区、应用领域等方面看，它是一种早于白曲的古老艺术，当今还保留在一些边远地方，仍为当地群众喜闻乐见，久传不衰。

（一）“打歌”的特点、源流及地区

白族“打歌”各地有所不同，但具有共同的基本特点。

1. 集体围圈。参加人数不等，场面一般围成圈形，中间一般有火塘或篝火。

2. 载歌载舞。手势为手拉手，脚步有进退，身段左右摆动，舞蹈行进；歌唱一般分两组，各有领唱一人，全组帮腔合唱，两组如此一问一答，反复轮唱。

3. 音乐节奏明快，兴致高时，插进一些应答声或欢呼声。

一地及各地的各种“打歌”还有些地区种类的差异。如有的为纯器乐舞蹈，有的为纯歌唱舞蹈；伴奏乐器各地也有些不同，总的有树叶、小三弦、四弦琴、笛子、芦笙等，视情况而用。

“打歌”的这些特点，在过去的地方志和杂记中有所描述，如清光绪年间大理文人周之烈的《打歌行》中写道：“松明竹火彻夜明，团团围绕偏多情。男唱女和数十人，跌足歌唱同一声。舞之蹈之各有节，新曲翻新如春莺。”

由于“打歌”是民间集体性的歌舞，抒发群体感情，表达欢快感情的

"打歌"，气氛十分热烈，欢快若狂，喜庆节日通宵达旦；表达深切心情的"打歌"，气氛十分深沉，悼亡祭吊，催人泪下；表达古史古事的"打歌"，环环相扣，连绵不断。"打歌"是白族社会文化的一个组成部分，在流传地区，不能没有"打歌"，不"打歌"，人们的文化中难以表达个人和群体的感情，生活枯燥乏味。

白族"打歌"之源无古籍记载，从音乐、歌舞发展的一般规律上看，它是一种融诗、舞、乐为一体的朴素的艺术，风格古朴，来源于远古社会。当今的白族"打歌"虽然不是普遍流行，但是在白族社会历史发展的过程中，不难看出它的兴衰轨迹。

首先，源于古代社会。白族"打歌"的民族性表现在这种歌舞的语言是白语，歌曲为白族音乐，舞姿、器乐、舞场仍然保留白族远古先民的风格。白族先民与由先秦氐羌发展而来的西南众多民族先民相关，这些民族今天仍有同类型、同风格的集体歌舞，舞姿、器乐、舞场等都大同小异。由此可以推想，相关的集体歌舞同宗同祖，只是在民族形成和发展过程中形成各自的民族特征和不同的称谓而已，白族"打歌"是相关民族先民同源歌舞的分支而已。

第二，兴衰于唐宋。盛唐时，白族地区形成统一的南诏地方政权，政治上的统一，加速了白族的形成和发展。效法唐制的南诏政权，在唐朝音乐文化的推动下，音乐文化出现了前所未有的发展。内部有南诏政权对音乐文化的重视，外部有唐朝音乐文化的推动，由此可以想见，当时的南诏音乐文化可谓是百花齐放的。"打歌"也得到统治阶级的关注，在喜庆盛典之中"君臣共舞"，盛况空前。然而，在这百花齐放之中，产生了唐风白化的白曲，尤其到了宋代的大理时期，政教合一，全民信佛，佛曲相继盛行，"打歌"随之逐渐退居于偏僻荒野之地和古风古俗之中。

第三，遗存于当今。源远流长的"打歌"，历经兴衰过程，但它没有消亡，仍然存在于当今的白族社会之中，只是流传地区、使用领域的变异而已。

当今存在"打歌"的地区，社会文化是"打歌"文化，文化生活除大部分使用"打歌"表达外，其他的各种诗歌，如祭词、颂词、祝词、儿歌、童谣等的体式也用"打歌"的体式表达。由于这样的社会因素所致，

“打歌”在这些地区历史悠久，根基深厚，群众喜闻乐见，不论男女老幼都能歌善舞，热心参与，个个都离不开“打歌”。在这些地区，不难想象，如果没有“打歌”，文化社会将是什么样子。

当今存在“打歌”的地区，就白族居住集中的大理州和怒江州而言，主要地区是：

洱源西山一带，今沿称为“洱源西山打歌”；

鹤庆西山和剑川东山一带，且称为“剑鹤打歌”；

泸水北部和兰坪西部一带，且称为“怒澜打歌”（即怒江和澜沧江一带的“打歌”）。

从歌、舞、乐配合的情况看，许多地区多种的“打歌”，有歌、有舞、有器乐伴奏。但有的地方的“打歌”只有乐器伴奏的乐舞。有的地方对歌唱的民歌也称“打歌”，因是集体性的歌唱，有领唱、齐唱或二声部合唱，唱时手、身按节奏摆动。后两种主要流传于怒江和澜沧江地区。

从运用领域上看，一般来说，多种领域都使用“打歌”，如祭祀娱神、节日庆典、娱乐、悼亡等。有的地方如云龙西部和泸水东南部一带，传统“打歌”只用于悼亡仪式，人们口唱悼亡歌曲，舞队后者手搭前者肩，环绕灵棺缓缓而行。

综合以上简要的论述，白族“打歌”是白族古老的歌舞形式。它经历了三个阶段，先是白族先民自发式的民间沿袭时期，后是白族形成、统治阶级重视、“君臣共舞”的全盛时期，再是逐步衰落只残留于一些地区和领域的当代。

“打歌”残留于一些地区和领域的原因，与白族社会和文化的发展关系密切。

白族社会发展可分为两种不同地区类型：坝区，从古到今，发展相对较快，吸收外来文化较多，新中国建立前，普遍进入封建社会，有的已出现资本主义萌芽，文化比较发达。这些地区，自唐代以来吸收了许多外来文化，逐渐形成白曲、佛曲、大本曲、本子曲、吹吹腔等文化活动，逐渐取代古朴的传统“打歌”。山区及边远地区，社会发展较慢，直到新中国成立前夕，有的地区甚至还停留在原始公社制末期的家庭奴隶制阶段，社会发展封闭，原始社会集体主义浓厚，外来文化影响较少，保存白族古老文化较多，也给“打歌”留下了一个保存原始形态的特殊空间。

另外，从文化功利上看，坝区的乡村聚落，平时人们交际密切，文化上追求个体才华的施展，满足于个体对歌和其他高层次的艺术形式，而淡漠自己民族古朴艺术。山区及边远地区，乡村散居，平时人们交际松懈，文化上多求集体形式的联系，作为平时不足的补偿，而其中集体“打歌”是补偿的最好形式。当然，文化功利是多种多样的，不仅如此，比如，云龙西部和泸水东部地区，今天普遍使用白曲，但凭吊亡灵时仍然用“打歌”，表明只有用自己民族古老的习俗才能寄托自己的哀思之情，或者才能让自己亲人的亡灵安心回归民族古老的灵地。

作为白族古老的文化艺术，“打歌”从社会相对发达地区的退居是缓慢的。有些迹象表明，流行白曲体系的坝区失传“打歌”的时代不远。光绪年间周之烈的《打歌行》题记中写道：“癸卯正月初五，余寄居雩轩傍舍，村农男妇屋前隙地吹芦笙、竹笛，跌足鼓腹长夜之乐，名曰打歌，殆击壤之遗俗也。”此记中“雩轩傍”一地疑是白族坝区边缘村寨，傍、榜等地名一般为大理坝区靠山坡的白语地名；“雩轩”一词，有文气，一般也只能出现在文化比较发达的地方。由此可见，距今百余年间，白族坝区边沿村寨仍可见“打歌”。另外，在白曲广泛流行地区，“打歌”一词仍然频频使用，称当地流行的其他传统歌舞和其他地区、其他民族传统的集体歌舞。由此推想，“打歌”从白曲地区退居几乎历时千年。至今也不是彻底退居，仍有过渡地带，还有和白曲共存共用地区，如洱源西山、云龙西部等地。

（二）“打歌”词体

“打歌”词体，是“打歌”歌词的艺术形式，即格律，主要为句式和音韵两个方面的格局和规则。考察这种歌词格律，离不开“打歌”艺术特征，即民间集体歌舞艺术。

民间，说明歌词格律犹如天籁，约定俗成，人们耳濡目染，口耳相传，自然习得；

集体，说明歌词格律能异口同声，不论领唱、齐唱、合唱，凡参与者均能驾驭，而且延续时间较长；

歌舞，说明歌词格律既能入乐，也能合舞。

这几个方面的内部及它们之间既有矛盾又相互统一，又与歌词内容的大小、短小乐曲、器乐伴奏或无伴奏的音乐旋律有一定的关系。歌词格律处于多重矛盾统一之中，自有它以一而应万变的特征。考察各地各种不同“打歌”的歌词，可以看出它们的几个共同点：

一是与短小乐曲相配合，以多次重复格律形式，适应内容和歌舞的需要。每首乐曲的歌词，不一定按内容的段或首为单位，有的只有一句或两句，格律单位和内容单位一般脱节，内容完整的“首”，只能由许多个叠调联章的形式构成。因此，文学意义上记录的内容完整的数句歌词，格律一般是不完整的，如果以内容为准来看韵调格局，那无所谓有规律可言。

二是句子一般以七字（音节）句为基础，音韵结构和语义结构（语法结构）的节奏性强。基本节奏以二、二、三的节奏进行。它与乐曲的节奏相互吻合。歌词内容或个人发挥需要长短句时，只有在这种结构基础上延长或压缩。这样明快的节律，适应曲乐节奏和舞蹈节拍。

三是句数和音韵适应乐曲及地方音韵通则。句数一般有 4 种：一句体、二句体、三句体、四句体。音韵上许多地方使用白曲的高低律。

下面分说 4 种句数的流行地区和词体格律。

1. 一句体

鹤庆西山、剑川东山一带流传的《打拉沙赛》（ta^{42} la^{44}sa^{33}se^{55}）、《打哈之英》（ta^{42} xa^{55} tsɿ^{33}jɯ^{33}），都是一句体。歌舞时一般有器乐伴奏，歌唱有领唱、齐唱。①

（1）句式

每首歌词只有一个七字实词句，配上重复实词，重复衬词，构成一个完整的格律单位。一首内容完整的“打歌”有几句即为几次重复的歌词格律。如《打拉沙赛·十二月节气调》：

tsɿ^{55}uã^{44}phia^{44} tsɿ^{55} se^{55}li^{55}se^{55}，
正月　　到　　则　嚏哩嚏　　　　正月到来气象新，

① 一句体的基本素材句式根据罗铁武同志寄赠他记录的材料和录音磁带撰写。

zɿ^{31} uã^{44} ᵽhia^{44} tsɿ^{55} xo^{55} li^{55} khe^{55}，
二月　　到　则花　也　开
二月到来花又开，

sã^{55} uã^{5} ma^{55} tɕhɛ̃^{55} ko^{55} ᵽɯ^{33} mɛ̃^{21}，
三月　他们　听　布谷　鸣
三月听见布谷叫，

ɕi^{44} uã^{44} tsɛ̃^{21} tsɿ^{33} lv^{44} tɕha^{44} tɕha^{44}，
四月　　秧子　　绿油油
四月小秧绿油油，

ṽ̩^{33} uã^{44} ma^{55} tshɯ^{44} sɿ^{55} se^{42} tɕi^{21}，
五月　他们 拴　彩线手镯
五月要戴彩线镯，

fv̩^{44} uã^{55} ma^{55} tue^{55} me^{55} tɯ^{55} tɕa^{44}，
六月　他们 竖　火把架
六月要竖大火把，

tɕhi^{44} uã^{55} ma^{55} kɛ^{55} xõ^{42} lu^{42} ᵽu^{55}，
七月　　他们 栽　红萝卜
七月要栽红萝卜，

ᵽa^{44} uã^{55} ma^{55} kho^{31} thui^{55} li^{55} ᵽiɯ^{21}，
八月　他们 烤　　团员饼
八月要烤团圆饼，

tɕɯ^{33} uã^{44} tɕɯ^{33} ko^{42} tsɯ^{33} tshho^{55} se^{55}，
九　月　九　过　　重九节
九月要过重九节，

tsɛ^{42} uã^{44} so^{55} sue^{44} ja^{44} ko^{21} kua^{44}，
十月　　霜雪　压　稻秆
十月冰霜压稻秆，

tṽ̩^{55} uã^{44} ma^{55} ko^{42} tṽ̩^{55} tsɿ^{55} tse^{42}，
冬月　他们 过　冬至节
冬月要过冬至节，

ja^{42} uã^{44} ma^{55} ko^{42} to^{42} tsɿ^{21} tɕa^{44}。
腊月　他们 过　　大年节
腊月要过大年节。

这首“打歌”为十二句，每句歌，唱词为一个月的节气，十二句构成内容完整的一首歌。句式每句均为七个音节，音节之间的语法结构和语义结构所构成的语音单位为节奏明快的××　××　××　×式。从这个意义上说，歌词的格律形式是一致的。但在“打歌”中，每个句子独立存在，重复独立成歌，以重复其部分加衬词入乐。入乐是格律的标志，从这个意义上说，每个句子是一个格律单位。

（2）韵律

这一带的几种“打歌”，不论哪一种，韵类和调类均用白曲的五大韵部和高低律。一般以首句为体，即每个音节的高、中、低与乐曲的主和和弦的音高相应，韵脚限韵、限调，韵脚与乐曲的乐句停顿相吻合，律调的高低与乐曲的主音相应。这个首句的朗诵旋律与乐曲的旋律也因此而相应，构成曲词音韵和乐曲完美结合的一曲“打歌”。《十二月节气调》就是这样。下面摘取其首句的曲谱、歌词、律调考察：

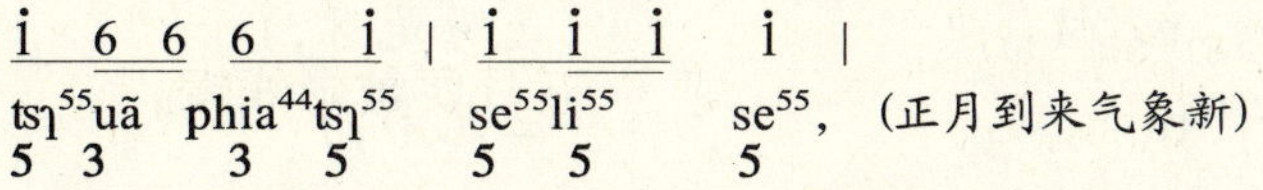

i̇ 6 6 6 i̇ | i̇ i̇ i̇ i̇ |

$tsɿ^{55}uã$ $phia^{44}tsɿ^{55}$ $se^{55}li^{55}$ se^{55}，（正月到来气象新）

5 3 3 5 5 5 5

（粗体5、3分别代表律调的高调和中调。下划线的这个衬词既是歌体名称的一个成分，也是欢乐、高兴的衬词。）

上面三行纵向相对，歌词高调对乐谱的1，中调对6，曲词的律调高和中相差一级，曲谱也相差一级（全音），二者对应齐整。

这首歌主词和衬词的排列是：（着重号者为衬词，粗体为韵脚的韵和调。）

领：$la^{44}sa^{44}s$，

$tsɿ^{55}uã^{44}phia^{44}tsɿ^{55}se^{55}li^{55}s$。（正月到来噻哩噻。）

齐：a，$la^{44}sa^{44}s$，

$a^{55}li^{55}se^{55}li^{55}s$。（气象新）

$la^{44}sa^{44}s$，

领：$se^{55}li^{55}$，$la^{44}sa^{44}s$。

2. **二句体**

洱源西山、云龙团结一带的“打歌”一般为二句体。歌唱时有领唱和齐唱，以两组人问答而歌，齐唱部分为衬词衬句，或为重复部分歌词，或为程式化的语气词语。歌词一般只有两个实词句，加衬词、重复词等，一般共有四至六句。句式一般为长短句，首句有的七字，有的三字，中间句有三字、五字不等，结句一般为七字或五字句。音韵使用高低律，两个实

词句末字同韵同调，或为高调，或为中调，或为低调，句中各自听其自然。乐曲旋律音高与歌词律调音高同位相应变化，并与歌词句式的长短一样可伸可缩。如流传广泛的两种“打歌”体式①：

第一种体式以《母亲生咱三兄弟》为例：

领：kho^{31} mo^{33} xã^{55} ȵa^{55} sa^{55} tsɿ^{31} th　，（母亲生咱三兄弟，）
　　tso^{33} li^{33}，tso^{33} l　，（是呀是呀，）
齐：sa$^{55\ 5}$ tsɿ^{31} th　，（三兄弟，）
　　ue^{44} ŋa^{55} no^{33} khu^{31} ɕ　。（为我们苦死。）

第二种曲调体式《从天地的起源》为例：

领：lo^{42} li^{55} l　，（喽哩喽，）
　　xẽ^{55} tɕi^{31} mo^{33} tsɿ^{33} tsɿ^{55} kɛ^{21} k　？（天地没有怎么过？）
齐：se^{55} li^{33} se^{55} li^{33}，（是呀，是呀，）
　　tsɿ^{55} kɛ^{21} k　？（怎么过？）

3. 三句体

主要流传于兰坪白族普米族自治县的西部澜沧江两岸他称“那马”的白族中，来源更早。兰坪、维西元明时属丽江辖地，丽江纳西语称白族为 lʌ^{33} bʌ^{33}，古时转写汉字时，因 l 和 n 混用，b 与 m 古汉语互通，ʌ 音近 a，由此即可转写为“那马”或“拉马”了。他们的歌舞可分为 3 种，一种为乐舞，即不唱只有器乐伴奏的乐舞（伴奏乐器主要是小三弦），称为 ta^{42} ko^{33}（打歌）；一种是只唱没器乐伴的歌舞，称之为 ta^{42} khe^{55} ji^{44}（跳开言）；第三种是只唱不舞的民歌，称之为 ʔɯ^{55} khe^{55} ji^{44}（唱开言）。

“开言”的“开”意为以前或原来；“言”，意为遗留或流传，合称，即为“以前流传下来的一种固定格式的民歌”②。这种民歌可唱可跳，词

① 见《云南白族民歌选》，云南人民出版社 1984 年版，第 89－91 页。原载只有汉语译词，今以施珍华同志的白语词分析。

② 张秀朋：《那马人“开言”简介》，《怒江文艺》1984 年第 1 期。

体一致，句式由三个长短句构成，主要强调句的长短节奏，音韵一般第一句末字和结束句末字的高低律调相同，但要求不严格。句子的长短一般为“三七五”（第一句三个字，第二句七个字，第三句五个字），其中第一句也可为七个字。歌舞或只歌不舞时，不论两方对唱或群体咏唱，领唱“三七五”一遍，众人重复一遍，如《跳送魂歌》① 中的一段：

领唱：a³¹ue³¹j ， （啊喂吔，）

sɿ⁵⁵ȵo³³tɛ⁴⁴khe⁵⁵ mo³³jo²¹me²¹， （真想打开地狱门，）

ka⁴⁴ŋɯ⁵⁵ mo³³to²¹pi 。 （打听妈下落。）

众唱：（重复一遍）

其格律谱式为：（▲代表韵脚上的押韵押调字，△代表不同韵、调的字。）

○○▲

○○○○○△

○○○○▲

4. **四句体**

主要流传于怒江州泸水县洛本卓白族乡。此地的白族他称汉字“勒墨”。此称始于新中国建立初民族调查资料。语源出自傈僳语，而傈僳语是经过纳西语称 lʌ³³bʌ³³ 转音为 1ɛ⁴²mɛ⁴² 的。这里的白族历史上由兰坪澜沧江迁来，聚居在傈僳族地区之中。他们的歌舞不论乐舞和民歌统称 ta⁴²ko³³（打歌），或 pɛ⁴²ta⁴²ko³³（白族打歌）。民歌所以称之为“打歌”，是因为一般集体歌唱，歌唱时相应地以手搭肩，伴之身段摇摆，可能是由歌舞“打歌”演变而来。这种“打歌”的民歌，乐曲有齐唱和二声部合唱两种，词体具有一致性，即先有一个衬词之后，一般由两联七字对仗句构成。如果诗意未尽，可增加数联对仗句，但乐曲旋律仍为两组的重复。不论两联对唱单组咏唱，领唱者唱对仗句的上句，齐唱或合唱下句，这种对仗句是很工整的，讲究词性、词法、句法、词意的对仗。对仗的上下两句

① 录自和福才口述材料，今用音标转写。

中的词有正对和反对，但句意均为正对。这种对仗的词，一般有传统程式的词语，如同汉语“天对地，雨对风，大陆对长空”的启蒙对韵一般，由于程式的基本固定，众人歌唱，可以异口同声。如《打歌·伤心调》①：

领：　e——

哎

a^{55}po^{33}a^{55}mo^{33}ɕo^{31}ɕo^{31} ȵi^{44}，

阿爸　阿妈 生错　之故

合唱：　a^{55}po^{33}a^{55}mo^{33}kɔ^{55} ɕo^{31} ȵi^{44}，

阿爸　阿妈 养 错 之故

领：　a^{31} tɕɔ^{55}se^{55} nɔ^{44}ȵi^{44}a^{31}mo^{33}，

不　伤心　的　日子　没有

合唱：　a^{31} a^{33}se^{55} nɔ^{33}ɕa^{44}a^{31}mo^{33}。

不 难过　的 夜晚 没有

（哎——因为阿爸阿妈生错了我，因为阿爸阿妈养错了我，不伤心的没有一天，不痛苦的没有一夜。）

格律谱式为：（A 和 B、a 和 b 分别为不同内容的对仗句）

领唱	A	A	A	A	A	A	A	A
合唱	B	B	B	B	B	B	B	B
领唱	a	a	a	a	a	a	a	
合唱	b	b	b	b	b	b	b	

这种歌体一般为七字句，但根据内容的需要可以超过字数，只要符合节奏就行，本例第一联即为八字句。每联的句末字一般为相同的音节，但如果有约定俗成的同义词，音节就不一定相同。从这个现象上看，这种歌体不讲究押韵，只求对仗和节奏。句中音节和乐曲之间仍然存在律调相应

① 摘自李卫才同志寄赠的材料，传授者为高志登。

的关系，也用高、中、低三个律调，只求自然和谐而入乐，没有约定俗成的固定格局和规律。“打歌”的歌词，全部可以齐唱或二声部合唱到底，合唱时，律调随着乐曲的二部和声而相应变化。

以上是“打歌”主要流行地区的几种基本词体。由于“打歌”音乐曲调的旋律伸缩性较大，按照旋律的节奏句子相应地可长可短。如云龙漕涧一带《打歌·西匹贝》（悼亡灵绕棺“打歌”），应以七字二句体为基本词体，但前一句的旋律可以压缩为两个节拍，歌词也可能为两个字，如果不从音乐曲调分析，也许把词体当为一句体。如其词之一段①：

基本体：	变体：
小羊吃奶双膝跪，	我说——
老鸦抬食报娘恩。	一家有事百家有。
（衬词句略）	（衬词句略）

“打歌”的歌词体式很复杂，主要是因为它与乐曲、舞蹈关系密切，需要多从音乐上分析。另外，有地区的差别，即使一个地区还有多种“打歌”，体式也各不相同。同时，存在“打歌”的地区，其他颂词、祭词、祝词等均用“打歌”的歌词体式。从这种错综复杂的现象看，一个地区就是一个“打歌”文化社区。

（三）“打歌”与“踏歌”

汉语表述有些民族的音乐、舞蹈、诗歌时，常见有“打歌”和“踏歌”这两个术语。二者语义相同，语音相近。这两个术语，在近现代文人杂记和方志中常常混用于云南许多少数民族民间歌舞。由此引起人们的注意，常见有一些文章和论著涉及它们的语属、含义和来历。但由于视角不同，说法不一。今既专论“打歌”，略说一二。

① 摘自何永福、何永忠提供的口述材料。《西匹贝》［ɕi^{33} phi^{33} pɛ^{44}］的唱词有的用纯白语，有的用汉语，视地方用语情况而定。

首先，看“踏歌”一词产生的年代和语属。

关于“踏歌”，不见有人提出其语言族属问题，这里姑且当汉语，但即使是汉语，其中还存在是古代汉族口语的常用词，或是古代文人创造的专业术语的问题。于今所见，“踏歌”一词多用于唐玄宗时，唐《朝野佥载》：“唐明皇先天二年正月十五、十六日夜，于安福门外观灯，小女踏歌其下。”唐肃宗时也有记载，《旧唐书·睿宗本纪》云：“上元夜，上皇御安福门观灯，出内人连袂踏歌。”后，《唐音癸笺》载：“唐宣宗尝命张说，撰元夕御前踏歌词。”此间，宫廷、民间盛行“踏歌”，文人亦趋，如李白诗《赠汪伦》中“李白乘舟将欲行，忽闻岸上踏歌声”句，指的是民间；唐宣宗命张说撰踏歌词，崔液留有《踏歌词》二首等，是文人为宫廷填写的曲词，后成一种词体，又有《踏青谣》《踏词》《踏阳春》《踏莎行》等等体式，这些是否都是“踏歌”的曲词，还需分辨，如果，类似《踏××》均为“踏歌”体式的曲词，那“踏歌”一词出现的年代应当更早。如唐时盛行的一种民间歌舞戏《踏谣娘》，它起于北齐。但字面上虽有“踏”字，实际上，它不是一种民间集体歌舞，是一种戏剧化的表演歌舞戏剧，“踏谣娘”是剧中貌美善唱的女主人公的名字，剧中踏谣娘领唱，众和：“踏谣娘和来，踏谣娘和来。”此名有的史载作“谈容娘”。由此可见《踏谣娘》的“踏”与“踏歌”的“踏”有着本质的区别，《踏谣娘》的“踏”疑为唐代或其后“踏歌”之风影响的别写，戏剧和人名不可能作为“踏歌”这一特定歌舞形式年代的依据。由此看来，“踏歌”一词可以说是唐代的汉语词。至于说，这个词是民间常用词或是文人笔下的专业术语问题，虽因史载局限，难以考证，但从其他方面也可以看出它的基本情况。其他方面主要是：语义的表达方式。

“踏歌”指的是群众性的民间集体歌舞形式，这对汉语来说，并非无能为力表达，几千年前即有“歌”“舞”“蹈”“乐”等词，又有以单音节词素复合新词之长，按常规而言，用舞、舞蹈、歌舞等词素或加修饰限定词素，即可构成新词表达。然而，实际不这样，这个词中使用的是非舞、非蹈其意含糊的词素“踏”，当时使用者也往往不得不加上修饰词“连袂”之类，后代注释也常常进行，什么“连臂而歌”“连手而歌”“踏地为节”等非舞、非蹈之语。对此，不妨试想，这种歌舞形式既是民间歌舞，其表达的词何有含糊而再释之理。这个语言本身自相矛盾现象，只能说明民间口语中没有这个词，而是文人使用的表述特殊文化内涵的一个术语。还可以从近现代汉语和一些兄弟民族语看，近现代汉语的口语中也不见有“踏歌”一词，表达这个特定的歌舞形式一般用“舞蹈”“歌舞”等，一些兄弟民族语言，如彝语支各种语言、白语等，虽然各自有各自的语源，但一般语意只有“舞”“舞蹈”的基本意义，既指集体乐舞，也指集体歌舞。由此看，当时的文人为了表达相应的集体“且歌且舞”“队舞”的特定含义，而用“踏歌”这一术语的。由于汉语口语中没有表达这一特定含义的词，近现代这一术语还常留于文人的笔下。如清嘉靖年间山东桂馥《滇游续笔》中载：“夷语，男女相会，一人吹笛，一人吹芦笙，数十人环绕踏地而歌，谓之踏歌。”其他的许多云南方志、杂记中，仍见这个文称。当代，汉语文人笔下不见沿用“踏歌”表述，又出现其他文称，如“跳锅庄”“锅庄舞”（因往往环绕火塘歌舞，而火塘上常有支锅的锅庄），常用于藏族、普米族的民间集体歌舞。又如“打歌”，常用于白、彝、傈僳等民族民间集体歌舞。

根据以上分析，可以说，“踏歌”一词不是汉语的口语常用词，而是文人专用于表达民间集体歌舞的术语。它启用于盛唐开元天宝之际，残留于近现代个别文人笔下，不应是汉语的基本词，如同语言中表达一定时代文化意义的词类一样，受着一定时代的制约，随着时代的变迁，不为文人常用了。

下面再看“打歌”一词的语属和源流。

当今，“打歌”一词常常用于表述一些兄弟民族民间集体歌舞，如称“白族打歌”“彝族打歌”“傈僳族打歌”等。语言是约定俗成之物，“踏歌”也好，“锅庄舞”“打歌”也好，不管使用于哪个民族，其语源语属大可不必考究，只要概念清楚即可。但是，要认识一些音乐歌舞现象，不加以考究，是难以认识清楚的。前面对“踏歌”一词的语源语属及源流已有大致的眉目，现在来看“打歌”一词。

本论第一句话说，“打歌”一名是白话称谓的音译，这是因为查《藏缅语语音和词汇》[①] 及相关的少数民族语言志，见各民族语言、方言表达舞蹈、歌舞的称谓中，只有白语称谓 ta^{42} ko^{33} 的语音与“打歌”相近外，其他语言均与之无关，如彝族拉罗支系称［ɣa^{33} khɛ^{33}］（砍着玩之意）、尼苏支系称［lu^{55} lu^{55} tsɯ^{31}］、傈僳族称［kua^{44} ke^{55}］，语音与“打歌”相去甚远。把白语 ta^{42} ko^{33} 首次音译为“打歌”者，于今所见，是清光绪年间大理文人周之烈的《打歌行》，20 世纪 50 年代后汉语对白族民间的集体歌舞的称谓普遍使用“打歌”。由于兄弟民族有同类型歌舞，而汉语难以表述，便借此表述相关民族的这类歌舞。这种表述，仅限于汉语，至于白族和其他民族仍然使用本语称谓。

“打歌”是白话的音译汉字，就是说，白语的 ta^{42} 没有汉语“打”的意项，ko^{33} 也没有汉语“歌”的意项，汉字“打歌”仅仅是白语 ta^{42} ko^{33} 的近音译写。“打歌”，作为白语中的单纯词，它有两个意项，一是指民间集体舞蹈和歌舞，既能当名词，又能当动词；二是意为纠葛和纠缠，只当动词。后者明显是前者的引申，前者应是古音古意。表达民间集体歌舞时，“打歌”属于白语特殊词类中的一个，两个音节可以分开，中间能够插入修饰后者的成分，此时“打”即有跳、耍之意；“歌”有舞之意，如 ta^{42} sɿ^{55} ko^{33} （耍狮舞）、ta^{42} li^{55} sɿ^{55} ko^{33} （跳傈僳舞）。也可以具体的歌舞名称代替“歌”，如 ta^{42} la^{44} sa^{44} se^{55} （跳拉沙舞）。“打歌”一词源于何时，难考，但白族先民即有此类歌舞，名从意来，当为古老。另外，史料也提供一些信息，成写于唐代的《蛮书》中有白蛮“言语”“舞谓之伽傍”记录，白蛮“言语”是南诏通用的民族语，为白先民语言，“伽”读见母，与今白语“歌”［ko^{33}］的声母 k 相同，韵母似有不同，其实，今记的 o 是一地方音，而白族大多数地区（如大理等地）读作 ɔ 音，与白族转读汉语 au、a 等韵母为对音，鉴于此，古人以汉字“伽”转写也是符合双语转读规律的。这样看，古音“伽”与今音“歌”［kɔ^{33}］、［ko^{33}］是相通的。当然，这里还存“伽傍”中的“傍”与舞有什么关系的问题。语言变迁虽然难考，但从白语构词常式中看也有舞意的可能性。白语对于可数性名词、动词，常以量词附后作为一个单位的定指而用，不加量词修饰限定，

① 见《藏缅语语音和词汇》，中国社科出版社 1991 年版。该书共录了 51 种方言词。

单用这类名词或动词，意义不明，只具有词根的作用。据此，“伽傍”中的“傍”应是古白语的量词，意为场或次。这样理解，古写“伽”与今写的“歌”词意相同，语音相近，古今一致，后附场、次的量词定指，符合语法规则，意舞（定指）。“打歌”和“伽傍”的词根相同，只是在不同语境中称法稍异而已，“打歌”一词是源远流长的白语基本词。当代《汉语外采词词典》等各种工具书认为“打歌”一词源于白语而收录是对的。

以上分析了“踏歌”和“打歌”二者的语属，语源之后，可以考究二者之间的关系。

不同语言之间存在着意义相同、语言相同或相近的词语，这是常见的现象，其原因不外有三：一是同源，二是偶合，三是借代。就“踏歌”和“打歌”而言，二者不是同源词，也不是偶合词，因为汉语早有“舞”“蹈”“歌”等词，“踏歌”是后来文人使用的新词，而白语“打歌”是古今如一的基本词。从“踏歌”一词源于文人这个特殊性质上看，二者之间很可能存在着借代关系，因为文人是文化交流的使者，只要有文化交流的社会历史背景，借代关系是可以基本确定的。

白族与汉族的文化交流源远流长，白族在文化交流之中大量吸收汉文化，随之而来白语中沉积着大量的汉语古词。这种吸收主要是单向性的，古今如此，是普遍规律，但在特殊的文化背景下也有双向交流和吸收。这个特殊的文化背景即唐朝音乐文化鼎盛时期，唐朝为了宫廷的享乐和外交，既输出唐朝的音乐文化，也大量吸收周边民族和国家的外来歌舞。在吸收方式上往往使用外来民族语的术语，这种痕迹在唐宋词的词调名称中并非少见，屡屡出现。此间，唐朝对自己支持统一的南诏地区的歌舞文化并不是不熟悉，到南诏崛起、强盛的开元天宝年间，唐朝对南诏的歌舞文化外交和吸收频繁，许多大文人如李白、杜甫、王昌龄也极其关注，如被后世誉为“百代词曲之祖”的李白的《菩萨蛮》即吸收于南诏，被王昌龄运用于吟咏西北边塞的名曲《盖罗缝》即沿用南诏王为名之曲。这些都是开元、天宝年间的事。唐朝文人对南诏歌舞文化如此垂青，可以推想，对各民族丰富多彩群众性歌舞也不至于熟视无睹，也会光顾。要光顾，自然涉及汉语对这种歌舞的表述问题，白语的“打歌”疑为此间被汉语文人以“踏歌”的汉字形式吸收过去的。

汉语如何表述，需要考虑时尚和语言习惯。当时南诏以白语为“三译四译”的族际语，“打歌”一词使用固然很普遍，既称本民族的歌舞，也称其他民族的歌舞。其他民族的人也在大语言环境中不用自己民族的称谓，也只能用“打歌”一词，如同当今彝族在汉语交际场合中不用自己民族语的称谓，而用“打歌”一样。在这种处处有“打歌”的形式和用语的社会环境下，外人也只能用“打歌”一名来表述，也如同当代民族歌舞的调查研究表述中通用于多种民族一样。以今证古，当时唐代文人光顾南诏歌舞时，也只能以这样的称谓表述，然而，汉语吸纳外来词时，文人习惯用汉字的形、音、义加以改造，化他为我，如“拖拉机”（英语）、“绷带”（日语）、站口的“站”（蒙古语）等等，是全音译或半音译转写，掩盖了本来面目。“打歌”也如法可转写汉字“踏歌”，尤其白语的“打”［ta^{42}］还有别意脚踏（在“打歌”一词中“打”的本意为耍、跳），如此转写，字面上有脚的动作“踏”，又有口唱之“歌”（本意为舞），如同“拖拉机”等一样，已看不出是外来词。如果认为是汉语词，那么，许多问题是难以回答的，如，为何不以“舞”“蹈”“歌”等古词构造新词，而何以非舞非蹈之“踏”，非能踏之“歌”构成互不相干之词？为何只见出现于唐天宝年前后文人笔下，残留于文人笔下？为何文人常用其词时还要注释？本身处处自相矛盾的。

以上从“踏歌”和“打歌”的语源、语属、文化交流、构词方式、时尚语言习惯等方面分析考察，可以说，汉语文人“踏歌”是唐代白语“打歌”的汉字转写，今汉语“打歌”也是源于白语“打歌”的汉字转写。

历史的语言文字情况非常复杂，以上初步考证是否成立，还需深入。如果反向思考，白语的 $ta^{42}ko^{33}$（打歌）是否是从唐代文人词“踏歌”借用过来？这也有可能，只是眼下无力考证而已。

后　记

也许是天生有缘，使我有幸接触这个课题。我出生在白族民风厚重的乡村，在优美的歌谣音韵熏陶中成长；大学就读少数民族语言文学专业，学了一些民族的诗歌格律；毕业后在民族地区先后从事文艺节目创作和傈僳、怒、独龙、白、彝等族的语言文学、历史文化的调查研究等，直接接触多种民族语言的诗歌格律。这些生活和工作经历，赐予"近水楼台"之便，使我对本民族的诗歌格律略有所悟，1981 年前后，发表了《白语诗韵》等几篇文章，提出了"高低律"的观点，有的评说这是"正本清源"，随之为多家引用。1988 年写成本书的初稿，其后根据新资料，又经八年断断续续的反复改写，即写成为今天的这样子。

诗歌格律是一门交叉学科，少数民族诗歌格律是尚未充分开发的边缘荒地，需要多学科的理论知识才能恳殖。而我，学历虽与它接近，但毕竟还是边边上的人，要说研究，受限很多，常常在丰富多彩的诗歌艺术面前，感叹"书到用时方知少"。书稿虽经十余载思索，仍显浅薄，如此面世，只能作为求教于各方人士的习作。书中所引多为白族聚居区的资料，贵州白族及云南多数散杂地区的白族资料很少，很希望各地热心的同仁填补小书的缺憾。

小书尽管存在某些不足，还是首次对白族诗歌格律比较系统、比较全面的探索。如果能对民族文艺理论、民族文化交流起一点抛砖引玉的作用，自己也就心满意足了。书中的一些观点是作者现时的看法，能否经受历史的验证，很难说。但是，我相信，哪怕后来者予以否定，也是高兴的事，因为，真正科学的东西，总是离不开前人开拓。我今天能够开展研究，其中就有前辈开拓之功，没有他们的启迪，个人的视野不至于如此宽阔。

小书从立意到出版的漫长过程中，有幸得到白族历史文化研究高深的张文勋老师、李缵绪老师、周祜老师、杨延福老师及尹明举、施立卓、施珍华、张锡禄、赵全胜、高万鑫等许多学友的激励、支持。我们学校也给予许多关心，原党委书记张树芳同志时常叮嘱这方面的开拓研究。最后，在大理白族文化研究所的主持下，得到多方支持，才得以面世。其间，云南民族出版社奚寿鼎同志在审校方面做了许多辛苦的工作。书稿的电脑录入先是得到大理师专电子印刷厂的帮助完成，后因修改量大，由我自己动手，在电脑上进行修改和编排，其间，又得到精通电脑技术的同志给予技术上的帮助。

书中所引用材料除注明出处的以外，多为儿时及往后家乡大人教给的，有的已记不清名字，有的还历历在目。如，白语《咏春词》那首是儿时我叔叔段山教的，《出门汉子》那首是早年施庆兰大姐教的，《上梁词》那首是几年以前奎德哥教的，《月里桂花》《放鹰赶雀》等长诗是大学毕业专门拜访白族歌手张明德先生时面授的。近年，怒江的李卫才、鹤庆的罗铁武、元江的李洁等几位朋友知道我研究这个问题，又从远方寄赠有关材料、录音带。

这一切，永远难忘，今借小书出版之机，对鼓励、支持、帮助过我的领导、老师、学友、乡亲，表示深深的感谢！

段　伶

1996年6月于大理

（说明：《白族曲词格律通论》一书最初于1998年由云南民族出版社出版发行，现入选《云南文库·学术名家文丛》再次公开出版。由于段伶先生已辞世，故“序一”“序二”“说明”“后记”保护原貌未作改动——出版者。）

图书在版编目（CIP）数据

白族曲词格律通论／段伶著．—昆明：云南大学出版社，2016
（云南文库·学术名家文丛）
ISBN 978－7－5482－2589－8

Ⅰ．①白…　Ⅱ．①段…　Ⅲ．①白族－民歌－文学研究－中国　Ⅳ．①I207.7

中国版本图书馆CIP数据核字（2016）第062353号

出品人：吴　云
统筹编辑：柴　伟　陈　曦
责任编辑：陈　曦
责任校对：严永欢
封面设计：刘文娟

书　名	白族曲词格律通论
作　者	段　伶　著
出　版	云南大学出版社　云南人民出版社
发　行	云南大学出版社　云南人民出版社
社　址	昆明市翠湖北路2号云南大学英华园内
邮　编	650091
网　址	www.ynup.com
E-mail	market@ynup.com
开　本	787mm×1092mm　1/16
印　张	13.75
字　数	216千
版　次	2016年4月第1版第1次印刷
印　刷	昆明卓林包装印刷有限公司
书　号	ISBN 978－7－5482－2589－8
定　价	40.00元

本书若有质量问题，请与印厂调换。（联系电话：0871－67461883）